À 20 heures sur le quai

LÉA WIAZEMSKY

À 20 heures sur le quai

Roman

Michel LAFON

Du même auteur

Le Vieux qui déjeunait seul, 2015.
Le Bruit du silence, 2017.
Comme si tout recommençait, 2019.

118, avenue Achille-Peretti – CS 70024
92521 Neuilly-sur-Seine Cedex
www.michel-lafon.com

À Baptiste

– 1 –

Ce matin, Raphaël veut se faire beau. Hier, il n'est pas sorti avec ceux de sa bande qui ne sont pas encore casés. Depuis près de dix ans, il retrouve ses potes chaque vendredi soir au *Progrès,* rue de Bretagne. C'est devenu un rituel. Ils y ont leurs habitudes, leurs techniques de drague ; rares sont les filles à résister à leurs rires joyeux, à leur beauté, à leur jeunesse. Ils savent les séduire en un tour de main. Aucun d'entre eux n'est jamais rentré seul chez lui.

Hier soir, il a ignoré leurs appels et fini par éteindre son portable pour être tranquille et ne pas avoir à justifier son absence.

Ce matin, il faut qu'il soit à son avantage, le regard frais et la voix claire. Pourtant, il n'a pas fermé l'œil de la nuit, imaginant la scène, la rejouant sans cesse jusqu'à trouver le ton juste. Tous les mots qui lui montent aux lèvres lui semblent plats, ridicules, incapables de traduire les sentiments qui l'habitent depuis des semaines, depuis qu'il l'a vue, depuis que leurs regards se sont croisés, trouvés, happés au milieu des autres passagers et du bruit du métro qui filait.

Raphaël sourit devant sa glace en se souvenant de ce samedi 17 septembre où, plongé dans son bouquin, il avait levé les yeux pour regarder le jeune accordéoniste qui, par son talent, semblait vouloir transformer la voiture du métro en bal du 14 juillet. Ce n'était pourtant pas son genre de musique, il aurait préféré un bon rock, voire un morceau de reggae. Il en avait abandonné son livre, certainement un énième titre de la rentrée littéraire qu'il se devait de lire et qui lui tombait des mains. Il avait été hypnotisé par la dextérité et la souplesse des doigts du jeune homme sur les touches si petites de l'instrument plus large que lui. Et le destin – car c'était lui, il en était certain, bien que jusqu'à ce jour il n'y ait jamais cru – avait fait freiner un peu trop brusquement le conducteur du train, provoquant un sursaut surpris et agacé chez les passagers. Un infime décalage des corps, tel un rideau de théâtre qui s'ouvrirait légèrement, suffisamment pour qu'il l'aperçoive, assise à quelques pas de lui, le front penché sur un grand cahier dont il ne pouvait distinguer le contenu. Une mèche de cheveux échappée de son chignon venait épouser l'arrondi de sa joue. Ses lèvres semblaient murmurer, comme si elle lisait à mi-voix. Ses mains fines et décidées battaient discrètement la mesure. Ses bras nus et légèrement hâlés avaient une grâce à damner un saint. Il se dégageait d'elle une part d'enfance qui ne voulait pas mourir et une féminité sensuelle qui rendait toutes les autres femmes présentes insipides.

Le métro avait coupé ses moteurs, plongeant les voyageurs dans le noir. Pour Raphaël, le temps s'était arrêté… Ni les réflexions de certains passagers ni la voix atone et résignée du conducteur leur expliquant qu'ils allaient rester quelques minutes coincés dans le tunnel ne lui firent détacher son regard de la jeune femme.

L'accordéon, qui s'était tu au moment du coup du frein, avait repris sa mélodie dans la pénombre. La jeune femme avait relevé la tête, et ses yeux d'un vert éclatant avaient enfin croisé ceux de Raphaël pour ne plus les lâcher. La musique créait entre eux un lien, tels deux bras tendus l'un vers l'autre. Ils n'étaient plus que trois, elle, lui et le musicien. Les autres avaient disparu. Un sourire timide avait éclairé un peu plus son beau visage. Raphaël avait souri aussi. Elle avait rougi. À cet instant, il aurait voulu se lever pour l'inviter à danser, la tenir dans ses bras. La sensation d'un je-ne-sais-quoi de suranné l'envahit, un peu comme s'ils avaient été projetés dans une autre époque.

Puis le bruit du métro qui redémarrait avait rompu le charme, les lumières les éclaboussant violemment. Son regard avait quitté le sien pour retourner au grand cahier qu'elle tenait entre ses jolies mains. Plus que deux stations…

Si elle me regarde encore une fois, j'irai peut-être lui parler… Mais la jeune femme avait gardé la tête baissée, et Raphaël était descendu à son arrêt, regardant depuis le quai le métro s'éloigner avec au cœur un immense regret qui l'avait agrippé toute la journée et rendu rêveur le reste de la semaine. À la librairie, il était comme absent, et le soir, dans les bras d'Aude, il sentait bien que ses gestes n'avaient plus la même tendresse.

Lorsque en montant dans le wagon, le samedi d'après, il l'avait retrouvée, sa gorge s'était nouée d'une émotion étrange, nouvelle. À la station suivante, le même accordéoniste était venu recréer la magie, mais l'absence de coup de frein intempestif et de lumière tamisée avait rendu leur échange de regards plus court. Cette fois, elle n'avait pas baissé les yeux, même lorsque les portes du métro les avaient séparés à nouveau.

Depuis, chaque samedi matin, comme un rendez-vous tacite entre eux, ils se retrouvaient, sous les notes complices de l'accordéoniste. Raphaël était toujours à deux doigts d'aller lui parler, mais il était toujours gagné par cette même timidité qui lui ressemblait si peu, l'empêchant de faire le pas qui les séparait. Il avait bien tenté de prendre le même train à la même heure les autres jours de la semaine, mais il n'y avait jamais vu sa belle inconnue. Princesse d'un conte oublié, elle semblait ne s'incarner que le samedi matin.

Au fil des semaines, cette rencontre avait fini par bousculer sa vie. Elle l'avait poussé à mettre un terme une fois pour toutes à sa relation avec Aude. Il savait désormais que jamais il n'en tomberait amoureux. Malgré ses cris, ses pleurs et ses innombrables appels quotidiens. Même à la librairie, Raphaël n'arrivait plus à être pleinement présent ni attentif aux clients. Julien, son associé ne disait rien, pour le moment. Il ne vivait plus que pour ces huit petites minutes qui les unissaient. Sa seule crainte était d'être en retard et de la manquer. Un jour, il avait même forcé les portes du métro qui se refermaient pour se jeter comme un forcené dans la masse des passagers, provoquant au passage les insultes de certains. Elle, elle avait souri, amusée, attendrie peut-être.

Quatre mois avaient passé ainsi. Quatorze samedis. Cent douze minutes à se regarder, à découvrir toujours chez elle quelque chose de nouveau qui amplifiait son charme. Plus de grand cahier et de livre entre eux. Seulement leurs regards et la musique créant ce lien invisible et silencieux. La chanson de Schönberg tournait en boucle dans sa tête. *Le premier pas, j'aimerais qu'elle fasse le premier pas, je sais, cela ne se fait pas…*

Alors ce samedi, il tient à être beau. Hier, il s'est juré que, cette fois, il irait vers elle, ne serait-ce que pour entendre le son de sa voix et connaître son prénom.

L'année est sur le point de se terminer, il ne veut pas commencer la nouvelle sans elle.

– 2 –

En descendant ses deux étages, Nina manque de trébucher à cause du chat de la gardienne qui dort paisiblement sur l'une des marches de l'escalier. Elle s'agrippe à la rampe et laisse échapper sa canne. Dans un miaulement aigu, le chat dévale le dernier étage et part se réfugier dans la cour. Encore tremblante, Nina aperçoit la tête de madame Dufois en bas de l'escalier.

– Tout va bien, madame Rendinsky ?

– Oui, oui, mais c'est encore votre chat qui trouve l'escalier plus confortable que votre fauteuil ! Et ma canne est tombée…

– Ne bougez pas, je viens vous aider !

Madame Dufois monte les marches aussi vite que le permet son fort embonpoint. En se baissant pour ramasser l'objet, elle dévoile sa large poitrine qui, malgré les années, a conservé une incroyable fermeté. Nina sourit, amusée de tant d'indécente coquetterie chez une femme de cet âge, elle qui a toujours veillé à bien fermer jusqu'au dernier bouton de ses chemisiers.

– Merci, chère madame, dit-elle en prenant sa canne des mains aux doigts peinturlurés de rouge.

– Je suis désolée, madame Rendinsky, mais Che Guevara n'en fait qu'à sa tête !

Je ne m'habituerai jamais au nom de ce chat ! pense Nina, en se gardant bien d'ajouter quoi que ce soit, sous peine que la reine de beauté lui tienne la jambe pendant de longues minutes et la mette en retard.

En sortant dans la rue, Nina est saisie par le froid et attendrie par les premiers flocons de neige qui tombent doucement sur ses épaules. Les décorations de Noël illuminent le quartier pour la plus grande joie des enfants. Nina réprime l'émotion qui la saisit. Elle presse le pas vers la station de taxis qu'elle trouve déserte. Elle a promis à Geneviève, son amie du bridge, de l'accompagner voir les vitrines animées des Galeries Lafayette avec l'une de ses petites-filles. Et comme elle n'aime pas la foule, elle l'a convaincue d'y aller le plus tôt possible. Elle avait d'abord refusé cette sortie ; l'ambiance de Noël, qui la renvoyait à sa solitude, était toujours trop douloureuse pour elle. Elle aurait tant aimé, elle aussi, tenir la main d'un enfant et voir ses yeux briller devant un père Noël de pacotille. Mais Geneviève avait tellement insisté et il lui était difficile de refuser quoi que ce soit à sa vieille amie.

Toujours aucun taxi en vue ; Nina commence à s'impatienter. Elle va être en retard et elle déteste ça. Pour elle, la ponctualité a toujours été une valeur essentielle. Au bout d'une dizaine de minutes, elle se résigne à se diriger vers le métro, qu'elle évite consciencieusement depuis des années. Elle n'aime ni la promiscuité ni l'impression d'être enfermée sous terre. Trop de mauvais souvenirs…

Les marches, pas encore salées, sont glissantes. Nina agrippe la rampe, un peu dégoûtée à la pensée de toutes ces mains qui s'y sont posées avant les siennes. Elle se maudit d'avoir oublié ses gants, qu'elle revoit sagement posés sur la commode de l'entrée. Plusieurs personnes la doublent, la frôlent, sans lui jeter un regard. La peur de tomber la gagne. Une jeune femme coiffée d'un bonnet rouge la dépasse, puis remonte les quelques marches.

– Je peux vous aider, madame ?

Nina sourit au beau visage, à peine visible sous la grosse écharpe remontée jusqu'au nez.

– Volontiers. Merci, mademoiselle.

La jeune femme lui prend le bras et l'accompagne doucement jusqu'au guichet. Elle porte un parfum frais, qui rappelle le printemps.

– Merci beaucoup mademoiselle, vous êtes adorable.

– Je vous en prie, madame, bonne journée.

La jeune fille s'apprête à passer les tourniquets lorsque Nina, sans trop savoir pourquoi, l'interpelle :

– J'aimerais connaître votre prénom.

– Jeanne… Au revoir, madame !

Tout en cherchant son porte-monnaie pour acheter un ticket, Nina regarde disparaître le bonnet rouge, émue par tant de grâce et de gentillesse. Une fois sur le quai, elle aperçoit à l'autre bout la jeune femme, assise, un grand cahier ouvert sur les genoux.

– 3 –

Liviu a très mal dormi. Son cousin, collé à lui pour se réchauffer, n'a pas cessé de ronfler. Même son grand-père ne faisait pas autant de bruit ! Pour échapper au froid, ils ont dormi tout habillé, et l'odeur de transpiration qui plane dans la piaule lui donne presque la nausée. Il fait encore nuit noire lorsqu'il s'extirpe du matelas sans réveiller son cousin ni son oncle qui dort en émettant un sifflement un peu plus loin. Liviu fait sa toilette au lavabo qui, lui aussi, a gâché une partie de sa nuit en gouttant avec la même horripilante régularité que le tic-tac d'une horloge. En se regardant dans la glace, il constate, désespéré, qu'il n'a toujours aucun poil sur le menton. À dix-sept ans, dans sa famille, c'est presque une infirmité, et un perpétuel sujet de rigolade et de moquerie entre son oncle et son cousin, si fiers de leur virile pilosité. Le bruit que fait son ventre le ramène à la réalité. Il ouvre la porte du frigo, seul luxe de la chambre. La lumière glauque éclaire ses vieilles baskets, un peu trop petites pour lui. Il trouve dans le frigo un yaourt et une tranche de jambon qu'il place dans une demi-baguette. En silence, il avale le laitage et enveloppe le sandwich dans un morceau de Sopalin, et le glisse dans la poche de son blouson. Sans un dernier regard pour les deux dormeurs, il hisse sur son dos le lourd accordéon et sort de chez lui, heureux de retrouver un air plus pur.

Dehors, il éprouve une joie d'enfant en voyant la neige qui a recouvert les voitures et les trottoirs. Si sa sœur avait été là, il l'aurait bombardée de boules de neige, et elle aurait gloussé de son rire d'oiseau. Liviu sourit. Sa chipie de sœur lui manque. Elle doit avoir changé, être presque une femme à présent. Un an qu'il ne l'a pas vue. D'un revers de la main, il essuie une larme. Encore un peu et il pensait à sa mère… Et ça, ce n'est pas possible s'il veut trouver la force de jouer. Et puis, il est un homme désormais ! Un homme ne pleure pas bêtement, surtout quand il peut parler à sa mère presque tous les soirs, du moins les jours où il gagne assez pour recharger son forfait de téléphone.

Liviu aime bien jouer le samedi. Les gens sont moins stressés, plus à l'écoute de sa musique et donc plus généreux. Il l'aime bien, sa ligne, il la connaît par cœur. En janvier, il va devoir en changer. Ça l'attriste. Mais dans son monde, il y a des règles, des lois, et on doit les respecter. Pourvu qu'on ne le renvoie pas dans le RER !

Après avoir marché une bonne demi-heure courbé sous le poids de son instrument, Liviu s'engouffre dans le métro. La chaleur lui fait du bien. Ses doigts engourdis mettent plusieurs minutes à se réchauffer. Installé sur un des bancs du quai, il en profite pour manger son sandwich, laissant son esprit vagabonder. *Par quelle musique vais-je commencer ?*

En un an, il a appris par cœur une bonne partie des chansons qu'aiment les Parisiens. Il éprouve toujours la même petite flamme de fierté lorsqu'il voit leurs visages quitter l'écran de leurs portables et leurs lèvres fredonner discrètement les refrains. De temps en temps, par nostalgie, il glisse une ballade de chez lui.

Lorsque, pour ses sept ans, son père lui avait mis entre les mains son premier accordéon, il avait su qu'une grande histoire d'amour venait de naître. Il avait *le* don ! À force de regarder et d'écouter jouer son père et ses oncles, il avait naturellement su où placer ses doigts, sans avoir jamais ouvert une partition. Il jouait tout à l'oreille, la musique dont il avait été nourri depuis sa naissance était inscrite en lui et venait lui chuchoter les notes. Il avait passé des heures à travailler, rejouant à en avoir les mains tétanisées, douloureuses de crampes, les mêmes morceaux. À onze ans, il jouait aussi bien que son père. Le soir, lorsque ce dernier rentrait de l'usine, toujours un peu plus las et courbé, Liviu lui jouait ses airs préférés, accompagné au chant par la voix douce de sa mère. Et toujours son père lui disait, le regard plein de fierté, « Tu es le meilleur de nous tous, mon fils… »

Liviu entre dans le wagon, où de rares voyageurs, les yeux encore plein de sommeil, sont installés. Il est facile de deviner ceux qui ont fait la fête toute la nuit et rentrent seulement chez eux. Il commence par un air doux, pour ne pas trop les brusquer. *Ramona, j'ai fait un rêve merveilleux, Ramona nous étions partis tous les deux…* Certains le regardent en souriant, les autres gardent obstinément leur casque sur les oreilles. Il ferme les yeux et se laisse à son tour envahir par sa musique. Lorsqu'il joue, il oublie qu'il est à Paris, loin de chez lui, enfermé pour toute une journée dans les entrailles de la Terre. Il se sent entier, capable de tout supporter, de tout accepter, même cette foutue misère qu'il traverse sans se plaindre depuis la mort de son père. Si un jour il ne pouvait plus tenir son meilleur ami entre ses mains, il en crèverait, c'est sûr.

Un groupe de jeunes touristes l'applaudissent en poussant des grands « *Again, again* ». Il leur joue *La Vie en rose.* Et change de wagon.

– 4 –

Jeanne se réveille en sursaut, le dos trempé de sueur et le souffle court. Elle n'arrive pas bien à se souvenir de son cauchemar. Il y avait des cris, de la fumée, de la peur surtout. Ce n'est que sous la douche qu'elle parvient à se défaire de l'impression pénible d'y être encore. Elle se prend à sourire et, à travers le rideau de douche, regarde l'horloge accrochée au mur. Elle a tout juste le temps. Samedi, enfin !

Son portable sur la table de la cuisine, un vieux Nokia qu'elle a depuis l'adolescence et qui fonctionne encore par l'opération du Saint-Esprit, indique qu'elle a reçu un message. Elle devine qu'il est de Laurent et jette le téléphone dans son sac sans lire le texto. Il ne va pas encore lui gâcher sa journée. Pas aujourd'hui, pas un samedi !

Elle enfile son manteau, enroule sa longue écharpe autour de son cou et visse sur sa tête le bonnet rouge qu'elle a enfin terminé de tricoter la veille. Son sac en bandoulière, elle y glisse son grand cahier de partitions. Zevaco saute du lit et vient s'enrouler entre ses jambes en ronronnant. Jeanne le prend dans ses bras et l'embrasse entre les deux oreilles, là où c'est si doux. « À ce soir, mon chat… » Elle a toujours un pincement au cœur de le laisser seul toute la journée dans son studio. Elle se console en se disant que, quoi qu'il arrive, il est mieux dans ces vingt-cinq mètres carrés que dans la grande maison de Laurent qui le détestait et lui balançait un coup de pied dès qu'il le trouvait sur sa route.

Une fois dans la rue, indifférente à la neige, Jeanne court vers la bouche du métro située à quelques rues de chez elle. Elle manque de tomber plusieurs fois tant le sol est boueux, elle regrette de n'avoir pas mis de chaussures plus adéquates.

Il y a beaucoup de monde, ce dernier samedi matin avant les fêtes. Elle devine avec lassitude que la journée va être longue, à la boutique. Et que les clientes vont lui en faire voir de toutes les couleurs ! Combien de temps tiendra-t-elle encore, à faire ce boulot qui lui permet tout juste de payer son loyer et ses cours ? Un jour, elle aussi, elle sera sur scène, devant un public debout pour l'ovationner. En pensant à l'audition qu'elle prépare pour la rentrée, son ventre se noue. Pourtant, au dire de ses professeurs, elle est prête. En descendant les marches, Jeanne aperçoit une vieille dame, très chic, cramponnée à la rampe. *Pas le temps…* Prise d'un remords, elle fait demi-tour et lui propose son aide. Le regard bleu de la dame déborde de reconnaissance et de dignité. Jeanne est frappée par la noblesse et la beauté de ce visage à peine touché par les ans. Elle la quitte au guichet.

Plus que quatre minutes ! *Sera-t-il là ?* Depuis plusieurs semaines, la même excitation, la même émotion l'étreint et lui donne l'impression idiote d'avoir des ailes. *Va-t-il enfin oser ?* Jeanne se prend à rêver, perdue dans son cahier où les notes ne forment plus que de petites taches noires. *Et si je faisais le premier pas ?* Jeanne a chaud tout à coup. Elle enlève son écharpe et son bonnet puis les glisse dans son sac. *Je vais aller lui parler, je vais aller lui dire qu'il m'empêche de dormir depuis des mois. Qu'il est ma seule source de joie, que j'attends nos samedis avec de plus en plus d'impatience. Que je crève d'envie de connaître son nom, sa voix... sa peau.* Jeanne rougit. Elle revit la scène de la première fois, lorsque leurs regards s'étaient trouvés. Son corps avait frissonné, s'était réveillé. Un sentiment inconnu, doux et violent à la fois, qui n'avait cessé de se préciser à chacune de leurs rencontres. Et depuis, elle sentait qu'elle avait changé ; même sa voix, jusqu'alors si timide selon ses professeurs, était devenue plus chaude, plus profonde. Elle avait lâché les chevaux et ne cessait de progresser. Elle savait qu'elle le lui devait, à lui, à son regard. Jamais un homme ne l'avait encore regardée ainsi et ne lui avait inspiré une telle confiance. Pas même Laurent. Surtout pas Laurent.

Les portes du métro s'ouvrent, laissant échapper les notes de l'accordéon. Jeanne sourit au jeune musicien. Elle aimerait connaître son prénom, à lui aussi. Le remercier autrement qu'avec une pièce d'un euro pour la magie qu'il crée tous les samedis. En face d'elle, deux jeunes filles sont sur leurs téléphones et se montrent des photos en les commentant bruyamment. Jeanne observe avec circonspection cette époque dont elle se sent si étrangère. Presque tous les passagers, sans doute plongés sur les réseaux sociaux, ont un casque sur les oreilles ou un portable entre les mains. *Si j'avais moi aussi été comme eux, aurais-je levé les yeux sur lui ? Aurais-je entendu l'accordéon ?*

Elle se laisse envelopper par la musique. Plus que deux stations, et il sera là. Cette fois, elle se le jure, elle ira vers lui. Et peut-être qu'enfin sa vie prendra un tour plus joli.

– 5 –

Estelle sent l'excitation monter et lui chatouiller le nez. D'abord parce que Noël est dans trois jours, et qu'elle le sait, elle l'a vu caché derrière l'armoire, elle va enfin recevoir le vélo rouge qu'elle réclame à cor et à cri depuis des mois. Elle sait depuis bien longtemps que le père Noël n'existe pas, mais pour faire plaisir à sa mère et ne pas détruire les illusions de son petit frère, elle fait comme si. Bien qu'elle considère que c'est un peu ridicule à six ans ! Elle, à cet âge-là, elle savait déjà que la magie de Noël, c'était un truc qui n'existait que dans les histoires, que c'était sa maman qui déposait les cadeaux sous le sapin. Depuis quatre ans, Noël, ils le fêtent tous les trois. Et elle est désormais assez grande pour comprendre que le sourire qu'affiche sa mère n'est là que pour cacher sa tristesse. Alors la magie de Noël…

Mais surtout, ce qui rend Estelle si heureuse ce matin, c'est que, pour la première fois, sa mère a accepté qu'elle prenne le métro toute seule pour aller à son cours de danse. C'est la dernière répétition avant le spectacle de cet après-midi. Après s'être habillée en silence afin de ne pas réveiller son petit frère, elle file dans la salle de bains pour faire son chignon. Ses cheveux courts et légèrement crépus lui donnent du mal, elle n'arrive pas à faire tenir les épingles. Sa professeure ne plaisante pas, aucune mèche ne doit dépasser. Deux belles mains noires se posent sur sa tête.

– Je vais t'aider, mon cœur.

Estelle laisse faire sa mère.

– Tu n'as pas trop le trac ?

– Oh non ! Enfin si, un peu… Tu ne te mettras pas trop près, hein ?

Christiane sourit à sa fille. *Qu'elle est grande déjà…*

– Non, promis ! Ton frère et moi, on va se mettre au cinquième rang. Viens me faire un câlin.

Estelle en profite pour respirer le parfum de sa mère, avant de s'échapper.

– Maman, je vais être en retard !

Christiane la lâche avec un pincement au cœur.

– Tu me promets de faire attention dans le métro ? Tu ne parles pas aux inconnus ! Tu t'assois à côté d'une personne qui t'inspire confiance ! Et tu fais attention de ne pas rater la station ! Et aussi, n'oublie pas de demander à madame Monceau de m'envoyer un texto quand tu arrives !

– Mais oui, maman ! Je sais…

Christiane sourit devant la détermination de la petite. *C'est fou comme elle ressemble à son père.*

Au moment où Estelle passe la porte, Christiane a envie de la retenir, qu'elle redevienne son bébé. Elle lui crie une dernière fois :

– Pense au texto !

Estelle, déjà en bas de l'escalier, lui fait un grand signe de la main.

Dans la rue, elle lève son petit nez pour regarder les flocons. Puis, fièrement, prend le chemin du métro. Il y a peu de monde sur le quai. À quelques pas d'elle, assis sur l'un des sièges, un jeune homme tout débraillé tient une bouteille quasi vide et pousse des cris stridents en lui jetant des regards de fou. Estelle, prise de tremblements, garde les yeux baissés sur ses chaussures. Sa mère lui a toujours dit d'ignorer ce genre de personnages. Mais la peur lui serre la gorge et rend son corps aussi lourd que du plomb. L'homme s'est levé et a l'air de se diriger vers elle. Le métro arrive enfin, et Estelle se jette dans le wagon, manquant de tomber sur l'un des passagers. Les portes se referment et elle respire. Elle cherche du regard la personne à côté de qui elle peut s'asseoir. Une vieille dame lui sourit et retire son sac posé sur le siège à côté d'elle, comme une invitation à la rejoindre. Le sourire de la dame a apaisé sa peur et Estelle s'installe en la remerciant.

Elle observe les autres passagers. Un peu plus loin, un petit garçon à peine plus âgé que son frère rit aux grimaces de son père. Elle ferme les yeux. Son père à elle, où est-il passé ? Reviendra-t-il un jour ? Sa mère en est persuadée, elle non. Pas une carte, pas un coup de téléphone en quatre ans. Un soir, il n'est pas rentré, c'est tout. Et secrètement, elle préfère ce silence au bruit des disputes qui venait de la chambre de ses parents. À la naissance de Paul, elle avait senti qu'elle n'avait pas un papa comme ceux de ses petites camarades. Un papa qui vient te chercher à la sortie de l'école, qui joue le soir avec toi et t'aide à faire tes devoirs.

– Papa, au magasin, il sera là le père Noël ? demande le petit garçon.

Estelle ouvre ses yeux. *Pff… encore un qui croit à toutes ces bêtises !*

La vieille dame se penche vers elle. Elle ressemble un peu à celle des albums de Babar qu'elle aimait tant quand elle était petite, se demandant toujours pourquoi elle n'avait pas de nom.

– Toi aussi, tu vas admirer les vitrines de Noël ?

– Oh non, je suis trop grande pour ça ! Moi, je vais répéter pour mon spectacle de danse.

La dame sourit.

– 6 –

Il a fait très froid cette nuit, j'ai bien cru que je ne me réveillerais pas. Plus j'avance en âge, plus il m'est difficile de dormir à même le sol dans mon vieux sac de couchage puant le chien qui a pris la pluie. J'ai été tenté de me laisser aller pour ne plus sentir la morsure du gel sur mes pieds et mes mains. La mort est tentante les nuits d'hiver. Elle a les traits d'une amante qui vous tend les bras. J'ai encore les doigts tout raides et mes articulations me font un mal de chien. Chienne de vie. Pourtant, je ne sais pas trop pourquoi, je l'aime cette vie, je m'y accroche comme si elle avait encore quelque chose à m'offrir. Même si, on ne peut pas dire qu'elle ait souvent tenu ses promesses, à moins que ce soit moi qui n'aie pas tenu les miennes…

Nous étions nombreux dans le tunnel. Toute la nuit des miséreux n'ont cessé d'arriver. Pas assez de place dans les refuges. Moi, j'ai pas envie d'y mettre les pieds, question de choix, de dignité. Mais si cette foutue neige continue à geler le sol, je vais bien être obligé de me résoudre à pousser la porte de ces mouroirs.

Ahmed a réussi à nous trouver du café chaud. Il est débrouillard, ce gars-là, bien plus que moi. Faut dire qu'il est jeune encore. Je l'aime bien, il rigole tout le temps, malgré tout ce qu'il a dû traverser. Ça se voit dans ses yeux, ils sont déjà vieillis, comme délavés par les larmes qu'il verse quelquefois quand il croit que nous autres dormons à poings fermés. Si c'est pas malheureux de voir toute cette jeunesse crever dans la rue, parce que pas assez d'expérience pour un petit boulot, pas de papiers, pas de famille ou d'amis pour tendre la main. Et cette putain de vinasse qu'ils boivent au goulot pour ne plus penser, s'anesthésier de la vie et du froid. Moi, depuis quinze ans que je vis dans la rue, j'ai pas touché une goutte d'alcool. Faut dire que c'est lui qui m'y a mis, dans la rue. Si je l'avais pas tant aimé, je serais pas là… Parfois, quand le sommeil ne vient pas, j'imagine la vie que j'aurais pu avoir si ma première gorgée de bière ne m'avait pas tant émoustillé.

Suis une légende pour les jeunes. Le vieux qui ne boit pas et qui est toujours vivant, ça les impressionne ! Suis devenu une sorte de patriarche, qu'ils viennent voir quand ils ont un conflit à régler ou quand ceux qui ne savent pas écrire ont besoin de remplir des papiers. Certains m'appellent « l'intello ». Quand les jours commencent à rallonger, ils sont nombreux à venir m'écouter leur lire des livres. Ils sont comme des gosses accrochés à mes basques pour connaître la fin de l'histoire ! J'aime bien ces moments où on oublie le monde de merde qui nous entoure et qu'on plonge d'un même corps dans la vie d'un autre. Je crois que mon plus grand succès, ç'a été avec *Le Comte de Monte-Cristo*. Ils étaient comme des fous. Ils avaient envie de s'y reconnaître. En Edmond, ils ont vu la possibilité que le sort peut tourner, même lorsqu'on est au plus bas. Moi, je me reconnais plutôt dans l'abbé Faria. Ça doit être la barbe grise, ou le besoin de transmettre, je sais pas.

J'ai toujours aimé lire. Même lorsque j'étais saoul à ne plus pouvoir tenir debout, je trouvais toujours la force de dévorer quelques lignes. Gamin, déjà, j'avais tout le temps un bouquin dans ma poche. C'est ma grand-mère Lucie qui m'a donné le goût de la lecture, son grenier débordait de livres et de revues. Avec elle, aucun roman n'était interdit, pas même les plus coquins comme elle disait.

J'ai commencé à apprendre à lire le français à Ahmed. Il est plutôt doué. Il a tellement envie. Ça me touche. Dans son pays, il était comédien. De temps en temps, sans doute lorsqu'il a moins le mal du pays, il me joue du Molière ou du Shakespeare dans sa langue. Je le trouve bon, même si je ne comprends pas un traître mot.

Heureusement qu'il y a Nicole pour me fournir en nouveaux livres chaque semaine. C'est un peu ma dealeuse à moi. Elle travaille comme vendeuse chez *Gibert Jeune*, c'est elle qui achète les livres dont les gens ne veulent plus. Un jour que je traînais sur un banc place Saint-Michel, le nez plongé dans un bouquin que j'avais récupéré dans une poubelle, elle est venue s'asseoir près de moi. Pas dégoûtée du clodo. Elle m'a tendu un sandwich. On a commencé à parler littérature comme sur le plateau de Pivot. Puis elle m'a proposé de me donner quelques livres et m'a offert un café. Nicole, c'est un peu l'un de mes derniers liens avec le monde d'en face, celui qui travaille et qui paye ses impôts, celui qui dort chaque nuit dans un bon lit et prend une douche chaude le matin. J'ai beaucoup de tendresse pour elle. En plus des livres, elle m'offre souvent à manger et l'hiver un pull de son mari. Ça réchauffe un peu le cœur, une présence pareille…

À Noël, je me débrouille toujours pour lui trouver un petit cadeau. Oh, pas grand-chose, mais c'est l'intention qui compte, comme je dis toujours. Cette année, ça sera un beau foulard que j'ai trouvé à Emmaüs. En voilà un qui manque à notre époque… C'est peut-être idiot, mais je me dis que si le Pierre était encore là, bah on serait pas si nombreux à crever de froid et de faim dans la rue. C'est étrange, quand même, que des gars comme lui ou Coluche n'existent plus aujourd'hui ; quelle époque de merde !

À 20 heures sur le quai

Putain de froid, putain de neige ! Heureusement qu'il y a le métro pour être au chaud et bouquiner tranquillement.

– 7 –

En descendant dans la cour de son immeuble, Raphaël distingue une silhouette cachée derrière les boîtes aux lettres. Il devine que c'est Aude avant même qu'elle ne se jette dans ses bras. Doucement, mais fermement, il tente de se dégager. Elle a les yeux rouges et gonflés de ceux qui ont pleuré toute la nuit. Il se déteste de lui faire du mal, mais il ne va pas rester avec une femme qu'il n'aime pas simplement pour éviter de la faire souffrir ou par facilité. Les mains froides s'agrippent à son blouson et les lèvres de la jeune femme cherchent à attraper les siennes. Raphaël se force à ne pas la rejeter trop brusquement.

– Aude, s'il te plaît, je suis pressé ! Laisse-moi passer !

– Raphaël, je t'en supplie, tu ne peux pas me traiter comme ça ! Je sais que tu m'aimes encore ! Je sais que tu me désires encore !

Elle crie presque. Sa voix lui est devenue insupportable. Raphaël se dirige vers la porte cochère sans faiblir.

– Non, je ne suis plus amoureux de toi.

Son ton est las, fatigué de ces scènes à répétition qu'il vit depuis deux mois.

– Mais la semaine dernière, j'ai senti que tu m'aimais quand tu me faisais l'amour ! Que tu m'aimais ! Ce n'était pas que de la baise ! Regarde-moi ! Ose me dire que tu ne me désirais pas !

Depuis cette fameuse nuit où elle était venue le surprendre chez lui, il ne se pardonne pas cet instant de faiblesse. Il se maudit d'avoir cédé à cause de trop d'alcool, de trop de solitude, d'un désir inconnu et violent qui le traverse chaque soir depuis le premier samedi, et qu'il a lâchement assouvi avec le corps d'une autre. Il lui avait pourtant dit au petit matin, une fois dégrisé, que c'était une erreur, que cela ne se reproduirait plus… Et elle avait dit « oui oui, mon amour » avec cette assurance de femme sûre de son pouvoir de séduction et de la beauté de son corps. Il avait eu six jours de paix, sans messages, sans pleurs, jusqu'à ce matin.

La colère commence à lui piquer la gorge. Lui tenant fermement les deux bras, il plonge ses yeux dans les siens.

– Aude, une bonne fois pour toutes, c'était une erreur ! Je n'aurais pas dû et toi non plus ! Passe à autre chose ! Je ne t'aime pas !

La jeune femme se met à pleurer. Elle hurle.

– Mais tu m'as dit que tu m'aimais !

– Peut-être, mais ce n'est plus le cas ! Et puis… j'aime une autre femme.

Raphaël sent le corps d'Aude s'affaisser, comme si elle allait tomber. De rouge, elle est devenue blême. Il sait qu'il vient de lui porter le coup de grâce. Il a hésité, mais après tout, c'est vrai, il aime son inconnue et aujourd'hui il va enfin oser lui parler.

– Je te hais ! hurle-t-elle avant d'ouvrir la porte de l'immeuble et de sortir en courant.

Raphaël sort à son tour et la regarde disparaître parmi la foule et les flocons de neige. Il jette un coup d'œil à sa montre. *Heureusement que j'étais en avance…*

Penser au rendez-vous qui l'attend lui fait instantanément oublier la scène qu'il vient de vivre. Et c'est heureux et confiant qu'il descend les marches du métro. Le panneau lumineux du quai indique qu'il a encore cinq longues minutes à attendre avant le prochain train. Dans la poche de son jean, il sent son portable vibrer. Aude certainement… Après quelques secondes encore un appel, puis un autre. *J'en sortirai jamais…* Il finit par se saisir du portable dans sa poche. Trois appels de Julien. Cela ne lui ressemble pas, il est plutôt du genre à préférer les textos.

Le grondement métallique du métro se fait entendre. Seul ce qu'il s'apprête à vivre a de l'importance à cet instant. Il a pour la première fois l'impression qu'il va prendre sa vie en main et que la scène qui la fera basculer est sur le point de se jouer.

Les portes s'ouvrent devant lui. Les notes de l'accordéon l'invitent à la rejoindre. Elle est là. Elle le regarde, lui sourit. Sans la quitter des yeux, il s'installe pour la première fois face à elle. Leurs genoux se touchent et ce simple contact lui donne des frissons dans tout le corps. Le musicien vient se placer tout près d'eux et entonne *La Vie en rose*. Ils se regardent tous les trois, heureux de leur complicité. Raphaël voudrait parler, mais il a la gorge sèche. Et puis, il aime faire durer ce moment où rien n'est encore écrit. Leurs yeux parlent pour eux. Il peut enfin admirer de plus près la beauté des siens, d'un vert éclatant. Il sent son parfum et sait que plus jamais il n'en aimera un autre. Leurs mains posées sur leurs genoux s'attirent comme deux aimants.

Qu'elle est belle… C'est fou, mais je l'aime déjà… et je sais qu'elle m'aime aussi.

Il se trouve risible de mièvrerie mais se surprend à aimer ça.

Son portable recommence à vibrer. Il va l'entendre, Julien, pour lui avoir un peu abîmé son moment. Son ami le sait, pourtant, que ce matin il va enfin parler à la femme de sa vie et qu'il sera en retard à la librairie puisqu'il va descendre à sa station à elle et, si elle l'accepte, l'accompagner jusqu'au lieu où elle se rend tous les samedis. Une vague inquiétude le saisit. *Ça ne ressemble pas à Julien d'oublier ce genre de choses...*

Sans lâcher les yeux de la jeune femme, il sort son portable. À cet instant il reçoit un nouvel appel de Julien.

– Je suis désolé, je dois décrocher...

C'est con quand même que les premiers mots qu'il lui dise soient ceux-là ! La voix de Julien lui hurle aux oreilles.

– Raphaël ! Enfin !!! Il faut que tu viennes tout de suite ! La librairie a été saccagée et cambriolée ! La police est en route ! Allô, tu m'entends ???

– Oui, oui...

– Si tu voyais dans quel état c'est ! Viens tout de suite, OK ?

– Très bien, j'arrive !...

Rien ne se passe comme prévu. La jeune femme qui visiblement a tout entendu lui sourit.

– Allez-y...

Sa voix est encore plus belle que dans ses rêves. Le train entre dans sa station. Raphaël se lève, hésite encore un instant. Il prend la main de la jeune femme.

– Je m'appelle Raphaël, j'ai envie de vous revoir tous les matins... Peut-on se retrouver ce soir à vingt heures sur ce quai ?

– Oui.

Les portes viennent à peine de s'ouvrir qu'il saute déjà sur le quai et part en courant. En montant quatre à quatre les marches de l'escalier, il repense à la douceur de sa peau et au « Oui » plein de promesse qu'elle a murmuré.

En poussant la porte de sortie, il aperçoit un vieil homme à la longue barbe grise et au manteau usé de la poche duquel s'échappe un gros bouquin. Il tente vainement d'enjamber le tourniquet pour entrer dans le métro. Raphaël sort son pass et lui débloque l'accès. L'homme le regarde avec une gratitude qui lui laisse penser que, visiblement, ce simple geste vient de lui redonner foi en l'humanité. Touché, le jeune homme lui adresse un signe de la main avant de reprendre sa course.

Il est presque en haut des escaliers. Il voit le ciel gris et les flocons de neige qui dansent avec une grâce fragile. Dans cinq minutes, il sera à la librairie. Il se dit qu'il est bête de ne pas lui avoir demandé son prénom. Pour quelques heures encore, elle va rester sa belle inconnue. Il se retourne une dernière fois, comme poussé par un regret ; c'est idiot puisqu'il la verra ce soir.

Une déflagration. Il ne comprend pas tout de suite. Il voit les personnes derrière lui se mettre à courir et à hurler. Il réalise soudain… Il veut retourner vers le quai, la rejoindre, la sauver. La foule est lâchée, le torrent qui déferle sur lui l'empêche de passer. La terreur s'est greffée sur les visages, les transformant en masques de tragédie. Il se sent projeté en avant, comme soufflé. Il perd l'équilibre et sa tête vient heurter l'une des marches. Il entend encore des cris, distingue des silhouettes qui passent en courant près de lui. Puis tout devient noir.

– 8 –

Des hurlements qui lui tapent dans la tête, partout de la fumée qui lui brûle les yeux. Le sentiment qu'aucun son ne peut sortir de sa gorge. Jeanne a l'impression d'être à nouveau dans son cauchemar. Elle pourrait le croire sans cette douleur infernale et bien réelle dans son bras gauche et sa poitrine. Elle pense avec une rapidité effrayante. Les mots se bousculent sous son crâne.

Tout est allé si vite. L'émotion de retrouver Raphaël. Elle connaît son prénom à présent. Il lui va bien. *Raphaël a l'air d'un ange...* Entendre sa voix pour la première fois, sentir sa peau, sa main dans la sienne. Ces frissons qui lui ont parcouru tout le corps. Ce rendez-vous donné, manqué désormais. Les portes qui se ferment sur lui, le train qui redémarre et soudain, ce bruit assourdissant, cette sensation d'être projetée dans les airs, d'avoir le souffle coupé, le bras arraché, le front qui tape violemment contre quelque chose de froid. Plus de musique, rien que des cris.

Avec difficulté, Jeanne se redresse. La tête lui tourne. La fumée devient de plus en plus dense. Elle a du mal à respirer. Des ombres cherchent à ouvrir les portes, d'autres, les ridicules petites fenêtres pour attraper de l'air. Elle n'ose pas encore regarder à ses pieds, ni faire un pas. Elle a peur de faire mal, de marcher sur quelqu'un. Au loin un enfant pleure, peut-être sont-ils plusieurs à chercher leurs parents. L'odeur du feu lui parvient. Elle est prise d'une peur panique. D'une envie de s'en sortir. De s'arracher à cet enfer. Le temps d'une seconde, Jeanne ne sait plus où elle est. Elle cherche des yeux le jeune accordéoniste. Elle ne le voit pas. Est-il descendu du wagon avant l'explosion, lui aussi ? Des passagers réussissent à ouvrir l'une des portes. Elle veut se précipiter, une main lui agrippe la cheville, une voix lui souffle de l'aider. Elle tente de soulever la femme qui gît, le visage en sang. Son bras gauche ne lui répond plus. Elle prend enfin conscience que lui aussi est en sang. Son manteau déchiré sur toute la longueur de la manche laisse entrevoir les chairs à vif. De la charpie. De son bras valide, elle essaie d'extraire la femme. La sueur lui coule dans les yeux. Elle ne sait plus si elle a froid ou trop chaud. Un homme passe à ses côtés. Elle lui attrape l'épaule.

– Aidez-moi, je n'arrive pas à la dégager…

Elle ne reconnaît pas sa propre voix, elle semble provenir des profondeurs d'une caverne, appartenir à quelqu'un d'autre. L'homme la repousse violemment et se précipite dans le tunnel sans un regard. Elle tire avec tout ce qu'il lui reste de force, la femme gémit et perd connaissance. L'air devient irrespirable. Elle sait qu'elle n'y arrivera pas toute seule. Enfin, un homme se penche. Un très bel homme noir à la barbe grisonnante et à la stature herculéenne. Il hisse la femme sur son dos. Jeanne reste là, incapable de bouger. Son corps et ses nerfs sont sur le point de lâcher, elle est en train de sombrer dans la folie. L'homme se retourne et lui fait signe de le suivre. Ses jambes ne lui obéissent plus.

– Venez !

Il lui prend la main et la tire hors de la fournaise. *Et les autres ? Que vont devenir, les autres ?*

En file indienne, ils avancent vers le quai, attirés par les quelques lumières qui ont résisté à la déflagration. Du fond du tunnel leur parviennent des hurlements déchirants. L'homme allonge la femme sur le sol et repart vers le gouffre. Jeanne voudrait lui crier de revenir, de rester à ses côtés. Elle a peur. Quelques minutes plus tard, quelques secondes ou bien une éternité, il revient, portant dans ses bras un tout petit garçon au visage gris de poussière et le dépose sur les genoux de Jeanne.

– Gardez-le près de vous, je vais essayer de sortir sa mère.

L'enfant ne pleure pas. Il est raide, ses yeux grands ouverts dans une terrible fixité. Pourtant il respire.

Jeanne lui murmure des mots tendres, lui caresse le front. Il n'a aucune réaction. L'homme revient enfin avec la mère du petit. En voyant son fils, elle pousse un cri de louve, puis perd connaissance. L'enfant vient se coller à elle comme un petit animal. *Je vais me réveiller. Ce n'est pas possible, je vais me réveiller…*

À cet instant, quelque chose se brise en elle, se déchire. Sa respiration devient pesante et douloureuse. Tout devient flou, les bruits s'estompent viennent faire corps avec son corps. Jeanne est dans une bulle qui semble vouloir l'absorber. Elle ferme les yeux.

Des hommes en noir, casqués, tels des chevaliers du Moyen Âge, surgissent, suivis d'hommes et de femmes en blouse blanche. Les secours sont là. On se penche sur elle, on lui demande son nom, si elle sait où elle est, si elle est blessée ailleurs qu'au bras. Ses lèvres bougent, mais plus aucun son ne sort de sa gorge. L'homme noir a de nouveau disparu. Une douleur terrible dans la poitrine la renverse en arrière, elle étouffe. La dernière image qui lui parvient est celle d'une femme en blanc.

– 9 –

Ne pas lâcher sa main. Surtout, ne pas lâcher la main de la petite qu'elle sent trembler dans la sienne.

Lorsque la bombe a explosé, car c'est une bombe, elle le sait – sa mémoire n'a pas oublié cette onde terrible qui précède le fracas –, Nina a pris la fillette dans ses bras. À moins que ce ne soit elle qui se soit réfugiée contre son vieux corps ? Elles sont restées de longues secondes serrées l'une contre l'autre. Puis Nina a regardé autour d'elle. Leur wagon était presque intact, personne à terre. Seulement une fumée âcre qui vous piquait les yeux. Un homme avait hurlé.

– Il faut sortir de là, vite !

Ils étaient plusieurs à s'être précipités vers les portes. De quel côté aller ? Pas à droite, ça brûle là-bas. Le conducteur du train était sorti de sa cabine.

– Restez bien loin des rails ! Collez-vous au mur ! L'électricité doit être coupée, mais on ne sait jamais.

La prochaine station est environ à dix minutes de marche.

Beaucoup s'étaient jetés hors du train. D'autres, comme Nina et la petite, étaient incapables de bouger.

– Allez-y, bon sang ! leur hurle le conducteur.

L'enfant pleure contre son épaule. Elle prend son visage entre ses mains et l'oblige à la regarder.

– Viens ! Ça va aller, on va sortir de là et tu vas retrouver tes parents !

Courageusement, la petite essuie ses larmes, se lève et tente de calmer le tremblement de ses jambes.

En guise de torches, des portables s'allument pour éclairer le long tunnel qui s'étend devant eux.

– Des hommes pour venir avec moi de l'autre côté ? Il doit y avoir beaucoup de blessés…

La voix du conducteur se brise. Il est tout jeune, son sang-froid est admirable. Des ombres se détachent et le suivent. Nina sent l'humidité du mur traverser ses vêtements. Tenant fermement la main de l'enfant, elle avance. Elle ne pensait pas revivre cela un jour. Elle se revoit au même âge que la gamine qui sanglote derrière elle. Une peur identique la prend au ventre. Toujours la fuite. Tout recommence. Dans les murs qui suintent, Nina retrouve l'odeur terreuse des caves qui leur servaient d'abris. Le sol tremblait, prêt à se dérober sous elles. Elle retrouve, intact, le souvenir des bras de sa mère les serrant fort, sa petite sœur et elle.

Sophie... Depuis combien d'années n'a-t-elle pas pensé à elle ? Elle était si petite. Elle la revoit avec son vieux lapin bleu tout défraîchi qu'elle tenait toujours contre elle. Après les abris, il y avait eu la fuite, l'exode sur les routes pour retrouver la sœur de maman qui vivait près d'Orléans. La peur était plus grande, la chute plus imminente à chaque pas. Comme aujourd'hui...

Ils étaient des milliers, chargés de sacs, de paniers à provisions déjà vides, à fuir sans se retourner, abandonnant leurs maisons, leurs souvenirs. Nina se souvient qu'elle avait pleuré en se rendant compte qu'elle avait oublié sa chère poupée sur son lit, alors que Sophie était toujours agrippée à son fichu lapin. Elle était inconsolable. Sa mère avait fini par la gronder, en russe, ce qui était rare. La route était interminable sous le soleil écrasant de ce mois de juin. Mois de malheur et de honte pour la France. Plus elles avançaient, plus leurs pas étaient douloureux. Elle était déjà bien trop grande pour que sa mère la porte, contrairement à Sophie qui avait la chance de pouvoir monter sur son dos. L'image des chevaux éventrés sur la route lui donnait la nausée. Lorsqu'un corps se présentait à leur vue, sa mère leur ordonnait de fermer les yeux. Elle n'y était pas toujours arrivée. Comme pour cette femme, dont la robe retroussée découvrait la culotte et dont les yeux avaient la fixité de la mort. *Elle avait les cheveux blonds, elle était belle...* Il avait fallu quelquefois dormir près des cadavres, que des ombres venaient dépouiller. Même la nuit, la chaleur ne leur laissait aucun répit. Et la soif devenait leur obsession. Des hommes se battaient pour une malheureuse gorgée d'eau.

À l'autre bout du tunnel, les mêmes hurlements que lorsqu'on voyait arriver les avions. Dans le ciel pur, ces oiseaux de proie déboulaient, impitoyables. Il fallait sauter dans les fossés, avoir de la terre jusque dans la bouche. Ceux qui restaient sur la route ou dans les voitures étaient fauchés, déchiquetés. Le silence. Il suivait toujours le passage des avions. Il semblait durer une éternité. Puis les hurlements reprenaient, assourdissants, sortant des poitrines des blessés ou de ceux qui avaient perdu quelqu'un. Comme aujourd'hui…

La guerre, partout, toujours. La folie des hommes qui jamais ne s'arrêtera.

Ils avancent en un long troupeau dans ce tunnel sans fin. Nina a l'impression d'étouffer. Est-ce la fumée ou les souvenirs qui oppressent sa poitrine ? Celui de ce matin-là, surtout, éclatant de soleil, où la chaleur collait ses vêtements à sa peau. Elles étaient si près du but. Depuis deux jours, plus d'avions, plus de morts. Seulement la faim qui leur tenaillait le corps. Il avait surgi d'un coup. Personne ne l'avait vu venir ni entendu. Elles n'avaient pas eu le temps de se mettre à couvert. Sophie marchait devant. Elle cueillait des fleurs pour donner à manger à son lapin. Son petit corps avait volé dans les airs. Dans sa robe blanche, elle ressemblait à un oiseau. Elle était retombée et sa robe était devenue rouge. Sa mère avait hurlé et s'était jetée sur le cadavre de sa fille. L'avion était parti aussitôt sa mission d'ange de la mort accomplie. Jusqu'à la nuit, Nina était restée plantée au milieu de la route, figée devant sa mère pleurant sur le corps de sa sœur, un petit lapin bleu abandonné à ses côtés. Plus jamais Nina n'avait vu sa mère rire, plus jamais elle ne l'avait entendue chanter, même à la libération, même au retour de son père. La mort de Sophie avait déposé un voile noir sur sa famille et mit un terme à son enfance. Le prénom de l'enfant n'avait plus franchi leurs lèvres.

Des portables se mettent à sonner un peu partout. Là-haut, ils doivent déjà être au courant. Tout se sait si vite de nos jours.

Nina aperçoit au loin les premières lumières de la station. Ses vieilles jambes la portent à peine. La petite ne pleure plus. Elle se retourne.

– Comment t'appelles-tu ?

– Estelle.

– Tu es très courageuse, Estelle. Moi, c'est Nina. Regarde, nous sommes bientôt arrivées.

Estelle serre un peu plus fort la main de la vieille dame.

– 10 –

Liviu ne sent plus les doigts de sa main gauche. Il a beau essayer de les bouger, ils ne lui obéissent plus. Une douleur terrible monte jusqu'à son cœur. Il venait de changer de wagon, heureux de voir que ses amoureux, comme il aime les appeler, se parlaient enfin. Il avait tellement attendu cet instant. Assister à la naissance d'un amour, c'est si beau. Quel morceau jouait-il au moment de l'explosion ? Peut-être n'avait-il pas encore commencé à jouer. Il ne sait plus.

Un silence effrayant règne autour de lui, percé de temps à autre par des gémissements. Allongé sur le sol, il sent une main lui frôler le bras. Avec difficulté, il tourne la tête et plonge ses yeux dans ceux d'une femme. Il n'entend pas ce qu'elle lui dit. Combien de temps vont-ils rester ainsi avant de recevoir de l'aide ?

Mon accordéon ! Liviu tente de se redresser. Il l'aperçoit à quelques mètres de lui, à première vue intact, sans blessures. Il ressemble à un grand oiseau aux ailes déployées. Il voudrait le tenir dans ses bras, vérifier que ses touches sont sauves et que ses doigts peuvent encore lui donner vie. Que va-t-il devenir s'il ne peut plus jouer ? De quoi vivra-t-il ? Il ne sait rien faire d'autre, ne veut rien faire d'autre. Sans musique, son existence n'aura plus aucune utilité. Il revoit son père quelques mois avant sa mort, trop faible pour tenir entre ses bras amaigris par la maladie le cher instrument. « Joue pour moi, mon fils ». Et Liviu avait joué, jusqu'à la fin. Jusqu'au moment où les yeux de son père s'étaient fermés pour un ailleurs dont il ne ferait pas partie. Il avait encore joué pour conduire le cortège jusqu'au petit cimetière, puis jusqu'à la nuit, seul devant la tombe.

Il parvient à se mettre à genoux. Regarde autour de lui. D'autres corps se redressent. Des voix appellent à l'aide. La femme à ses côtés ne le regarde plus. Il la secoue. Elle ne bouge pas. Il pose une main sur sa poitrine. Elle respire faiblement. La porte près de lui s'ouvre soudain. Un homme immense à la peau noire apparaît. Liviu lui désigne la femme. L'homme la soulève comme si elle ne pesait pas plus qu'une plume. Dans ses bras, on dirait une poupée de chiffon. Il crie avant de disparaître :

– Que ceux qui peuvent se lever me suivent !

Liviu parvient à se mettre debout. Il tente d'une main d'attraper son instrument. Il pèse le poids d'un mort. Il le tire. À cet instant, un homme le supplie de l'aider. Il a la jambe coincée sous un siège. Il murmure à la raison de sa vie : « Je reviens. »

Sans trop savoir comment, il parvient à dégager la jambe de l'homme et l'aide à se mettre debout. Sa main gauche le fait terriblement souffrir. Ne pas y penser. L'homme pèse sur son épaule. En sautant dans le tunnel, il pousse un cri et manque de perdre connaissance et de les faire tomber tous les deux. Liviu est à bout de forces quand deux pompiers accourent. L'un le soulage de son fardeau, l'autre veut l'aider à avancer, mais Liviu tente désespérément de retourner dans le wagon pour récupérer son accordéon. Le pompier le retient, l'entraîne loin de la porte. Liviu se débat. Il ne peut pas abandonner son instrument.

– Petit, laisse-nous faire ! Il y a le feu !

D'autres pompiers les rejoignent. Liviu est entraîné vers le quai. Personne ne pensera à sauver son accordéon. Il se réfugie dans un coin, loin des autres blessés. Qui peut comprendre, au milieu de ces morts, de cette folie, ce que représente pour un gamin roumain un vieil instrument ? Une femme, vêtue d'une blouse blanche tachée de sang qui laisse deviner un ventre arrondi, s'accroupit devant lui et lui palpe l'épaule. Détournant la tête pour cacher ses larmes, il ne l'a pas entendue approcher. Elle a les yeux clairs, ils lui rappellent un peu ceux de la jolie demoiselle du samedi. Elle lui parle avec douceur.

– Comment t'appelles-tu ?

– Liviu.

– Quel âge as-tu, Liviu ?

– Dix-sept ans dans un mois…

– Moi, je m'appelle Julie, je suis médecin. Montre-moi ta main.

Liviu tend sa main. Julie examine ses doigts, les manipule délicatement. Il crie de douleur.

– Tu as trois doigts cassés… On va t'emmener faire une radio. Mais il y a des cas plus urgents, il va falloir être patient.

Liviu, choqué, reste sans réaction, ne cherche pas à essuyer les larmes qui coulent sur ses joues sales. Touchée par tant de détresse, Julie lui relève le menton.

– As-tu mal autre part ?

Liviu lui fait comprendre que non. Un infirmier court vers eux. Et crie :

– Julie ! Vite, on a besoin de toi ! On en perd un !

Julie se précipite. Liviu la voit s'agenouiller et commencer un massage cardiaque. Face à l'acharnement qu'elle met à sauver cette vie, il oublie un instant sa douleur et son accordéon. Des brancardiers finissent par arriver, hissent le corps stabilisé sur une civière tandis qu'un autre médecin prend le relais et place un masque à oxygène sur le visage du blessé.

Julie revient vers lui. De grosses gouttes de sueur coulent sur son front.

– Il est sauvé ?

– Je ne sais pas… Je crois. Dis-moi ce que je peux faire pour toi.

Liviu hésite à parler. Il n'ose pas évoquer son instrument alors que tant de vies humaines tentent de s'accrocher. Il ne veut pas lui faire perdre son temps. Et puis, il n'est pas certain de trouver les mots justes en français.

– Liviu ?

– J'ai… mon accordéon resté dans le métro...

– Tu jouais dans le métro quand c'est arrivé ?

– Oui. Il est ma vie…

– Moi, je joue du piano… Quel wagon ?

– Trois.

Elle se lève et court vers l'un des pompiers. Liviu les voit discuter. Ils se retournent vers lui. Il voit le pompier qui refuse, catégorique. Julie insiste. Il voit l'homme entrer dans le tunnel. Un temps qui lui semble infini s'écoule. Puis il le voit resurgir et fourrer dans les bras de Julie son trésor. Liviu n'en croit pas ses yeux. *Merci,* murmure-t-il entre ses larmes. Julie lui sourit tendrement.

– Tu verras… Dans quelque temps tu pourras rejouer comme avant. Les doigts se remettent vite.

Timidement, Liviu tend sa main valide vers le ventre de la jeune femme.

– Bébé ?

– Oui, c'est un garçon. Il doit naître dans deux mois…

– 11 –

Estelle se souvient que, petite, elle avait peur du noir. Dans ce tunnel, la même angoisse la saisit et lui donne le sentiment que tout se passe au ralenti. Sans la vieille dame, elle sait qu'elle aurait été incapable de faire un pas. Pour se donner du courage, elle pense à sa mère. À ses mains chaudes sur sa joue, qui essuieraient ses larmes. Estelle n'arrive pas à les retenir. Elle pense qu'elle ne pourra pas danser au spectacle cet après-midi. Que sa mère doit être morte d'inquiétude et qu'elle va la gronder. Ce tunnel ne finira donc jamais ? Souvent, elle se retourne pour voir la fumée devenir plus dense, plus menaçante, comme si elle cherchait à les rattraper, à les engloutir. Sa gorge est tellement sèche qu'elle lui fait mal. Elle se prend à rêver d'une glace à l'eau, celle au citron, sa préférée, surtout l'été.

Une fois sur le quai, elle reste collée à Nina. Heureusement qu'elle a fait le bon choix en s'asseyant à côté d'elle tout à l'heure. Un médecin s'approche.

– Aucune de vous n'est blessée ?

– Non. On a juste très soif...

– Maxime, apporte des bouteilles d'eau. C'est votre petite-fille ?

Avant que Nina ait le temps de répondre. Estelle redresse sa frimousse et sourit au docteur.

– Oui, c'est ma grand-mère !

Elle vient se blottir à nouveau dans les bras de Nina qui la regarde avec émotion. Dans un moment pareil, elle peut bien en profiter. Elle n'a jamais eu de grand-mère. Elle découvre pour la première fois cette douceur qu'elle a tellement enviée à ses camarades. C'est si agréable d'avoir d'autres mains que celles de sa maman pour vous caresser le front, vous consoler. Et puis, elle sent si bon. Un parfum de noisette. Au milieu de toute cette foule paniquée, elle se sent en sécurité dans les bras de Nina.

À quelques pas, elle voit le petit garçon au père Noël qui pleure dans les bras de son papa. Elle est heureuse qu'il aille bien.

– Peut-on sortir, monsieur ?

– Oui, on s'occupera de vous en haut.

Avant qu'elles n'aient eu le temps de se redresser, des pompiers sortent du tunnel en portant le corps ensanglanté d'un homme. Nina plaque une main sur les yeux d'Estelle.

– Ne regarde pas !

L'enfant sent que Nina a de plus en plus de mal à monter les escaliers. Elle respire fort, comme si l'air n'arrivait pas à passer. Des va-et-vient de docteurs et de pompiers les frôlent, les brinquebalent et manquent souvent de les faire tomber. Elle s'oblige à respecter les temps de pause dont Nina a besoin pour reprendre son souffle.

– Dès qu'on sera sorties, on trouvera un téléphone pour appeler ta maman.

Estelle la regarde, éberluée.

– Tu n'as pas de téléphone ! À ton âge ?

Nina part dans un grand éclat de rire. Incongru. Spontané. Depuis combien d'années cela ne lui était-il pas arrivé ?

– Eh non, ma jolie, je n'ai pas de téléphone portable, à mon âge. Mais je te rassure, j'ai un téléphone fixe à la maison.

– Ah oui, c'est celui qui est accroché au mur ! Nous aussi on en a un, mais maman ne s'en sert jamais.

– Oui… Allez, continuons, nous sommes presque arrivées…

Estelle sent l'air froid du dehors descendre vers elles. Dans la rue, le chaos est assourdissant. Les sirènes emplissent toute la ville. Des gens courent dans tous les sens.

Nina l'attire à l'écart. *Elle ne veut pas que je voie les blessés.* Estelle garde obstinément ses yeux baissés. Elle a hâte de retrouver sa mère et son petit frère, de rentrer chez elle et d'essayer d'oublier, de faire comme si rien ne s'était passé. Elle regarde Nina qui, le visage vers le ciel, pleure en silence. Elle est comme hypnotisée par les larmes qui se fraient un chemin parmi les rides. Tout doucement, elle caresse la joue de la vieille dame.

– Il ne faut plus pleurer, c'est fini maintenant.

Nina entoure la tête de l'enfant de ses mains et embrasse les cheveux crépus.

– Oui, c'est fini maintenant…

– 12 –

J'ai pas connu la guerre, j'aurais pu, à quelques mois près. Eh bien, je suis sûr que ça fait ce bruit-là ! Un bruit qui vous ouvre les oreilles en deux et vous vrille la tête.

Sans Serge qui m'a tenu la jambe pour me parler de sa chienne et du mouron qu'il se fait pour sa patte… j'y aurais peut-être été, dans l'enfer. On ne sait jamais comment on réagira dans un cas pareil, si les gestes reviendront. Mais c'est comme le vélo, ça ne s'oublie pas. Comme quoi, on peut toujours servir à quelque chose…

J'ai bien failli me faire piétiner par la foule qui fuyait le quai. Tout de suite, j'ai voulu y descendre, mais je me suis d'abord retourné pour voir où était le jeune gars qui m'avait ouvert le tourniquet. Je l'ai aperçu, allongé sur les marches, qui ne bougeait plus. Il m'a fallu jouer des coudes pour arriver à passer les portes. J'ai crié :

– Allez-y un par un ! Sinon vous allez vous marcher dessus !

Personne n'avait l'air de m'entendre. Ils étaient comme fous ! Avides de sauver leur peau et d'échapper à la fumée qui devenait de plus en plus dense. J'ai réussi à m'approcher du gamin. Je l'ai tiré contre le mur, pour le protéger de la foule. J'ai pris son pouls, il était régulier. En posant ma main sur son crâne, j'ai senti le sang poisser mes doigts. J'ai enlevé mon grand manteau et je l'ai coincé dans la rampe pour être sûr de le retrouver plus tard. C'est le dernier cadeau de Nicole, j'y tiens. Pas facile de mettre sur son dos ce grand corps, et personne pour vous filer un coup de patte. Je n'aurais pas cru que j'avais encore tant de force !

Une fois dans la rue, je l'ai adossé contre la vitrine d'un magasin. Autour de nous, les gens, désorientés, avaient des regards hagards. La sonnerie d'un portable dans la poche de mon gars. Machinalement, j'ai décroché. Une voix de femme.

– Allô, Raphaël ?

– Non ce n'est pas Raphaël, je suis avec lui, il est blessé…

– Quoi ? Mais qui êtes-vous ?

– Je m'appelle Christian, je l'ai sorti du métro… Allô ? Allô ?

Elle avait raccroché. J'ai remis le portable dans sa poche. Le Raphaël a ouvert les yeux. J'ai eu l'impression qu'il me reconnaissait. Je lui ai souri. Il a fait mine de se lever.

– Bouge pas, Raphaël, il se peut que tu aies un trauma crânien. Alors faut rester là et attendre les secours.

Déjà, le chant sinistre des ambulances se rapprochait. Je suis resté à ses côtés jusqu'à leur arrivée. Entre-temps, Raphaël était reparti dans les vapes. J'ai fait signe à un ambulancier d'approcher. Ça courait dans tous les sens.

– Son pouls est stable, mais il a perdu deux fois connaissance et il a une belle entaille derrière l'oreille.

J'ai vu mon gars couché sur une civière être emmené dans une des ambulances. J'ai attrapé un des médecins avant qu'il ne s'engouffre dans le métro.

– J'ai été infirmier dans mon jeune temps, je crois que je peux encore servir…

L'homme m'a regardé avec un instant d'hésitation, c'est vrai que je ne fais pas très propre, puis il m'a jeté une paire de gants en caoutchouc et m'a entraîné avec lui. Je ne l'ai pas quitté d'une semelle, suivant ses instructions, retrouvant les gestes, la sueur au front. Combien de temps je suis resté sur ce foutu quai face à toute la souffrance du monde ? À voir sortir du tunnel en feu des corps en charpie ? Je sais plus…

On a fini par remonter. Le médecin m'a serré la main. Puis il est parti. D'un coup, je me suis senti épuisé, terrassé par ce que je venais de vivre. Suis allé m'asseoir dans un coin. Et puis j'ai entendu l'appel de cette femme. « Raphaël ! », qu'elle hurlait. Je l'ai vue qui courait, éperdue, au milieu des blessés attendant encore d'être pris en charge, sa voix aiguë surplombait le vacarme. Je suis allé à sa rencontre.

– C'est vous que j'ai eue au téléphone tout à l'heure ?

– Vous êtes qui ?

– Je suis Christian…

Elle s'est jetée sur moi, m'a agrippé la chemise.

– Où est-il ?

– Il est parti en ambulance il y a un bon moment. Mais ne vous inquiétez pas, il n'a rien de très grave…

La gosse s'est écroulée. Je n'ai pas eu d'autres choix que de la prendre dans mes bras, un peu honteux de l'odeur que devait dégager mon corps. C'est pas toujours facile de prendre des douches tous les jours. J'ai aperçu celui qui avait emmené Raphaël.

– Vous voyez là-bas, près du kiosque, cet ambulancier ? Eh bien c'est lui qui a pris en charge votre ami.

Elle s'est arrachée à moi, sans un regard, sans un mot, et je l'ai vue se précipiter.

J'ai fini par quitter cet enfer. J'ai marché longtemps, sans voir personne. J'avais la tête pleine de cris. Je revoyais tous ces visages terrifiés. Celui d'une jeune femme s'est imposé, elle était si belle malgré ce regard fixe, encore perdu dans l'horreur qu'elle venait de vivre. Fallait que je me vide le crâne. Là tout de suite, boire un coup me manquait terriblement. Je suis entré dans un bistro, ils étaient tous devant la télé, j'ai demandé un verre d'eau. Le patron m'a regardé ; à mes yeux et à ma chemise tachée de sang il a dû voir que j'en avais sacrement besoin.

– Vous avez faim ?

– Oui…

– Annie ! Prépare un plat du jour pour le monsieur. Installez-vous à cette table.

Ça faisait bien longtemps que je n'avais pas mangé ainsi à une table de restaurant ! C'était bon et chaud. Avec la bombe, l'humanité se serait-elle réveillée ? J'ai terminé mon plat. Le patron m'a apporté un café.

– Merci… Merci beaucoup.

Il m'a souri et tendu la main.

– Revenez quand vous voulez, il y aura toujours un plat pour vous.

J'ai repris ma route dans Paris amputé. Et puis, au bout d'une bonne heure de marche, j'ai commencé à avoir froid.

– Merde, mon manteau !

– 13 –

Raphaël n'arrive pas à ouvrir ses paupières. Elles lui semblent de plomb. Sous ses doigts, le tissu d'un drap et la laine d'une couverture. Des voix lointaines lui parviennent sans qu'il comprenne ce qu'elles disent. Lui parlent-elles ? Il est encore si loin. Sans la douleur qui lui martèle le crâne, il pourrait croire qu'il est en train de rêver. *Où suis-je ?*

Malgré tous ses efforts, il ne se souvient de rien. Il sent sur son bras la sensation chaude d'une main. Une voix lui parle à l'oreille, il sent un souffle sur son visage, un parfum qui ne lui est pas inconnu. La fatigue le submerge. Il voudrait dormir. Partir loin de ces voix qui l'appellent et veulent le retenir.

– Raphaël… Raph, ouvre les yeux… C'est moi, c'est Aude. Je suis avec Julien… J'ai prévenu tes parents. Ils seront là demain.

Raphaël ouvre soudain les yeux et regarde fixement la jeune femme penchée sur lui.

– Mon amour, j'ai eu tellement peur…

Qu'est-ce qu'elle fait là ? Sa gorge est sèche, les mots ont du mal à passer. Il regarde Julien qui se tord les mains au pied du lit.

– Je… je suis où ?

– Tu es à l'hôpital, mon amour. À Cochin. Tu es tombé et ta tête a heurté une marche après l'atten…

Julien se précipite sur Aude et lui attrape le bras.

– Tais-toi ! Le médecin a dit qu'il ne fallait pas encore lui en parler !

Raphaël prend enfin conscience de l'espace. Les murs jaunâtres, le rideau près de son lit qui le sépare d'un autre patient dont il perçoit les gémissements, cette odeur propre aux hôpitaux qui vous donne mal au cœur et l'agitation qui règne autour d'eux.

Des bribes de souvenirs commencent à faire surface. Les cris, la fumée, la sensation d'être porté, le visage d'un vieux au-dessus du sien et qui lui sourit, les sirènes des pompiers qui étouffent Paris. Raphaël se redresse sur les oreillers.

– Après quoi ?

Aude et Julien gardent le silence. Évitent son regard. Il crie :

– Après quoi, bordel ???

Une jeune femme en blouse blanche tire le rideau et s'approche de lui. Des mèches de ses cheveux blonds lui collent au front, elle a les yeux cernés, mais tente de sourire.

– Bonjour, Raphaël, je suis votre médecin, je m'appelle Julie. Vous êtes à l'hôpital Cochin. Vous souffrez d'un traumatisme crânien, léger, dû à une chute. Les radios sont bonnes, il n'y a pas de complications. Vous pourrez sortir après-demain, mais avant il faut vous reposer… Un autre médecin viendra plus tard pour vous parler.

– Qu'est-ce qu'il s'est passé ?

– Vous ne vous souvenez de rien ?

– Non… enfin si, je me souviens d'un bruit terrible, de la fumée, des pompiers… J'ai l'impression d'avoir la tête dans un sac.

– C'est normal. Votre mémoire va revenir petit à petit. Je vous laisse avec vos amis…

Raphaël l'attrape par le bras et l'oblige à rester près de lui.

– Je veux savoir !

Julie hésite. Elle sait que ce n'est pas son rôle. Qu'elle doit garder une distance, laisser faire les psy. Mais les yeux du jeune homme la prennent aux tripes. Elle n'en peut plus de voir tous ces regards qui cherchent à comprendre, à se souvenir… Elle sait que les psychologues sont débordés et qu'il n'en viendra pas un avant demain.

– S'il vous plaît…

Julie s'assied sur le lit. Elle prend la main de Raphaël. Sa voix est douce, posée.

– Ce matin dans le métro, étiez-vous avec quelqu'un ?

– Non, je ne crois pas…

– Dans le métro… il y a eu un attentat. Une bombe a explosé. Il y a beaucoup de victimes. Vous n'étiez pas dans un des wagons, mais probablement sur le point de sortir de la station. Si j'ai bien compris le rapport, un homme vous a porté dehors. Ensuite les secours vous ont pris en charge et amené ici.

Raphaël garde le silence. La tête lui tourne. Un goût métallique emplit sa bouche.

– Il y a des… morts ?

– Oui.

– Beaucoup ?

– Oui.

Julie se relève.

– Je dois y retourner. Prenez soin de lui.

Une colère immense submerge Raphaël, contre tout, contre cette chienne d'époque qui fait voler en éclats les joies, l'insouciance, la vie… La sonnerie d'un téléphone perce le silence qui s'est installé entre eux.

– C'est ta sœur. Je vais lui dire que tu vas bien. Je reviens.

Aude quitte la chambre. Julien s'approche de Raphaël. Lui, toujours si droit, si fort, a le regard voilé et, déjà, ne le regarde plus comme avant.

– Tu ne te souviens vraiment de rien de ce qui a précédé l'explosion ?

– Tout est flou. Pourtant, je sais qu'il y a quelque chose dont je dois me souvenir. Ça me rend fou…

Attends ! Je me souviens que tu m'as appelé, plusieurs fois ! Qu'il s'était passé quelque chose à la librairie… Quel jour sommes-nous ?

– Samedi…

Soudain le voile se déchire, avec une violence telle qu'il pousse un hurlement de bête. Son cœur explose de douleur. Elle… elle était dans le métro. Raphaël revoit son sourire lorsqu'il l'a abandonnée pour rejoindre Julien. Il retrouve dans sa paume la chaleur de sa main, il entend sa voix. Il rejette la couverture et veut se précipiter hors de la chambre. La retrouver, savoir qu'elle est en vie. Peut-être est-elle tout près, dans un autre service. Julien tente de le retenir. Raphaël se débat, le repousse. Ses jambes le soutiennent à peine, il manque de tomber sur le lit d'à côté. Il ouvre la porte, et découvre une scène de désolation, indescriptible. Dans le couloir, il voit les autres blessés, le ballet incessant des brancards, une femme qui hurle et se débat dans les bras d'un homme puis qui s'effondre sur ses genoux. Aude qui court à lui et tente de le soutenir. Il a envie de vomir, il a la tête qui tourne. Tout devient flou. Il sent qu'il tombe. Il essaie encore d'avancer avec l'impression terrible d'être en plein cauchemar. Il ne se rend même pas compte qu'il hurle lui aussi. Deux hommes se précipitent vers lui. Il éprouve une légère douleur au bras, quelque chose qui s'enfonce. Il sent ses muscles se relâcher, se détendre, sa pensée s'évaporer. Tout devient plus doux. Il sent qu'on l'allonge. Il voudrait leur dire qu'il a rendez-vous, ce soir, à vingt heures sur le quai. Qu'elle l'attend peut-être. Il voudrait parler, expliquer, demander de l'aide. Julie s'approche de lui.

– Raphaël, il faut vous calmer. Vous devez rester couché !

– Je… je dois la retrouver…

– Mais qui ?

– Elle… celle que j'aime. J'étais avec elle dans le métro…

– Comment s'appelle-t-elle ?

– Je… je ne sais pas…

Et pour la première fois depuis des années, son armure se fend et les larmes le submergent. *Je ne connais même pas son prénom…*

– 14 –

Julie s'est mise à l'écart. Son ventre lui fait mal, il tire au niveau de l'aine. Elle y appose ses mains pour chercher les mouvements du bébé. Depuis plusieurs heures son silence l'inquiète. Comme si lui aussi avait voulu se cacher de toute cette horreur. Elle lui parle avec douceur en essayant de maîtriser les tremblements de sa voix.

Lorsque ce matin son chef de service l'a appelée, elle n'a pas hésité, malgré les protestations d'Éric.

– Mais tu viens à peine de commencer ton congé mat ! Ce n'est pas sérieux !

– Je sais, mais je dois y aller ! Ils vont avoir besoin de tout le monde !

– Je suis sûr que ce n'est pas bon pour le bébé, imagine le stress que tu vas lui transmettre !

Pour la première fois depuis des mois, ils s'étaient engueulés. Julie se demande à présent s'il n'avait pas raison. *Fais-moi un signe… dis-moi que tu vas bien, mon petit amour…*

Pendant des heures, elle n'avait ressenti ni la fatigue ni le poids du bébé. Elle doit bien l'admettre, elle l'avait oublié dans cet enfer, à tel point que son interne avait dû lui hurler dessus pour qu'elle quitte le quai et la fumée qui pouvait s'avérer dangereuse pour l'enfant. *Il faut que je fasse un monitoring.* Elle veut y aller, mais ses jambes se dérobent. Elle s'allonge sur le canapé hors d'âge de la salle de repos, exceptionnellement vide. Elle aimerait pleurer, mais ses yeux restent secs. Jamais elle n'avait vu *ça*. Il n'y a pas de mots. Ils avaient beau être tous préparés, formés, ce qu'ils avaient vu ce matin, tous ces corps en morceaux, toutes ces vies brisées, ces cris inhumains, ne quitteraient plus leur mémoire. Le 13 novembre, quand ses collègues étaient à pied d'œuvre, elle était en voyage avec Éric à l'autre bout de la planète. Elle avait certes été épargnée de cette horreur, mais avait culpabilisé de ne pas être avec eux, de manquer à son devoir. *Dans quel monde va naître mon enfant ?* Malgré tous ses efforts pour tenter de mettre ça à distance, son refus de poser des mots dessus, Julie sait que son bébé portera *ça* en lui. Elle redoute que les cris et les images de cette terrible journée s'inscrivent dans son inconscient et hantent ses cauchemars.

Elle tente de fuir le souvenir des cris des mères, des femmes, des pères, des maris, des enfants qui, une photo à la main, cherchaient désespérément à savoir. Elle s'oblige à respirer calmement, en inspirant par le nez puis en expirant lentement par la bouche. Petit à petit, elle s'apaise. Elle caresse son ventre. L'image du jeune garçon à l'accordéon lui apparaît. Elle sourit. *Au moins j'ai réussi ça... sauver un accordéon.* Il faudra qu'elle cherche à savoir ce qu'il est devenu. Comment s'appelle-t-il déjà ? Julie fouille sa mémoire. Elle a entendu tant de prénoms aujourd'hui. Liviu ! Oui, c'est ça, Liviu... Julie fait chanter le prénom dans sa tête et se demande de quelle origine il peut être.

Elle a soudain l'envie irrépressible d'être à son piano et de laisser la musique prendre possession de son corps. Elle seule peut la protéger, faire barrage à toutes ces images qui tendent à l'envahir et à la faire plonger dans la peur et la folie. Elle fredonne une chanson : *Ma petite est comme l'eau, elle est comme l'eau vive, elle court comme un ruisseau, que les enfants poursuivent...* Entendre sa propre voix lui fait du bien.

Sous sa main, l'enfant a bougé. Un petit coup de pied timide d'abord, qui devient plus insistant, comme pour lui dire : *Je suis là, maman, je vais bien, je serai plus fort que toute cette violence, je suis en vie, je suis la vie !* Julie éprouve une immense joie. Oui, cet enfant, ces enfants qui viendront feront un monde meilleur, ils seront leur force !

– Ça va, Julie ?

Elle n'a pas entendu son interne entrer. Lui aussi a l'air épuisé, ravagé. Il vient s'asseoir à côté d'elle.

– Oui, Baptiste. Ça va… et toi ? Tu tiens le choc ?

– Je sais pas…

Baptiste laisse tomber sa tête entre ses mains. Julie l'attire à elle et caresse sa tignasse. Longtemps, ils restent ainsi serrés l'un contre l'autre, se donnant réciproquement de la vie et du courage.

– Excuse-moi…

– Nous sommes tous dans le même état. C'est de ne pas craquer qui ne serait pas normal…

Le jeune homme lui sourit. Ils se regardent en silence, comprenant qu'il y aura toujours entre eux ce lien terrible, ce besoin de se voir malgré les années qui passeront, pour parler de ce jour maudit, pour évacuer les souvenirs.

– Le bébé va bien ?

– Oui, il danse la samba ! Mais je serais plus rassurée si je faisais un monito.

– Viens ! Je vais m'en charger.

– Pas maintenant, il y a plus urgent…

– Non ! Et puis j'ai besoin de sentir un peu de vie, moi ! Et après tu rentres chez toi.

Baptiste l'aide à se relever, Julie le suit en souriant. Depuis onze mois qu'il travaille à ses côtés, elle a appris à l'apprécier, puis à lui faire confiance, bien plus qu'aux autres internes. Julie désespérait de voir tous ces futurs médecins, brillants certes, mais dénués d'empathie envers les patients. Chez Baptiste, elle voyait le talent d'un grand médecin en devenir et la bienveillance de l'infirmier, toujours prêt à écouter, consoler. Il mettait de la tendresse dans tout ce qu'il faisait. Petit à petit, une amitié et une complicité sans effusion s'étaient installées entre eux. C'est lui, qui, le premier, a su qu'elle était enceinte après de longues années passées à espérer. Et ce soir, c'est encore auprès de lui qu'elle écoute les battements réguliers du cœur de son enfant.

– Tu veux bien être son parrain ?

Pour qu'elle ne voie pas son émotion, Baptiste passe derrière elle et l'embrasse sur le front.

– Oh oui !

Un instant, près de cette vie qui s'agite bien au chaud dans les entrailles de sa mère, ils oublient la violence du monde qui les entoure et se laissent bercer par la musique des battements du petit cœur.

– 15 –

Christiane est sous sa douche lorsqu'elle finit par entendre les appels de son fils derrière la porte. Affolée par ses cris, elle prend à peine le temps d'enfiler un court peignoir avant de lui ouvrir. Paul est en larmes.

– Qu'est-ce qu'il y a, mon chéri, tu t'es fait mal ?

Avant même qu'il ait pu répondre, elle entend la radio allumée dans la cuisine. *Alerte attentat.*

Christiane sent la panique la gagner, elle court monter le son.

– C'est la ligne de métro d'Estelle, maman !

Christiane se retient à la table pour ne pas tomber. Une peur inimaginable se diffuse dans ses veines. Puis l'impression d'étouffer, que son cœur va s'arrêter de battre. Les voix de la radio s'assourdissent, se font lointaines, seuls les mots de « victimes », « morts », « métro », parviennent à atteindre son esprit. Elle se précipite sur son portable. Pas de message. Elle cherche fébrilement le numéro de madame Monceau. Les sonneries lui semblent interminables.

– Allô, madame Monceau ! Estelle est avec vous ?

– … Non, madame Ndoumbé… Je suis désolée…

Étrangement, les larmes de la professeure arrêtent les siennes. Elle a froid. Sa main tremble sur le téléphone. Elle entend à peine madame Monceau qui tente de la rassurer : Estelle est peut-être bloquée par un barrage de police, elle doit être en chemin. *J'aurais dû lui offrir ce portable qu'elle me réclamait…*

– Je vous laisse, madame Monceau…

– Tenez-moi au courant.

Paul vient se blottir contre la poitrine de sa mère. Mais les bras de Christiane sont incapables de le serrer contre elle. Sa fille, sa merveille, son étincelle ne peut pas faire partie des victimes, c'est impossible. Elle sait qu'elle ne pourrait pas y survivre, même pour Paul. À cette pensée dont elle se sent immédiatement coupable, Christiane se ressaisit.

– Paul, habille-toi ! Vite !

Elle enfile un jean, le premier pull qui lui tombe sous la main et ses baskets. Le petit garçon est déjà prêt.

– Tu vas aller chez la gardienne, et je vais trouver ta sœur ! Ne t'inquiète pas, on sera vite de retour !

Une fois son fils déposé, Christiane se met à courir. Elle ne sait même pas à quelle station sont installés les secours ! Elle se déteste de n'avoir pas écouté les informations avec plus d'attention ! Mais elle réalise qu'elle n'a qu'à suivre les gyrophares et les sirènes. Elle voit débouler des ambulances au carrefour. D'instinct elle sait qu'elles ne se dirigent pas vers des hôpitaux mais bien sur les lieux du drame. Christiane reprend sa course. Elle ne voit pas les gens qu'elle croise, pas plus qu'elle ne sent ceux qu'elle bouscule. Elle ne remarque pas que Paris est plongé dans le chaos. Elle a le sentiment d'être dans un mauvais film, trop réaliste pour être crédible.

Elle atteint enfin un premier barrage de police.

– Vous ne pouvez pas passer !

Christiane sent avant de le voir les bras d'un jeune policier sur elle. Elle hurle.

– Ma fille est dans le métro !

– Madame, vous ne pouvez pas y aller ! Les secours sont en pleine intervention !

– Mais je vous dis que ma fille est là-bas !

Le policier peine à la retenir. Il a peur de lui faire mal. Les larmes et les cris de la femme le bouleversent. Combien de mères dans le même état va-t-il voir aujourd'hui ?

– Chef ! Venez m'aider !

Christiane ne voit pas l'autre policier s'approcher.

– Madame, calmez-vous. Dites-moi ce que je peux faire pour vous.

La voix douce de l'homme agit comme un électrochoc. Christiane se laisse aller dans ses bras. Les sanglots agitent convulsivement son corps.

– Sa fille est dans le métro…

– Ça va, Antoine, je m'en occupe.

Le policier referme ses bras sur les épaules de la jeune femme. Il attend que ses pleurs se calment. Christiane finit par relever la tête et croise les yeux noirs de l'homme. La bienveillance qu'elle y lit l'apaise un peu.

– Ma fille est là-bas… je vous en prie, laissez-moi passer…

Farid sait qu'il va faire une connerie. Mais il est incapable de laisser cette femme seule, surtout si le pire est à envisager.

– Les gars, je vous laisse gérer ! Je l'accompagne.

– Merci…

– Je vous préviens… ce n'est pas beau. Mais on va la retrouver, votre fille !

Pourquoi j'ai dit ça ! Quel con ! Farid balaie cette pensée en voyant l'espoir renaître chez la jeune femme.

La bouche de métro est devenue celle des enfers. Une scène d'apocalypse, c'est ce que Christiane, sous le choc, ne cesse de se répéter. Elle lit la même panique sur tous les visages. Elle a du mal à respirer. Elle ne peut détacher ses yeux des blessés et des draps blancs maculés de sang qui cachent les morts.

Elle se met à hurler le prénom de sa fille. Le policier demande à un ambulancier s'ils ont emmené des enfants. Non, pas de son côté, mais il y a tellement de monde.

– À cette station, c'est les wagons de queue. Il y a d'autres blessés à la station suivante…

En entendant ces mots, Christiane se précipite sur le policier.

– Je suis sûre qu'elle est à l'autre station ! Je lui ai toujours dit de se mettre dans le wagon de tête, près du conducteur, au cas où il y aurait un problème.

– Bravo, c'est un excellent conseil ! Il paraît qu'il n'a pas été touché par l'explosion, allons-y.

Farid saisit sa main et ils reprennent leur course. Christiane prie le ciel pour que sa fille lui ait obéi. La présence du policier lui donne de la force. Elle n'est plus seule.

Ils atteignent l'autre station à bout de souffle. Christiane lâche la main de Farid et navigue parmi les blessés, hagards sous leurs couvertures de survie.

– Estelle ! Estelle ! Estelle !

– 16 –

Estelle redresse la tête. Elle est certaine d'avoir entendu son prénom dans le brouhaha. Elle scrute l'autre bout de la rue, et derrière les cordons de sécurité, les ambulances, le ballet des policiers et des secours, elle aperçoit sa mère.

– Maman !

Son cri déchire la foule et parvient jusqu'à Christiane. Nina sent la main de la petite quitter la sienne et la regarde courir vers une femme qui lui tend les bras. Tous les visages se tournent vers le tableau de la mère et de l'enfant qui s'étreignent à s'étouffer. Un instant, l'espoir et la vie reprennent leurs droits. Il est donc encore permis d'espérer.

Farid ne peut masquer son émotion. Il est pris de l'envie soudaine de se joindre à ce couple qu'il ne connaît pas, de prendre l'enfant dans ses bras, de faire corps avec ce bloc d'amour. Il a beau aimer terriblement son métier qu'il a chevillé au corps, il lui aura paradoxalement rarement procuré autant de joie qu'en cet instant précis. Une vieille dame vacillante s'approche de l'enfant et pose une main sur son épaule. Elle aussi a les yeux qui brillent.

– Maman, c'est Nina. C'est elle qui m'a sauvée !

– N'exagérons rien ! Disons qu'on s'est tenu compagnie et qu'on a pris soin l'une de l'autre. Bonjour, madame, sachez que votre fille a été très courageuse et m'a donné l'exemple.

Christiane se redresse et prend Nina dans ses bras.

– Merci, merci, madame…

Nina est bouleversée par cette étreinte. Bouleversée par cette douceur à laquelle elle ne s'attendait pas. Christiane semble réintégrer peu à peu la réalité et se souvient tout à coup de la présence du policier. Se détachant de Nina, elle lui tend la main.

– Merci à vous aussi !

– Je vous en prie, je suis si heureux pour vous ! Je vais tenter de vous trouver une voiture pour vous ramener chez vous. Vous aussi, madame. Attendez-moi au coin de cette rue.

Estelle prend la main de sa mère et celle de Nina. Un brancard passe, d'un même geste, les deux femmes mettent leurs mains sur le visage de la petite.

– Maman, est-ce que Nina peut venir se reposer à la maison ?

– Oh non, je ne veux pas vous déranger ! Et ta maman doit avoir envie de te retrouver…

– Non, au contraire, c'est une excellente idée ! S'il vous plaît, venez chez nous, à moins qu'on vous attende…

– Tu sais, j'ai un petit frère ! coupe sa fille. D'ailleurs, il est où, maman ?

– Chez la gardienne. Il nous attend avec impatience. Alors, c'est entendu ? Vous venez avec nous ?

– Avec joie. Merci…

Farid revient vers elles.

– C'est bon. Une voiture peut vous prendre. Je dois retourner auprès de mon équipe.

Puis, plus bas, pour que l'enfant ne l'entende pas.

– Pensez à laisser votre nom et votre numéro à mon collègue, nous vous contacterons. Votre fille pourra éprouver le besoin de parler à quelqu'un dans les jours qui viennent… Vous aussi… Au revoir, mesdames, au revoir, Estelle.

Christiane le rattrape par le bras et furtivement l'embrasse sur la joue.

– Merci… sans vous je n'y serais pas arrivée… Je ne connais même pas votre prénom… Moi, c'est Christiane.

– Farid. Je suis heureux d'avoir pu être utile. Prenez soin de vous.

Estelle tire le bras de sa mère et lui sourit.

– Il est beau, le policier !

– 17 –

Liviu, assis sur une chaise auprès de tant d'autres blessés, regarde le plâtre qui lui couvre le bras du coude jusqu'au bout des doigts. Il est comme hypnotisé par cet amas blanc et lourd qu'il va devoir, aux dires du médecin, garder deux mois. Déjà, sa main le démange à le rendre fou. Sans cette main qui donne vie à sa musique, il se sent comme amputé. De quoi vivra-t-il pendant tout ce temps ? Et après ? Pourra-t-il rejouer ? Son oncle, qui devrait arriver d'une minute à l'autre, va-t-il le renvoyer en Roumanie ?

Depuis qu'il est à l'hôpital, il garde obstinément les yeux baissés pour ne pas voir les autres, ceux qui sont bien plus amochés que lui. Il sait qu'il a eu une chance incroyable. Les décorations de Noël accrochées aux murs semblent se rire de toute cette souffrance. Un pauvre sapin en plastique clignote dans un coin.

Des cris provenant de l'autre bout du couloir lui font pourtant relever la tête. Un homme tente de sortir d'une des chambres et se débat contre ceux qui veulent l'en empêcher. Liviu reconnaît l'amoureux du métro. Il se lève d'un bond, prêt à lui venir en aide, mais déjà deux infirmiers le prennent en étau et l'un d'eux lui administre une piqûre. Le jeune homme vacille avant d'être emmené dans la chambre. La porte se referme. Il est vivant ! Un sourire jaillit sur son visage, avant de disparaître aussitôt. Et elle ? La belle jeune femme ? Il ne l'a pas vue sur le quai parmi les blessés. Pourtant, elle aurait dû s'y trouver. Mais il y avait tant de monde.

Liviu ne peut détacher ses yeux de la porte. Il aimerait aller le voir, lui demander des nouvelles de la fille. Au fil des mois, ils sont devenus comme un trio d'amis qui se retrouvent chaque samedi matin.

Il reçoit un texto de son oncle. Il ne pourra pas venir, les lignes de métro sont coupées. Liviu va devoir passer la nuit ici. Étrangement, il se sent soulagé. Il n'avait aucune envie de se retrouver entre son oncle et son cousin qui l'auraient pourri de questions. Il veut du silence et surtout trouver un moyen de parler au jeune homme. Et puis, il est tellement fatigué. Il sent sa tête s'alourdir, tomber sur son épaule, il n'a pas la force de la retenir. Les bruits s'amenuisent petit à petit.

Liviu se réveille en sursaut. Sa nuque lui fait mal. Combien de temps a-t-il dormi ? Le couloir est presque vide. Il regarde la fenêtre. La nuit est tombée. Il voudrait appeler sa mère, mais n'a plus de crédit. L'impérieux besoin de la voir, de se nicher dans la douceur de son cou, lui donne envie de pleurer. À elle, il pourrait dire sa peur, lui confier les images horribles qui envahissent son cerveau dès qu'il ferme les yeux. *Mama...* Dans le silence de la nuit, le garçon laisse couler ses larmes en murmurant le mot si doux. Quelqu'un s'approche de lui et lui pose la main sur l'épaule.

– Ça va ?

Liviu distingue dans la pénombre le visage d'un jeune homme en blouse blanche, les cheveux en bataille, les traits fatigués. Liviu lui montre son portable.

– Plus crédit, mama en Roumanie...

Le jeune médecin lui sourit, il sort son téléphone de sa poche et le lui tend.

– Tiens, appelle ta mère.

– Coûter cher pour vous...

– Ce n'est pas grave ! Rassure ta maman.

– Merci...

Baptiste le regarde s'éloigner au bout du couloir. Il l'entend parler dans une langue qu'il ne connaît pas et voit les maigres épaules agitées par les sanglots. Liviu revient et lui tend le portable. Il sourit.

– Merci... beaucoup. Mama contente et moi aussi. Merci.

– Je t'en prie. À plus tard.

Liviu est seul à nouveau. Il se sent plus léger. Sa mère a su trouver les mots pour l'apaiser. *Elle a dit que je rejouerais...*

Son regard s'arrête à nouveau sur la porte au bout du couloir. Il s'en approche et, sans faire de bruit, priant pour que personne ne le surprenne, entre dans la chambre. Sur le premier lit, un vieil homme gémit dans son sommeil. Liviu pousse le rideau et se retrouve face à Raphaël, assis sur le matelas. Bouleversé, Liviu regarde cet homme qu'il a vu pendant des mois, si beau, si fort, s'abandonner au chagrin et pleurer lui aussi.

Timidement, il vient poser sa main sur l'avant-bras de Raphaël, qui, arraché à ses sombres pensées, sursaute. Ils se regardent en silence, se sourient. Raphaël tourne son grand corps vers Liviu et lui ouvre les bras.

– Je suis heureux que tu sois vivant…

Liviu s'y jette. Et dans cette chaude étreinte, il pourrait sentir la présence de son père.

– 18 –

Installée entre sa mère, Nina et Paul, Estelle est heureuse. Près du sapin de Noël qui commence déjà à perdre ses aiguilles, elle a le sentiment doux qu'ils forment une famille n'attendant plus que le passage des cadeaux. Elle rit, parle de tout et de rien. Plus qu'à son habitude. Son excitation n'a cessé de croître au fil des heures et inquiète Christiane, qui se refuse à hausser le ton pour la calmer.

En rentrant à la maison, Estelle avait voulu montrer sa chambre et tous ses jouets à Nina. Mais sa mère lui avait fait remarquer qu'elles avaient toutes les deux besoin de prendre une bonne douche pour se débarrasser de toute la poussière et du reste… Et puis Nina devait être fatiguée et avoir besoin de calme. La vieille dame avait insisté pour que la petite prenne sa douche en premier.

Pendant que la mère s'évertue à laver et à démêler les cheveux de sa fille et que Paul, enfin rassuré mais groggy, joue en silence à un jeu vidéo,

Nina s'approche de la fenêtre pour regarder la nuit tomber sur Paris. Au loin lui parvient toujours le chant sinistre et incessant des ambulances. Elle aperçoit, à travers les rideaux des voisins, les postes de télévision allumés sur les chaînes d'infos. Sa ville qu'elle aime tant, qu'elle a dû déjà fuir une fois il y a bien longtemps, est blessée au plus profond de sa chair. Combien de familles ce soir sont amputées ? Combien de parents cherchent encore leurs enfants en priant le ciel qu'ils soient vivants ? Malgré son besoin de solitude après tout ce chaos, elle est heureuse de se retrouver dans cette famille et dans ce petit appartement qui ne fait même pas la moitié du sien. Elle n'a posé aucune question sur l'absence du père. Mais une multitude de petits détails trahit qu'il n'y en a pas.

C'est à son tour de prendre la salle de bains. En découvrant la baignoire sabot, Nina est prise d'une peur panique à l'idée de tomber en l'enjambant. Toute la peur et la fatigue de la journée se cristallisent sur un rebord d'émail. Christiane frappe à la porte.

– Nina, vous avez besoin d'aide ?

Gênée, mais comprenant qu'elle n'y arrivera pas seule, Nina enroulée dans une grande serviette, ouvre la porte.

– J'ai… J'ai peur de tomber en montant dans la baignoire… Je crois que je prendrai ma douche chez moi plus tard.

– Non, permettez-moi de vous aider.

Christiane lui tend la main. Nina réprime un frisson de gêne à la perspective de dévoiler son vieux corps que plus personne n'a vu nu depuis longtemps. Émue par la pudeur de la vieille dame, Christiane lui sourit.

– Vous savez, je suis auxiliaire de vie.

Et lui ôtant la serviette avec douceur, elle l'aide à s'asseoir dans la douche et fait couler l'eau.

– Ce n'est pas trop chaud ?

– Non, c'est parfait... Merci.

Avec une délicatesse incroyable, les mains passent sur le corps de Nina qui petit à petit se laisse aller et sent ses muscles se détendre. Christiane ne dit plus rien, admirant les seins de Nina encore si beaux, ce corps diaphane à peine touché par les griffes du temps. Elle lui défait son lourd chignon, qui laisse échapper une longue chevelure blanche semblable à celle d'une fée. Elle la lave. L'eau qui s'écoule est comme pour Estelle couleur de suie. Christiane ne voit pas tout de suite que Nina pleure, emportée par un tourbillon d'émotions contradictoires, l'horreur de la journée et l'absolue douceur de ce moment. Elle saisit avec tendresse la tête de la vieille dame et la love contre sa poitrine. Elles restent ainsi un bon moment dans la buée qui envahit la salle de bains. Un peu honteuse de s'être abandonnée ainsi, Nina se reprend.

– Merci, madame...

– S'il vous plaît, Nina, appelez-moi Christiane.

– Oui, pardon. Merci, Christiane, merci pour tant de bienveillance. Vos patients ont bien de la chance !

– Ils ne sont malheureusement pas tous aussi gentils que vous ! Mais j'aime mon métier… je me sens vraiment utile.

Après l'avoir aidée à sortir de la douche, elle lui tend des vêtements.

– Tenez, ce n'est pas très chic, mais c'est confortable et chaud. Vous… Vous voulez bien dormir ici cette nuit ? Je crois que j'ai un peu peur de rester seule… de ne pas trouver les mots pour apaiser Estelle… pour expliquer à Paul. Lui aussi a eu peur, vous savez… Je sais, c'est bête… mais…

– Bien sûr. Moi aussi, j'ai peur. Mes médicaments attendront demain.

Estelle rit en voyant Nina sortir de la salle de bains vêtue du jogging de sa mère. Le rire de l'enfant fait du bien. Il y a tant de vie dans cette gamine.

– 19 –

Paul s'est endormi la tête posée sur les genoux de sa mère. Christiane l'emporte dans ses bras pour le coucher dans son lit. Nina regarde Estelle lutter contre le sommeil.

– Tu devrais aller te coucher aussi, ma jolie.

– Oh non, j'aime bien les histoires que tu nous racontes.

– Demain je t'en raconterai d'autres. Promis ! Il est presque minuit, l'heure où les petites filles font dodo...

À regret, mais consciente de la fatigue qui la submerge, Estelle se lève et vient embrasser Nina.

– À demain, Nina, bonne nuit.

– À demain, ma chérie. Dors bien.

Étrangement, Nina ne sent plus la fatigue, ou peut-être a-t-elle peur de fermer les yeux et de tomber sous l'emprise de toutes les images horribles de la journée, mêlées à celles du passé.

Christiane revient, visiblement soulagée que les enfants soient enfin couchés. Elle se rassoit à table auprès de Nina. L'épuisement se lit sur ses traits.

– Depuis que nous sommes rentrées, j'ai espéré un appel de leur père...

– Depuis quand n'est-il plus là ?

– Bientôt quatre ans... Un soir, après une dispute terrible, il n'est pas rentré. Je ne sais même pas où il est... Il y a des jours où je me dis que c'est mieux, pour eux et pour moi... Il buvait. Beaucoup. Il criait tout le temps. Sur moi ce n'était pas grave, j'avais pris l'habitude. Mais sur les enfants... J'avais toujours peur qu'il lève la main sur eux. Surtout sur Estelle. Elle ne s'est jamais laissé faire. Très tôt, elle lui a tenu tête, ça le mettait en rage.

– Il vous battait ?

Christiane garde le silence. Ses longs cils noirs dessinent deux ombres qui dansent sur ses joues. Elle respire fort, comme pour calmer les battements de son cœur. Nina lui prend la main.

– Oui... Jusqu'à ma deuxième grossesse, ce n'était que des petites gifles, des petites tapes que je mettais sur le compte de son stress...

Face à cette femme qu'elle connaît à peine, Christiane devine qu'elle peut avoir confiance. Qu'elle ne sera pas jugée, prise pour l'imbécile qui est restée auprès d'un mari violent, et qu'elle ne lira pas dans les yeux de Nina ce mépris caché sous la condescendance et la pitié.

– Et puis une nuit, j'étais enceinte de sept mois, il est rentré plus ivre que jamais. Je dormais. Il m'a réveillée brutalement, il voulait… enfin, vous comprenez… je ne voulais pas. J'étais si fatiguée. Il s'est mis à me hurler dessus, à m'insulter. J'avais peur qu'il réveille Estelle. Je suis allée dans le salon pour dormir sur le canapé. Il m'a couru après. Je crois qu'exception faite d'aujourd'hui, je n'avais jamais eu si peur. On aurait dit un fou, un possédé. Une première gifle est partie. Si forte que je suis tombée. Et là… il s'est mis à me frapper, à me donner des coups de pied. J'avais peur qu'il fasse mal au bébé… je m'entends encore le supplier d'arrêter… Et puis Estelle s'est réveillée et s'est mise à pleurer. Ça l'a calmé net. Il a pris ses affaires et il est parti. Il est revenu deux jours plus tard, en me demandant pardon. Et j'ai pardonné. Je voulais que mon fils ait un père…

À présent, les larmes coulent sur le visage de la jeune femme. Elle tremble de tous ses membres, comme si elle revivait la scène. Nina lui caresse les cheveux.

– Les choses se sont calmées jusqu'à la naissance de Paul. Puis, bien sûr, il a recommencé. Il était de moins en moins à la maison. Je ne savais pas où il passait ses nuits… Très vite, j'ai arrêté de lui poser des questions de peur de m'en prendre une. Et puis, un soir, il n'est pas revenu. Je crois qu'il est parti par crainte du geste de trop, de commettre l'irréparable.

Une ou deux fois par an, il appelle, sans jamais me dire où il est ni s'il reviendra. Il envoie parfois de l'argent. Mais ça fait six mois que je n'ai pas eu de nouvelles… C'est pour ça que ce soir, j'ai cru…

Des cris surgissent de la chambre des enfants. Les deux femmes se précipitent et découvrent Estelle hagarde, terrifiée, assise toute droite sur son lit. Christiane prend sa fille contre elle, tente de la calmer.

– C'est un cauchemar, mon bel amour. Tout va bien. Je suis là…

– 20 –

J'ai erré de longues heures dans les rues vides et tristes. C'était comme si tous les Parisiens s'étaient réfugiés comme des bêtes dans leurs terriers. Seul le chant sinistre des ambulances donnait encore vie à la capitale. Le froid ne m'atteignait même plus tant une boule de colère et de chagrin me comprimait la gorge. Je ne pensais plus qu'à ça. À ce chagrin qui voulait forcer le barrage de mes paupières. J'ai résisté longtemps et puis mes pas m'ont porté place Saint-Michel ; un groupe de personnes s'étaient rassemblées autour d'une jeune femme qui chantait *Douce France*. Dans un silence religieux, tous l'écoutaient, quelques-uns pleuraient. Je me suis assis sur un banc et j'ai laissé, moi aussi, mes sanglots s'échapper. Comment résister à Trenet ? La voix de la chanteuse unissait les cœurs. Nous unissait face à la peur, à la mort et au désespoir de cette putain de journée.

La nuit tombait. Un homme a rejoint la chanteuse avec un piano monté sur des roulettes.

Le groupe autour d'eux grossissait malgré le froid et la neige qui recommençait à tomber. Des bougies se sont allumées. C'était beau, cette cohésion qui, je le savais bien, ne durerait qu'une nuit. Mais en une nuit, tant de belles choses peuvent naître. En une nuit, l'humanité peut retrouver son sens.

J'ai senti une présence près de moi. Je n'ai même pas eu à lever la tête pour savoir que c'était Nicole. Elle a posé sa main sur la mienne. Je l'ai serrée fort. Nous sommes restés un moment ainsi, silencieux, à écouter la musique.

– Tu y étais ?

Pour la première fois, elle me disait *tu.*

– Oui… Ce n'est pas que j'ai fait exprès.

Nicole avait souri. Faut toujours que je fasse de l'humour…

– J'ai perdu ton manteau là-bas…

– Ce n'est pas grave. J'en ai un autre de mon père que je peux te donner. Tu sais où passer la nuit ?

– Non… y a des barrages partout, et les stations de métro sont fermées.

– Viens à la maison ! Les enfants sont déjà partis en vacances avec mon mari. Je ne les rejoins que demain.

– Mais…

– Pas de mais, et je n'ai pas envie d'être seule ce soir devant ma télé à regarder toute cette horreur.

– Ton mari ne va pas être content…

– Il n'est pas obligé de le savoir. Allez, viens, il fait froid et à pied on en a pour une bonne demi-heure.

Elle a déroulé sa longue écharpe de son cou pour venir réchauffer le mien. C'était doux, parfumé comme un jardin. Docile, je me suis laissé faire. Heureux.

Nous avons marché en silence, les yeux perdus dans le vague. Souvent, je la regardais à la dérobée ; j'avais peur qu'elle ait froid. Sans ses yeux brillants d'émotion, j'aurais pu la prendre pour une statue de cire. Paris, malgré l'horreur, restait beau, comme pour dire : « Jamais vous ne m'aurez. Fluctuat nec mergitur. »

Nicole habitait un bel appartement. Son mari gagnait très bien sa vie. Elle était presque honteuse devant moi de ce qu'elle a. Je savais qu'elle aurait pu s'arrêter de travailler, mais voilà, elle aimait son boulot. Devant la grande bibliothèque du salon, je n'ai pas pu m'empêcher de retenir un cri admiratif. Nicole m'a expliqué fièrement que c'était elle qui l'avait dessinée. Pendant que j'explorais ses trésors, elle a proposé de me faire couler un bain.

Face à la glace, je me regardais. Je me reconnaissais à peine, j'avais pris dix ans. En une journée, j'étais devenu un vieillard. L'eau parfumée de la baignoire me troublait. Depuis combien d'années n'avais-je pas pris de bain ? Ça devait remonter à l'enfance, chez ma grand-mère. À l'époque, je détestais, c'est pour ça que ça ne m'avait jamais manqué.

En plongeant dans l'eau chaude, je me suis laissé aller, me disant que j'étais bien con à l'époque de bouder un tel plaisir. Le temps s'est arrêté. C'était si doux, pour un peu je me serais cru enveloppé dans la chaleur réconfortante des bras d'une femme. À mesure que je lavais mon corps et mes cheveux, l'eau est devenue aussi grise que ma barbe. Je devais la couper. Je crois que je n'en pouvais plus de ressembler à l'abbé Faria ! J'ai souri, attendri, en voyant que mon hôtesse avait préparé des vêtements propres sur un petit tabouret près du lavabo. Sur une étagère, j'ai trouvé la tondeuse électrique de son mari et son rasoir. Devant le grand miroir, je me suis créé un nouveau visage. J'ai été étonné de découvrir ma peau si douce.

Nicole a poussé un petit cri en me voyant entrer dans la cuisine. Sans ma barbe, les cheveux propres, coiffés en arrière tel un vieux rockeur sur le retour, j'étais un autre homme.

– Ça te va bien ! Tu fais plus jeune ! Allez, à table ! Je ne suis pas une grande cuisinière, mais les pâtes, c'est ma spécialité.

Les pâtes étaient à peine mangeables, mais je me sentais bien, heureux d'être auprès d'elle, de l'écouter me parler de ses enfants, de ne pas évoquer le drame qui se jouait encore au cœur de la nuit. Entre les lignes, elle m'a laissé deviner que son couple ronronnait un peu. Je n'ai jamais été très bon en histoires d'amour, alors je me suis abstenu de lui prodiguer des conseils. Ça ne devait pourtant pas être bien difficile de vivre auprès d'une femme pareille ! Elle a cherché à me faire parler de moi, mais j'ai botté en touche. J'avais pas grand-chose à dire sur ma pomme. Ou bien ça aurait été bien trop long, bien trop triste.

– Il faut que je me couche, demain j'ai mon train à huit heures. Je vais te montrer ta chambre, c'est celle de mon fils.

J'ai souri en entrant dans cette chambre d'adolescent aux murs couverts d'affiches du PSG et de chanteurs que je ne connaissais pas. Avant de refermer la porte derrière elle, Nicole m'a embrassée sur la joue.

– Tu sais, je vais m'absenter dix jours… Alors si tu veux, tu peux rester ici jusqu'à notre retour. Je te laisse un jeu de clés sur la table de la cuisine et samedi prochain tu les mets dans la boîte aux lettres.

Je n'ai même pas eu le temps de la remercier qu'elle était déjà sortie. J'étais bouleversé par une telle confiance. Qui faisait ça ? Sous le moelleux de la couette, j'ai rêvé d'une vie différente. Était-il possible de tout recommencer à plus de soixante ans avec ce putain de passé ? Dieu que c'était bon de dormir dans un vrai lit !

– 21 –

Raphaël et Liviu chuchotent dans le noir, seulement éclairés par la lumière du portable du libraire. Ils la cherchent, avec l'espoir de ne pas la trouver. Raphaël ne peut contrôler le tremblement de son doigt qui fait défiler sur l'écran les visages des disparus. Ils sont si nombreux. Ils deviennent leur famille, leurs amis. Les visages des morts aussi commencent à apparaître. Ils semblent si vivants sur les photos, souvent prises pendant des vacances, toujours dans des moments joyeux. À travers leurs sourires qui plus jamais ne fleuriront sur leurs lèvres…

Raphaël ne lit même pas tous les messages de ses amis sur sa page Facebook. Il réprime un geste d'agacement en découvrant le post d'Aude : « Mon cher amour va bien. » Il tape enfin :

« Dans le métro, j'étais avec une jeune femme dont j'ignore le nom. Elle est brune, avec des reflets roux. Elle ne doit pas avoir trente ans. Elle a les cheveux qui lui tombent jusqu'aux épaules. Ses yeux sont verts. Sa peau est pâle, et elle a un petit grain de beauté sur la tempe gauche et un autre sur la joue droite. Elle portait un manteau bleu marine et un jean. Elle doit mesurer un mètre soixante-dix. Elle est mince. Merci de faire circuler et de me tenir au courant si vous savez qui elle est, si elle va bien ou si vous avez la moindre information. »

Il envoie son post comme le naufragé une bouteille à la mer. L'espoir est mince. Si seulement il lui avait demandé son prénom. Si seulement des connards n'avaient pas mis à sac sa librairie, il serait resté avec elle, il aurait pu la sauver, peut-être la protéger au moment de l'explosion.

– Il faudrait que je sorte pour faire le tour des hôpitaux…

Face au désespoir du jeune homme, Liviu oublie le sien.

– Moi je peux… Moi la connaître.

À travers les rideaux, le jour apparaît.

– Oui, toi, tu la connais.

Liviu sort de la chambre et revient quelque instant plus tard avec son accordéon.

– Toi me le garder ?

– Bien sûr. Donne-moi ton numéro et prends l'argent que j'ai dans mon portefeuille, tu vas en avoir besoin. Je vais te faire la liste des hôpitaux. Tu sais lire le français ?

– Pas bien.

– Tu demanderas de l'aide. Merci Liviu…

Le garçon lui sourit et sort sur la pointe des pieds. Raphaël se retrouve à nouveau seul. La présence de Liviu lui a fait du bien. Il se maudit de sentir que ses jambes sont trop faibles pour lui permettre de partir à sa recherche. C'est tellement con, la vie… Elle lui avait donné sa chance. Dès le premier jour, il aurait pu lui parler. Et par peur, par lâcheté, par timidité, il avait laissé passer le temps. Il ferme les yeux et la revoit au premier matin, belle, légèrement halée par le soleil de l'été. Il se souvient de cette évidence qui lui avait sauté au cœur et qui à présent risquait de devenir un souvenir, un regret qui ne cessera jamais de le ronger.

Il reçoit un texto, ses parents seront là en fin de matinée. Il sait que pour un temps, il va redevenir leur enfant, ce petit gars fragile et timide qu'il était et qu'à force de volonté, il a fait disparaître. Il retourne sur Facebook. Son post a déjà été partagé plus d'une dizaine de fois. Il imagine la réaction d'Aude. Il sait qu'elle aura de la peine et qu'elle va certainement débouler pour lui faire une scène, malgré son piteux état.

De l'autre côté du rideau, le vieil homme gémit. Raphaël n'a pas la force d'aller vers lui.

– 22 –

Dehors, c'est un jour gris, triste et sale qui accueille Liviu. La neige fondue rend le sol glissant. Son plâtre le gêne pour enfiler son blouson. Il se sent un peu bête, avec son bout de papier qu'il peine à déchiffrer. Six hôpitaux, à chaque coin de Paris. La tâche qui lui apparaissait si facile tout à l'heure lui semble soudain titanesque.

Liviu descend la rue étrangement vide. Le temps s'est arrêté, Paris n'ose plus respirer, tétanisé par la peur que l'ennemi soit encore là, prêt à frapper. Il ne connaît pas ce quartier aux beaux immeubles à la fois racés et un peu fades. Les rares passants qu'il croise ont les yeux cernés, le visage fatigué. Même ceux qui n'étaient pas dans le métro ont le regard des victimes.

Le jeune homme s'arrête devant les grilles d'un jardin. Il pousse la petite porte qui grince dans le silence. Les graviers et les feuilles chantent sous ses pas. Liviu lève les yeux vers les grands arbres sombres et décharnés. Leurs branches semblent pleurer sur lui. Il sort du jardin et débouche sur une rue donnant sur un autre jardin plus grand.

Un faible rayon de soleil transperce les nuages et vient éclairer un beau bâtiment blanc, tout au bout du parc. Liviu le contemple, fasciné. Il s'approche des immenses grilles. La neige recouvre les parterres. On dirait le décor d'un de ces contes que lui lisait sa mère. Tout y paraît si calme, apaisé. Derrière lui, une voiture qu'il n'a pas entendue s'est arrêtée. Un homme en descend et allume une cigarette. Lui aussi contemple le spectacle de ce jour nouveau. Il s'approche du garçon.

– Tu en veux une ?

Liviu sursaute et regarde l'homme qui lui tend un paquet de cigarettes en souriant. Il est mal rasé et ses yeux sont creusés par la fatigue.

– Non… merci.

L'homme fume en silence, adossé au muret, absorbé dans ses pensées. Il respire fort, comme quelqu'un qui aurait trop couru.

– La nuit a été longue… Moi, c'est Roger.

– Liviu.

Roger a hâte d'être chez lui et de dormir enfin. Ça fait plus de vingt-quatre heures qu'il n'a pas fermé l'œil et qu'avec son taxi il a transporté des blessés ou des familles à la recherche de leurs proches dans tous les hôpitaux de Paris. Il a entendu leurs pleurs, leurs prières et en silence il demandait à Dieu, auquel il ne croit pas, de les exaucer.

– Tu t'es cassé le bras ?

– Main. Dans le métro…

Roger pose sa main libre sur l'épaule de Liviu.

– Pourquoi tu n'es pas chez toi ?

– Chercher femme dans hôpital pour un ami.

Liviu sort de sa poche le papier et le lui tend. Roger lit la liste de ces fichus hôpitaux qu'il a visités la veille et une grande partie de la nuit. Il soupire et jette sa cigarette. Ce n'est pas encore maintenant qu'il va pouvoir aller retrouver sa femme.

– Allez, viens, je t'emmène. Tout seul avec ton bras et ton mauvais français, tu ne vas pas y arriver.

Liviu s'installe dans la voiture. Il y fait chaud.

– Et comment elle s'appelle, la dame ?

– Pas de nom.

– Eh bien ! Ça va être simple ! On va commencer par l'Hôtel-Dieu. Vu que j'imagine que tu sors de Cochin, ce n'est pas la peine d'y retourner…

La voiture démarre. Roger met la radio. Du jazz s'en échappe, Liviu ferme les yeux.

– 23 –

Devant l'entrée de l'Hôtel-Dieu, il y a beaucoup de monde. Un périmètre de sécurité oblige Roger à se garer un peu plus loin. Des militaires patrouillent, armes au poing. Roger allume une nouvelle cigarette.

– On a beau s'être habitué, ça fait toujours bizarre. Tu as des papiers ?

Liviu fait non de la tête. Roger soupire.

– Je vais t'accompagner à l'intérieur. Avec tous ces flics… Et puis j'irai t'attendre dans la voiture.

Devant la grande porte d'entrée, ils sont bousculés par un homme qui se précipite à la rencontre d'une jeune femme. Le couple pleure, s'embrasse, se touche le visage comme deux aveugles qui cherchent à se reconnaître. Autour d'eux, tous regardent ce spectacle débordant de vie, d'amour. À cet instant, les cloches de Notre-Dame se mettent à sonner.

Liviu quitte Roger, qui l'encourage d'un signe de la main. Il voudrait tant la retrouver, là, maintenant, tout de suite. Lui dire « Raphaël vous cherche, il va être si heureux… »

Dans les couloirs du vieil hôpital, personne ne lui prête attention. Liviu scrute chaque visage, détaille chaque silhouette de femme. Dès qu'une porte de chambre s'ouvre, il jette un œil à l'intérieur. Pendant plus d'une heure, il erre parmi les médecins et les blessés, étouffant sa colère, sa détresse devant toutes ces vies abîmées. Enfin, alors qu'il se résout à sortir, il aperçoit devant lui une femme aux longs cheveux qui avance difficilement avec des béquilles. Liviu sent son cœur bondir, se précipite vers elle et pose la main sur son bras. La femme, surprise, pousse un cri. Liviu, en voyant son visage, recule. Elle se met à trembler, hurle.

– Lâchez-moi !

Déjà toutes les têtes se tournent vers eux. Des infirmiers accourent. Liviu s'enfuit à toutes jambes. Une peur panique le prend, une peur qu'il connaît bien, qui lui vrille le ventre et lui donne envie de vomir. Il croit entendre des pas derrière lui. Malgré son bras et sa fatigue, il continue sa course. Il réussit à s'échapper de l'hôpital et se précipite dans la voiture de Roger.

– Vite ! Police !

Le taxi démarre. Liviu se retourne et, soulagé, réalise que personne ne le poursuivait.

– Si je comprends bien, on continue ?

– 24 –

Toute la nuit, Nina et Christiane se sont raconté leurs vies. Leurs petits et leurs grands bonheurs, leurs peines surtout. On parle toujours mieux de ses chagrins, il y a plus à dire…

Ces deux femmes qui n'auraient jamais dû se croiser sentent un lien invisible se tisser entre elles. Elles qui n'ont jamais eu de véritables amies, de celles à qui l'on peut tout dire sans peur, découvrent la confiance et la bienveillance dans le regard l'une de l'autre. Leur différence d'âge, d'origine et de classe sociale s'efface. Dans ce lit qui accueille leurs souvenirs, la fille d'immigrés russe et celle qui a laissé ses parents au Cameroun pour se donner toutes les chances dans la vie deviennent sœurs.

Il est à peine huit heures lorsque Paul se précipite sur le lit et les réveille en sursaut. Le petit se glisse entre les deux femmes et réclame un câlin. La main blanche et ridée de Nina et celle noire et douce de Christiane se rencontrent dans les cheveux de l'enfant.

– J'ai faim, maman !

– Viens dans la cuisine, je vais préparer ton petit déjeuner et on va permettre à Nina de dormir encore un peu.

La porte se referme et Nina laisse ses paupières en faire de même. Elle est bien dans ce lit qui sent bon la lessive et le parfum léger de Christiane. Elle repense aux confidences de la jeune femme. Dieu que la vie peut être dure ! Mais ce qui frappe Nina, c'est que malgré ses souffrances, malgré la difficulté à joindre les deux bouts pour que ses enfants ne manquent de rien, la jeune femme tient bon, affronte la vie fièrement. « Je tiens ça de ma mère, lui a-t-elle confié. Ne jamais se plaindre et avancer même sous l'orage… » Le visage rayonnant de Christiane quand elle lui avait raconté son enfance au pays n'avait pas échappé à Nina.

– Pourquoi n'y êtes-vous pas retournée après le départ de votre mari ?

– J'aurais eu trop honte… Celui qui part ne doit revenir qu'auréolé de succès. Revenir sans mari aurait jeté le déshonneur sur toute la famille. Et puis je veux que mes enfants fassent des études, aient une vraie chance dans la vie. Qu'auraient-ils fait dans mon village ?

– Votre mère ne vous manque pas ?

– Si… parfois. On se parle de temps en temps… mais on a rarement beaucoup de choses à se dire.

– Et votre père ?

Christiane avait gardé le silence. Les plis de sa bouche étaient devenus amers.

– Il ne m'a jamais pardonné d'avoir épousé un Blanc.

Sans doute parce que le sujet était trop lourd, elle en avait changé. Et avait demandé à Nina de lui parler d'elle. Avait-elle été mariée, avait-elle des enfants ? Au début, Nina pensait en dire peu, mais le regard de la jeune femme dans la pénombre était comme une lumière qui venait éclairer son passé. Alors elle s'était racontée ; son mariage à vingt-cinq ans avec un homme merveilleux. En prononçant son nom, elle avait senti un air glacé recouvrir sa peau. *Charles…* Ce prénom si doux n'avait pas franchi ses lèvres depuis tant d'années. Mais dans cette nuit dramatique où tant d'êtres rendaient leur dernier soupir et où d'autres se tordaient de douleur et s'accrochaient à la vie, elle avait eu envie de l'évoquer, de le faire revivre quelques instants auprès de la jeune femme.

– 25 –

Charles… Son prénom était comme une caresse. Son regard sur moi, une promesse. Je n'ai jamais voulu l'appeler autrement. Son prénom valait tous les *mon amour,* tous les *mon chéri.*

J'avais vingt-cinq ans, lui vingt-six. J'étais encore vierge, lui plus depuis bien longtemps ! Les garçons me faisaient peur. J'avais plutôt tendance à les fuir. Et comme je n'étais pas vilaine, je détournais le regard dès que j'en croisais un. Je travaillais depuis un an comme assistante d'un grand avocat parisien, un ami de mon père qui avait décidé de me prendre sous son aile après la mort de ce dernier, survenue quelques mois plus tôt. Ma mère ne travaillait pas, il fallait bien rapporter de l'argent à la maison.

Charles a fait son entrée dans ma vie un jour d'août chaud et orageux. Mon patron était en vacances et j'étais restée pour classer les papiers et répondre aux rares appels. Dans mon petit bureau, je rêvais de mer, de soleil, et son apparition fut comme un souffle de grandes vacances. *Il était grand, il était beau, il sentait bon le sable chaud.* Ce sont les paroles de Piaf qui ont retenti dans ma tête alors que sa beauté me sautait au visage. De son côté, il en a oublié pourquoi il était là. Pour la première fois, je n'ai pas baissé les yeux mais les ai plongés dans les siens avec une assurance que je ne me connaissais pas. Je me souviens de nos premiers mots :

– Puis-je vous aider, monsieur ?

– Voudriez-vous venir vous promener avec moi ? Paris est vide…

J'ai pris mon sac, il a pris ma main et nous avons marché dans les rues désertes. Le charme de Paris au mois d'août… Je crois qu'il n'y a rien de plus romantique et de plus propice au début d'un amour.

À partir de cet après-midi-là, nous ne nous sommes plus quittés.

Nous avons eu cinq ans de pur bonheur. À ses côtés, j'ai redécouvert la joie qui m'avait abandonnée à la mort de Sophie. Auprès de lui, chaque jour réservait une surprise, chaque jour, même s'il pleuvait, était un jour plein de soleil. Je ne sais pas si cela aurait duré avec les années, si la routine, la vieillesse, l'ennui ne nous auraient pas abîmés… J'aime à croire que non.

Il a dû savoir bien avant moi, bien avant les médecins même, qu'il était malade. Peut-être n'a-t-il pas voulu y croire. On ne pense pas à la mort à trente et un ans. Il maigrissait, mais arborait toujours ce sourire éclatant, alors je ne me suis pas inquiétée.

Un matin, il n'a pas pu se lever. Il est parti à l'hôpital, y est resté plusieurs semaines. Les plus dures de ma vie, car chaque soir je devais le quitter, rentrer seule chez nous, dormir sans lui, ouvrir les yeux le matin sans voir son sourire éclairer la chambre. Lorsque les médecins nous ont annoncé qu'il n'y avait plus rien à faire, il m'a supplié de le ramener chez nous. Je ne sais toujours pas où j'ai puisé la force de le regarder mourir. Les dernières nuits auprès de lui, jamais je ne me suis endormie. Je posais continuellement ma main sur sa poitrine pour voir s'il respirait encore. Dans son sommeil agité, il m'appelait et je lui murmurais : « Je suis là Charles, je t'aime, je suis là… » Je me cachais pour pleurer. Une peur atroce me rongeait en permanence.

Et puis un matin, il m'a demandé d'aller lui acheter des croissants chauds. Avant que je ne quitte l'appartement, il m'a fait revenir dans la chambre et asseoir sur le bord du lit. Il a pris mon visage entre ses si belles mains devenues presque translucides, fragiles comme les ailes d'un oiseau. « Je t'aime, mon bel amour. Je voudrais tant que tu sois heureuse… »

Ce furent ses derniers mots. Lorsque je suis revenue, il était parti. Je lui en ai longtemps voulu d'avoir choisi de mourir pendant mon absence. Mais il voulait m'épargner, je le sais…

Que dire sur l'après ? J'ai cru mourir aussi, sombrer dans la folie. Sans doute cela a-t-il été le cas. Je me suis fermée, je suis devenue toute sèche à l'intérieur. Pendant des années j'ai cherché sa présence sur l'autre oreiller. Je la cherche encore…

Cinq années ont passé, j'ai changé de cabinet d'avocats. C'est là que j'ai rencontré mon second mari. Il avait quinze ans de plus que moi et il m'aimait. Il voulait un enfant, mais sans doute étions-nous trop vieux, ou bien est-ce mon corps qui était mort, mais nous n'y sommes pas parvenus. Au fond de moi, j'étais soulagée, je n'aurais pas voulu d'un enfant qui ne soit pas celui de Charles. Malgré tout, nous avons vécu dans un certain bonheur, fait de respect et de confiance. Grâce à lui, j'ai parcouru le monde et rencontré des gens merveilleux. À sa mort, je me suis retirée de tout ce qui avait été notre vie. Veuve une deuxième fois, cela n'était pas raisonnable. Cette boutade a fait rire Christiane. Et c'est sur cette note que nous nous sommes endormies.

– 26 –

Toute la nuit j'ai été assailli de cauchemars. J'ai revu mes mains recouvertes du sang de toutes ces victimes. Leurs hurlements de douleur et de peur ont martelé mon crâne et mon cœur. Combien en avons-nous sauvés, avec le toubib ? Combien sont morts pendant la nuit ? Je me souviens de cette gamine, pas encore trente ans, belle comme le printemps, et du pompier au-dessus d'elle qui hurlait : « On la perd, on la perd… »

Vers cinq heures du matin, n'en pouvant plus, j'ai pris une BD qui traînait sur la table de nuit, pour tenter de penser à autre chose. Sans y parvenir. Dès que je tournais une page, le bruit de l'explosion me vrillait les oreilles.

À sept heures, j'ai entendu les pas de Nicole derrière la porte. Je n'ai pas bougé. Je voulais qu'elle m'imagine dormant comme un loir et qu'elle ne voie pas ma tronche ravagée. Est-ce que je vais accepter son invitation ? Je me vois mal rester une semaine dans ce bel appartement ; même propre et rasé de près, j'aurais l'impression de le salir.

J'ai attendu que la porte d'entrée se referme pour me lever. Mes pieds nus sur la moquette blanche m'ont procuré une sensation étrange. C'était trop doux. Je me suis fait l'effet d'un ours dans un magasin de porcelaine. Elle est quand même incroyable, Nicole ! Je pourrais être un sale type, vider sa maison en un tour de main pendant son absence. Elle ne sait rien de moi… Et elle m'a accueilli comme si j'étais de la famille. Ça me fout une chaleur dans tout le corps, une confiance pareille.

J'ai eu du mal à comprendre comment faire marcher cette foutue machine à café. Il n'y a pas ce genre d'engin dans les foyers. Leur café, c'est du jus de chaussette. Celui-là est aussi doux que la moquette et onctueux que le chocolat que me préparait ma grand-mère Lucie.

J'ai ouvert la porte-fenêtre et suis sorti sur le balcon qui donne sur un jardin. Le temps était aussi maussade que les arbres décharnés qui se trouvent en contrebas. Ils m'ont fait l'impression de corps sortis de terre qui me tendaient les bras. Un peu comme ceux du quai…

J'apercevais la tour Eiffel qui cherchait à pointer son nez à travers les nuages. Il m'a semblé qu'elle penchait et versait des larmes sur ce jour de deuil. Je penchais aussi… Pour résister à la montée d'eau salée dans mes yeux, je suis rentré et j'ai aperçu sur la table de la cuisine une feuille blanche où se dessinait une belle écriture.

Cher Christian,

Je t'ai entendu gémir dans ton sommeil, j'espère que la nuit n'a pas été trop dure après cette horrible journée… Il y a du pain dans la panière près du four, et du beurre et de la confiture dans le frigo. Fais comme chez toi. Il y a aussi un bloc de foie gras et une bouteille de champagne (même si je sais que tu ne bois plus). Tu pourrais inviter ton jeune ami Ahmed pour le réveillon ?

Je t'embrasse tendrement

Cette fois, j'ai ouvert les écluses. Une heure plus tard, j'avais les yeux tout bouffis.

– 27 –

Raphaël a dû se rendormir. Malgré lui. Lorsqu'il ouvre les yeux, ses parents sont là. Sa mère, les traits tirés par l'angoisse, lui caresse la main. Son père regarde par la fenêtre, les poings serrés le long du corps comme lorsqu'il est en colère.

– Maman…

Jacqueline sursaute et vient prendre sa tête contre sa poitrine. Blotti contre elle, il s'abandonne, redevient un enfant. Sentir son parfum, sa peau si douce… Ne pas craquer.

– Mon petit… Nous avons eu tellement peur !

Son père s'approche et l'embrasse sur le front. Il a vieilli depuis cet été. Il ne peut se résoudre à prendre sa retraite et à abandonner sa chère patientèle.

– J'ai demandé à voir ton dossier, tu n'as rien de grave ! Tu vas pouvoir sortir demain, et dans deux-trois jours, tu rentres avec nous à Bordeaux pour te reposer.

Il prend son ton de médecin, celui qui lui permet de garder ses distances.

– Non !

– Comment ça, non ?

Ses parents le couvent déjà de ce regard qu'il redoutait.

– J'ai besoin de rester à Paris… Je me sens bien. Je dois aider Julien avec la librairie.

Il se voyait mal leur donner la vraie raison de son choix. Sans cela, il aurait sans doute aimé se réfugier chez eux, retrouver ses potes d'enfance, aller nager au Pyla, même si l'eau doit être glacée, pour se laver de toute cette peur qui lui colle encore à la peau. Mais il doit la chercher, savoir ce qu'elle est devenue. Pendant les quelques heures où il s'est assoupi, il a rêvé d'elle. Il l'a vu l'attendant sur le quai comme il le lui avait demandé. Elle portait une robe à fleurs et dans son rêve il s'était fait la réflexion que c'était une drôle de tenue en cette saison. Mais elle était si belle, tellement désirable, qu'il avait balayé ce détail. Ils s'étaient approchés l'un de l'autre et, au moment de se prendre les mains, elle avait disparu…

Qu'auraient-ils compris, ses parents, à ce besoin de retrouver une fille qui n'a même pas de nom ? Avec qui il n'a pas échangé plus de deux mots ?

Sa mère ne parvient plus à retenir ses larmes. Malgré la douleur qui abîme son visage et voûte son corps, elle n'a rien perdu de son incroyable élégance. Lorsqu'elle venait le chercher à l'école, elle était toujours la plus jolie des mamans, la mieux habillée, avec toujours une longueur d'avance sur la mode. Il était fier. Et dans cette chambre sinistre d'hôpital, il retrouve la plénitude de l'enfance. Elle, elle pourrait comprendre. Sous ses airs stricts se cache une grande romantique, il l'a toujours su.

Son portable sur la table de nuit se met à vibrer. Raphaël se jette dessus et s'exclame en voyant le prénom de Liviu s'afficher :

– Désolé, je dois absolument décrocher ! Liviu ! Alors ?

– 28 –

Roger est épuisé. Son dos lui fait mal, il sent sa putain de sciatique revenir. Il est à deux doigts de laisser le gamin se débrouiller tout seul. Mais il serait le dernier des salauds s'il faisait cela. Alors il ferme les yeux et cherche à vider son esprit en écoutant du jazz.

Chaque fois qu'il voit Liviu courir vers un nouvel hosto, il espère le voir revenir avec le sourire. Mais chaque fois, il retrouve le gosse un peu plus sombre. Il remet le moteur en marche et, sans échanger un mot, ils poursuivent leur quête.

Liviu ne sait même plus combien de portes il a poussées, combien de blessés il a vus, gisant sur des lits maculés de sang. Il entre dans le dernier hôpital de la liste. Pourvu qu'elle y soit ! Qu'il puisse appeler Raphaël et lui annoncer qu'elle est là, qu'elle va bien ! Qu'il jouera à leur mariage.

Il reconnaît soudain l'un des médecins qui étaient sur le quai. L'homme a l'air épuisé, il boit un café. Ses mains tremblent sur le gobelet en plastique.

Liviu craint de le déranger, de ne pas trouver les mots pour lui expliquer sa démarche.

Il sent un poids sur son épaule. Roger est là.

– J'allais pas te laisser tout seul pour le dernier ! Alors, on commence par où ?

Liviu sourit. Il tente de lui expliquer tant bien que mal que ce médecin pourrait l'aider, qu'il était là-bas et l'a peut-être soignée. Roger, qui pendant les premières heures a beaucoup questionné le petit sur sa belle inconnue, en sait désormais presque autant que lui.

– Pardon, docteur, avec ce jeune homme, on recherche une jeune femme qui était dans l'un des wagons. Et Liviu me dit vous avoir vu sur le quai, hier matin.

L'homme fait un effort pour les écouter. On devine qu'il est à bout. À combien de familles a-t-il dû annoncer une mauvaise nouvelle ? Il a beau savoir que ça fait partie du job, il ne s'y habituera jamais. Surtout pas comme ça...

– Je te reconnais... C'est toi qui avais un accordéon ?

– Oui !

– Comment s'appelle-t-elle ?

Roger regarde Liviu avec l'air de dire *ça ne va pas être simple.*

– Écoutez, docteur, c'est un peu compliqué... On ne sait pas, justement. Il la voyait depuis plusieurs mois dans le métro.

– Effectivement, ça ne va pas être simple… Vous pouvez me la décrire ?

– Assez grande si j'ai bien compris. Brune, cheveux jusqu'aux épaules, les yeux verts, jolie… C'est bien ça ?

Liviu confirme d'un signe de tête.

– Comme ça, ça ne me dit rien. On a eu tellement de monde… Et puis… il y en a beaucoup qu'on n'a pas pu encore identifier. Laisse-moi ton numéro, si j'ai des infos, je t'appelle. En attendant, allez faire un tour dans les couloirs, on ne sait jamais.

Après avoir enregistré le téléphone de Liviu dans son portable, le médecin retourne à ses pensées comme si ses interlocuteurs n'avaient jamais existé.

Liviu et Roger errent dans les couloirs bondés. Les familles se mêlent aux blouses blanches. Ils mettent plus d'une heure à faire le tour de l'hôpital. Face à toutes ces personnes en souffrance, Roger s'en veut d'avoir laissé le gosse se débrouiller tout seul dans les autres hostos. Il admire son courage, alors que lui est à deux doigts de tourner de l'œil dès qu'il voit un blessé.

Une fois dehors, il prend une grande inspiration et lève ses yeux vers le ciel, aussi plombé que lui. Liviu se laisse tomber sur le bord du trottoir. Roger vient s'asseoir à côté de lui et passe son bras autour de ses épaules. Lui qui n'a pas eu de gosses, qui n'a jamais senti la fibre paternelle sourdre dans ses veines, sent naître une tendresse immense pour cet ado venu de loin.

– Ça va aller, petit… Ça va aller…

Liviu se laisse aller contre le torse de Roger. Le parfum du vieux blouson en cuir mêlé à celui du tabac lui rappelle son père et lui donne la force de sortir son téléphone pour appeler Raphaël.

– Raphaël… moi désolé… pas pu la retrouver… avoir visité tous les hôpitals…

– Merci Liviu… Je te rappellerai… Merci pour ton aide.

Roger se relève avec difficulté et allume une cigarette pour se donner une contenance.

– Alors, qu'est-ce qu'on fait ? Je te ramène là où je t'ai trouvé ?

Liviu n'a aucune envie de se retrouver dans sa piaule et d'être assailli par les questions de son oncle et de son cousin, mais la fatigue le submerge à un point tel qu'il en oublie son accordéon confié à Raphaël.

– Non… merci. Moi… rentrer chez moi.

– Je vais te ramener… Allez viens, il fait un froid de gueux.

– Merci, Roger.

– 29 –

Raphaël est enfin chez lui. Seul. En refermant la porte d'entrée sur ses parents, il a éprouvé un soulagement dont il s'est senti un instant coupable. Sa mère trouvait tous les prétextes pour ne pas partir. Il devinait sa peur de le laisser seul et son besoin de s'occuper de lui, son éternel enfant. Pour ne pas trop la blesser, il avait accepté qu'elle lui prépare à dîner et fasse un brin de rangement qui s'était transformé en un grand nettoyage. Allongé sur le canapé, il l'avait regardée passer l'aspirateur et trier son linge. C'était la première fois qu'il voyait sa mère s'adonner à ce genre de tâches ; chez eux, il y avait toujours eu du personnel et il s'était imaginé qu'elle ignorait tout de ces corvées, jusqu'au maniement du balai. Il en fut bouleversé. Il voyait dans ce besoin frénétique de s'activer la peur qu'elle avait eue de le perdre et son regret qu'il ne les suive pas à Bordeaux. Elle aurait voulu le garder près d'elle, le couver comme elle ne s'était jamais autorisée à le faire.

Son père, dont il sentait l'exaspération monter, avait fini par lui dire d'arrêter et de venir se reposer à l'hôtel au coin de la rue où il avait réservé une chambre. Alors elle avait serré fort son fils contre elle, lui avait fait promettre de les appeler s'il ne se sentait pas bien et dit qu'elle serait là le lendemain matin pour le petit déjeuner.

Il se dirige vers la fenêtre et l'ouvre en grand. L'air glacé lui fait du bien. Il respire profondément et ferme les yeux. Ces trois jours à l'hôpital lui ont ôté toute forme de réflexion, comme si ses pensées étaient dans du coton. À présent qu'il est chez lui, tout ce qu'il a traversé lui revient comme un boomerang. La tête lui tourne et il sent monter à ses yeux les larmes qu'il a tant bien que mal réussi à contenir devant ses parents. Longtemps, les mains crispées sur la balustrade, il les laisse couler. Plus il pleure, plus il a l'impression de se libérer et de se retrouver. Il repense au retour en taxi, la main de sa mère dans la sienne. À travers la vitre, Paris lui avait paru transformé. La reine blessée se relèvera-t-elle de cette nouvelle attaque ? Chaque passant qu'il avait croisé gardait les yeux baissés, avançait le dos courbé sous le poids d'un invisible fardeau trop lourd à porter. La peur. Cette putain de peur que les Parisiens avaient tant bien que mal réussi à apprivoiser, revenait les fouetter au visage. Chacun allait recommencer à vivre suspendu à un fil. Chacun allait voir en l'autre un danger potentiel.

Raphaël retourne s'asseoir sur le canapé et sort une cigarette du paquet posé sur la table basse. Il regarde la fumée s'échapper par la fenêtre restée ouverte. Face à lui, l'écran noir de la télévision l'attire, l'appelle. Il reste de longues minutes à tripoter nerveusement la télécommande. Les médecins lui ont fortement recommandé de rester éloigné le plus longtemps possible de la réalité qui se joue dans sa ville d'adoption. Finalement, il appuie sur le petit bouton rouge.

Les images lui sautent au visage, l'agressent. Pourtant, il ne peut pas, ne veut pas s'en extraire. Ces images lui appartiennent, font partie de lui. La voix du journaliste lui parvient de très loin. Il entend que l'attentat a été revendiqué, que le nombre des victimes ne cesse d'augmenter. Qu'il y a encore des corps non identifiés. Où est-elle ? Son cœur s'accélère. Des rescapés au regard éteint sont interviewés. Sans y croire, il espère la voir apparaître, entendre à nouveau sa voix. Il zappe sur une autre chaîne. Les premières images de l'attentat repassent. Il voit les premiers secours s'engouffrer dans la bouche du métro, celle où il se trouvait. Peut-être va-t-il l'apercevoir ? Son portable vibre ; c'est Julien. Il n'a pas le courage de décrocher. Jusqu'à présent, il a ignoré tous les messages et les appels de ses potes. Soudain, il sursaute et se précipite sur l'écran. Dans le coin de l'image il reconnaît l'homme qui était penché sur lui lorsqu'il a repris connaissance, celui pour qui il avait débloqué le tourniquet du métro. Celui qui l'avait sorti de l'enfer. Il aimerait le retrouver, pour le remercier et lui demander s'il l'a vue, elle. Il ne sait même pas s'il y a eu des morts dans le wagon où il l'a laissée. C'est par là qu'il doit commencer ! Déjà, écarter le pire. Si Liviu n'a été que blessé, il y a de grandes chances qu'elle soit en vie. Peut-être le cherche-t-elle aussi ? Elle, au moins, connaît son prénom. La rage l'envahit d'un coup, contre ces connards qui ont cambriolé la librairie ! Que lui a dit Julien, déjà ? Il avait tellement la tête en vrac à l'hôpital qu'il ne se souvient pas. Demain, il passera le voir. Demain, il tentera tant bien que mal de reprendre le cours de sa vie.

En allant se servir un verre d'eau dans la cuisine, son pied droit bute contre quelque chose qui ne devrait pas se trouver là. Il peste, puis se rend compte qu'il s'est cogné contre l'accordéon de Liviu. Ça n'avait pas été une mince affaire d'expliquer à ses parents comment cet instrument s'était retrouvé dans sa chambre d'hôpital et pourquoi il devait absolument le rapporter chez lui. Avant de couper son téléphone, il envoie un texto au jeune homme pour le prévenir qu'il est chez lui et qu'il peut passer quand il veut récupérer son instrument.

Il retourne s'accouder au rebord de la fenêtre. La nuit est tombée. De l'autre côté de la rue, il aperçoit des sapins richement décorés. Sa mère doit être triste de ne pas fêter Noël dans leur belle maison, elle qui aime tant ce moment où elle peut réunir les siens autour d'une table magnifique et d'un repas chaque année plus mémorable. Combien de familles sont éclatées et ne peuvent se retrouver autour d'un arbre qui clignote ? Il pense que désormais Noël sera pour elles une blessure qui ne se refermera jamais.

Raphaël est terrassé par une fatigue immense. Il se dirige d'un pas mal assuré vers son lit. Son crâne lui fait mal. Il n'a pas la force de tendre la main vers ses antidouleurs sur la table de nuit. Pourquoi la vie s'amuse-t-elle à jouer des tours pareils ? Pourquoi les avoir fait se rencontrer, pour mieux les séparer à *L'instant précis où les destins s'entremêlent*[1] ? Pourquoi le titre de ce roman qu'il a tant aimé lui revient-il à l'esprit ? Demain, il partira à sa recherche, demain il retournera Paris, demain…

Mais déjà le sommeil l'arrache à toute pensée.

1. *L'instant précis où les destins s'entremêlent*, Angélique Barbérat, éditions Michel Lafon, 2014.

– 30 –

Accrochée à sa mère, Estelle regarde le taxi emmener Nina. Avant de monter dans la voiture, la vieille dame l'a serrée fort contre elle. La petite aurait tellement voulu qu'elle reste chez eux pour toujours, telle une bonne fée qui les aurait protégés de toute forme de danger. Que serait-elle devenue dans le métro sans Nina ?

Toute la nuit, Estelle s'était refusée à y penser. Pourtant, dès qu'elle fermait les yeux, le souvenir des cris de ceux restés au fond du tunnel lui revenait et elle devait serrer les dents pour ne pas laisser échapper la plainte qui lui brûlait la poitrine. À son réveil, retrouver Nina dans la cuisine prenant son café auprès de sa mère l'avait apaisée. Elle lui avait sauté au cou en la voyant. Le souvenir des cauchemars de la nuit avait cédé la place à la joie.

– Passe Noël avec nous !

Christiane et Nina s'étaient regardées avec un air complice.

– Figure-toi que ta maman me l'a déjà proposé et que j'ai accepté !

– C'est vrai, maman ?

– Mais oui, ma princesse !

Estelle s'était mise à tourner autour de la table en poussant des cris de joie. Enfin, ils ne seraient plus seuls tous les trois ! Une grand-mère comme elle en avait toujours rêvé… Jamais elle n'aurait imaginé un tel bonheur.

– Tu restes avec nous aujourd'hui aussi ?

– Non, ma chérie, Nina doit rentrer chez elle se reposer…

– Oh non !

Nina avait souri.

– Je dois me changer tout de même ! Et me préparer pour la grande soirée de demain !

Puis elle s'était penchée à l'oreille d'Estelle pour que Paul n'entende pas.

– Et puis je dois vous trouver un cadeau…

Les yeux de la petite frisèrent de plaisir.

– 31 –

Liviu, caché sous sa couette pour que la lumière de sa lampe de poche ne réveille personne, ne cesse de regarder la carte postale que sa mère lui a envoyée pour Noël. Dans cette douce obscurité, il se sent tellement petit, fragile. Dès qu'il ferme les yeux, il croit entendre la détonation et son corps se crispe d'un seul coup. Pourtant, il n'en peut plus de fatigue.

Lorsqu'il était arrivé devant chez lui, il avait vu à travers la vitre embuée du taxi son oncle et son cousin faire les cent pas au pied de l'immeuble. À cet instant, il avait compris le fossé immense qui, en un trajet de métro, s'était creusé entre eux. Est-ce parce qu'il avait frôlé la mort qu'il ne voulait plus de cette vie ? Qu'il ne voulait plus faire partie de ce monde de misère où chaque jour était une galère ? Ni mendier, ni jouer pour quelques centimes, ni supporter la promiscuité ? Non, il ne voulait plus de tout cela. En un quart de seconde, il avait compris qu'il aspirait à autre chose. Mais quoi ? Il ne le savait pas encore, mais il était sûr que cela viendrait.

Il s'était tourné vers Roger, un drôle de sourire sur le visage. Un peu brusquement, Roger l'avait attiré à lui et serré fort. Et d'une voix un peu enrouée, il lui avait tendu sa carte.

– Si t'as la moindre emmerde… t'hésites pas !

Avant d'aller rejoindre les siens, Liviu avait regardé la voiture s'éloigner jusqu'à ce qu'elle disparaisse au coin de la rue. Puis, comme s'il entrait sur un ring, il avait pris une grande inspiration et avait marché résolument vers les deux hommes qui déjà accouraient à lui.

Jusque tard dans la nuit, il avait dû raconter encore et encore pour satisfaire leur curiosité. Mais il n'avait rien dit de sa quête, ni de sa rencontre avec Raphaël. Cela, il voulait le garder pour lui. De toute manière, il savait très bien comment son oncle aurait réagi. Il lui aurait dit : « De quoi tu te mêles ? Ça te regarde pas cette histoire ! Tu crois qu'il lèverait le petit doigt pour toi ? Les gens d'ici, faut rien en espérer ! » Ça, c'était sa grande phrase… « Les gens d'ici, faut rien en espérer. » Pourtant, combien, ces dernières vingt-quatre heures, lui avaient tendu la main ?

Ce n'est qu'au petit matin, alors que les rayons d'un soleil pâle perçaient le store à moitié déchiré, que Liviu s'était endormi en serrant contre lui les mots de sa mère.

– 32 –

Pour ne pas montrer à sa fille que le départ de Nina l'affecte autant qu'elle et qu'elle appréhende l'après, Christiane trouve toutes sortes de jeux pour occuper ses enfants. À plusieurs reprises, son esprit s'égare vers ce qu'aurait pu être sa vie si le pire était arrivé. Son corps se met alors à trembler et elle peine à respirer. Avec une volonté qui lui demande un effort incroyable, elle redevient présente à ce qu'elle fait et force un peu plus son sourire. Estelle et Paul ne doivent pas sentir sa peur, ils ne doivent pas la voir faiblir.

Les petits dorment enfin. Même Estelle n'a pas résisté à l'appel du sommeil. Pourvu qu'elle ne fasse pas de nouveaux cauchemars. Mais comment pourrait-il en être autrement ? C'est juste que, sans l'aide de Nina, Christiane n'est pas certaine de trouver les mots pour l'apaiser.

Pour le coup, c'est elle qui cherche mille prétextes pour ne pas se mettre au lit. Elle range et nettoie la cuisine de fond en comble, elle vide le placard de sa chambre et replie chaque vêtement pour que toutes les piles aient la même hauteur. Dans ses pires moments d'angoisse, elle est toujours prise d'un besoin incontrôlable de ranger et traquer le moindre grain de poussière.

Après deux heures à retourner et briquer le plus infime recoin, Christiane ne trouve plus rien à faire. De toute manière, elle tombe de fatigue. Le silence de l'appartement est effrayant. Pour un peu, elle regretterait presque que son mari ne soit pas là. Une dernière fois, elle va dans la chambre des enfants pour s'assurer qu'ils vont bien, qu'ils respirent toujours… Elle se traite de folle.

Elle se laisse tomber sur son lit et s'enroule dans la couette. Elle sourit en retrouvant sur l'autre oreiller un léger effluve du parfum de Nina. Comme une trace laissée par la vieille dame pour lui dire qu'elle n'était plus tout à fait seule.

– 33 –

Le train file à toute allure. Sous le brouillard qui recouvre tout, Nicole cherche à reconnaître le paysage. Le wagon est étrangement vide en cette avant-veille de Noël. En temps normal, il grouille d'enfants dont les cris stridents empêchent de lire la moindre page. Mais ce matin, c'est l'inhabituel silence qui pousse Nicole à refermer son roman. Son esprit est incapable de se soustraire au drame qu'elle laisse derrière elle. Elle a l'impression de s'être enfuie comme une voleuse. N'est-ce pas déplacé, égoïste de partir en vacances dans sa résidence secondaire ? Elle se raisonne en se disant que son rôle est d'être auprès de sa famille. Qu'aurait-elle fait de plus, dans ce Paris meurtri ? Au moins elle a mis Christian à l'abri du froid pour quelques jours. Va-t-il seulement accepter de rester ? Le connaissant, rien n'est moins sûr.

Elle ferme les yeux et sourit. Qui aurait pu imaginer que la petite-bourgeoise qu'elle a toujours été se lierait d'amitié avec un ancien alcoolique vivant dans la rue ? Mais Christian est tellement plus que cela. Avec lui, elle peut partager son amour des livres, de la poésie. Dans son entourage, il n'y a personne d'aussi érudit, d'aussi curieux. Car Christian lit tout, il aime découvrir de nouveaux auteurs et exhumer les oubliés. Il a une mémoire incroyable, se souvient de chaque livre lu et de petits détails qui passeraient inaperçus pour n'importe qui d'autre.

Lorsqu'elle avait commencé à travailler chez *Gibert Jeune*, sept ans plus tôt, elle avait très vite entendu parler du clochard qui venait ramasser les livres destinés à la benne. Tous ses collègues disaient que c'était pour les revendre. Elle l'avait longtemps cru elle aussi, jusqu'au jour où elle l'avait vu sur un banc place Saint-Michel absorbé dans un exemplaire de *La Recherche* qui tombait en lambeaux. Plusieurs mois avaient passé sans qu'elle n'ose l'approcher. Elle s'était contentée de lui déposer discrètement des romans plus récents et en meilleur état sur le dessus de la poubelle. Et du haut de la salle de repos, au cinquième étage du magasin, elle essayait de l'apercevoir quand il venait récupérer son trésor.

Et puis un jour d'avril, à l'heure de sa pause déjeuner, elle était venue s'asseoir près de lui, en lui tendant le deuxième sandwich qu'elle avait dans son sac. Il l'avait regardée un long moment, se demandant si cette apparition n'était pas le fruit de son imagination. Enfin, il avait posé son livre et avait commencé à manger. Ils était restés silencieux, se jetant de temps en temps des coups d'œil à la dérobée. Sa dernière bouchée avalée, il avait poussé un soupir de satisfaction et s'était tourné vers elle en souriant.

– Je me doutais bien que c'était grâce à vous, tous ces livres. Merci pour eux, et pour ce délicieux sandwich !

– Je suis démasquée !

Cela avait été leur premier échange.

Les mois suivants, le hasard avait décidé de leurs rencontres. Puis ils avaient pris leurs habitudes et se retrouvaient tous les lundis midi et tous les jeudis à quinze heures. Ils pouvaient débattre plusieurs rendez-vous d'affilée sur un même ouvrage. Parfois, ils se chamaillaient ; ils finissaient toujours par en rire. Ils se parlaient peu de leur vie, lui moins encore qu'elle. À sa façon de s'habiller, de parler, à ses bijoux, il avait vite compris qu'elle faisait partie des privilégiés. Et avec son franc-parler, il lui avait demandé pourquoi elle travaillait là, presque dans la réserve de la librairie, à récupérer et trier les livres que les gens venaient vendre. Pourquoi n'était-elle pas libraire, elle qui en avait le talent ? Un peu honteuse, elle lui avait avoué que lorsqu'elle avait postulé, elle n'avait aucune expérience. Elle n'avait jamais travaillé de sa vie. Elle avait quarante ans, et les jumeaux venaient d'entrer au collège, quand son mari avait fini par accepter qu'elle cherche un emploi, un peu comme un hobby. Elle avait fait le tour de toutes les librairies indépendantes de Paris, aucune ne lui avait donné sa chance. Trop vieille, trop bourgeoise, sans références. Elle était arrivée là sans y croire et s'était empressée d'accepter le poste qu'on lui avait proposé. Elle avait fini par aimer ce travail qui lui permettait de donner une seconde vie aux livres. Et un midi, elle avait fini par lui avouer son rêve ultime : ouvrir sa propre librairie. Peut-être qu'un jour son mari accepterait...

– Mais pourquoi attendez-vous sa permission ?

Des années plus tard, Nicole ne sait toujours pas répondre à cette question et évite de se la poser. Mais ce matin, celle-ci la taraude, la met mal à l'aise. Et quelque chose qui ressemble à de la colère fait battre son cœur plus vite qu'à l'accoutumée.

Le train ralentit, elle se lève pour prendre sa petite valise. Elle devine par avance que son mari ne sera pas venu la chercher, mais lui aura envoyé un taxi. Un temps supplémentaire pour se donner une contenance et plaquer sur son visage le sourire de la bonne mère et de l'épouse aimante.

– 34 –

Sitôt franchi le seuil de son grand appartement, Nina s'écroule sur le fauteuil près de la porte d'entrée. Ces deux étages deviennent de plus en plus durs à monter. Sa canne ! Elle réalise seulement qu'elle l'a perdue dans le métro. Malgré son petit malaise, elle sourit en pensant que sa bonne vieille copine, dont elle ne se sépare jamais, ne lui a pas tant manqué. Elle n'avait pas besoin d'elle pour marcher, mais simplement pour se rassurer.

Après de longues minutes, elle parvient à se lever pour aller se rafraîchir dans la salle de bains. Dans le miroir, elle se regarde comme s'il s'agissait de quelqu'un d'autre, d'une amie à qui elle sourirait avec tendresse. Si elle avait su, hier, en partant de chez elle… À son âge, elle se croyait à l'abri… À qui d'autre qu'à elle-même pourrait-elle avouer la joie que le terrible événement de la veille lui a permis de toucher du doigt ? Sa rencontre avec Estelle lui avait insufflé un bonheur qu'elle pensait ne jamais plus connaître.

Elle s'était sentie si bien dans cette famille, elle avait eu chaud. Elle comprend à présent ce que signifie avoir un nid. D'une main fragile, elle effleure son reflet dans le miroir. Il lui semble que quelque chose en elle a changé, comme rajeuni. Elle sursaute de surprise ; ce pli amer à la commissure des lèvres, qui lui donnait un air triste et sévère, a disparu. Comment est-ce possible ?

Elle entend le téléphone sonner dans le salon. À regret, elle quitte son image, mais d'un pas si lent que déjà le répondeur s'enclenche. La voix chevrotante de son amie Geneviève s'échappe de la machine. Visiblement, ce n'est pas son premier message. Sur le point de décrocher pour la rassurer, Nina finalement renonce. Elle n'a pas envie de raconter, d'expliquer. Elle refuse de dire la peur, le noir, la fumée, le souvenir de sa sœur volant dans les airs. Geneviève ne comprendrait pas qu'elle ne lui parle que d'Estelle, de la main de la petite dans la sienne, de cette joie éprouvée de la tenir contre elle, de ce bonheur passé en famille, de cette nuit dans le lit d'une femme que la veille encore elle ne connaissait pas. Non, elle ne comprendrait pas que tout ce qui importe à Nina aujourd'hui, c'est de trouver quel cadeau offrir aux enfants.

Elle tire le lourd fauteuil près de la fenêtre et reste là plus de deux heures à regarder le ciel de Paris. La faim la tire de sa rêverie. Ça aussi, c'est nouveau. Elle avait perdu jusqu'au souvenir de cette sensation. Les placards de la cuisine sont désespérément vides. Voilà tant d'années qu'elle ne se nourrit plus que par nécessité et non par plaisir ! Il n'y a que des briques de soupe, des coquillettes et des Cracottes. Nina regarde sa montre : presque dix-neuf heures. Elle retourne à sa fenêtre pour voir si le petit restaurant italien en bas de chez elle est ouvert. Elle aperçoit le patron qui dresse les tables. Depuis deux ans qu'il est ouvert, elle n'y a jamais mis les pieds. Les voisins du quatrième lui ont dit qu'il était délicieux. Elle va si peu au restaurant. Dîner seule, c'est désespérément triste. Mais ce soir, elle se découvre une faim dévorante, elle voudrait un plat savoureux qui ait le goût de la vie. Elle a envie de boire aussi, de retrouver sur son palais le parfum capiteux et ensoleillé d'un vin italien.

Nina retourne dans la salle de bains. Elle refait son chignon et met un peu de poudre. Après un moment d'hésitation, elle fouille dans un tiroir et en sort un tube de rouge à lèvres qui n'a pas vu la lumière du jour depuis des années. La douce sensation de la pâte sur ses lèvres lui donne des frissons de plaisir. Ce soir, elle a envie d'être belle pour elle-même. De se faire honneur. De trinquer à la vie.

Dix-neuf heures quinze. Il est encore tôt. Nina repose son manteau et décroche le combiné du téléphone.

À 20 heures sur le quai

– Geneviève… Oui, je vais bien. Pardonnez-moi de vous avoir inquiétée…

– 35 –

Comment peut-il se balader toute la journée avec un poids pareil sur le dos ? se demande Raphaël en descendant ses escaliers aussi prudemment que possible pour ne pas cogner l'accordéon contre les murs. Arrivé dans la cour de l'immeuble, pris d'un vertige et le souffle court, il est obligé de poser l'instrument à ses pieds et de s'asseoir à même le sol. Il a l'impression que ces deux jours enfermés chez lui, à tourner comme un lion en cage, l'ont plus affaibli que son séjour à l'hosto. Il se console en se disant qu'au moins, sa mère est partie plus rassurée ce matin, le laissant enfin libre de ses mouvements.

À peine avait-il vu de sa fenêtre le taxi emmenant ses parents à la gare tourner au coin de la rue qu'il avait enfilé sa parka et hissé sur son dos l'instrument de Liviu. Une fois à la librairie, il l'appellerait pour qu'il vienne le récupérer. Il a hâte de revoir le garçon. La veille, au téléphone, sa voix était comme éteinte, sans espoir. Il a autant envie de l'aider que de parler d'elle avec lui. Liviu est le seul à pouvoir la reconnaître, et donc l'aider dans ses recherches.

Bien que, pour l'instant, les réseaux sociaux n'aient rien donné, il ne perd pas espoir face à l'onde de solidarité qu'a suscitée son post. Parmi tous les internautes, il y en aura bien un qui aura une piste. Cette nuit encore, il a épluché des centaines et des centaines de profils qui pouvaient correspondre à celui de la jeune femme. Comment est-il possible à cette époque de n'apparaître nulle part ? S'il n'y avait pas Liviu, peut-être finirait-il par croire qu'il a rêvé cette rencontre. Ce matin encore, la boule au ventre, il a regardé le bilan des victimes qui continue de s'alourdir, en priant Dieu, auquel il ne croit pas, qu'elle n'en fasse pas partie.

Raphaël finit par sentir la morsure du froid sur ses mains. Il se relève, charge de nouveau l'instrument sur son dos et sort de l'immeuble. Par habitude, il prend le chemin du métro. Il s'arrête brusquement. Il n'est pas prêt pour cela. Pas encore. Le sera-t-il seulement un jour ?

Il hèle le premier taxi qu'il voit, qui, aimable comme une porte de prison, lui demande de mettre l'instrument dans le coffre pour ne pas abîmer ses fauteuils. Raphaël n'a pas envie de discuter avec un con pareil, il s'exécute et se force à rester courtois en lui donnant l'adresse de la librairie.

Pour ne pas voir la route, il s'absorbe dans son téléphone et répond aux messages de ses copains.

– C'est dingue ! La rue est encore bloquée !

Aux mots aigres du chauffeur, Raphaël relève la tête. La voiture est arrêtée à quelques mètres de la station de métro, celle où a eu lieu l'attentat, celle où il l'a vue pour la dernière fois. Il se met à trembler, il a du mal à respirer, l'impression d'étouffer. Brusquement, il ouvre la portière et se précipite dehors. Son estomac se contracte et il vomit dans le caniveau le peu qu'il avait réussi à avaler ce matin. Le chauffeur sort à son tour et lui hurle dessus.

– Ah non, j'veux pas d'un poivrot dans ma caisse ! Je suis pas l'Armée du Salut !

En temps normal, il lui aurait mis son poing dans la figure, mais il se sent encore trop faible et ce petit connard pourrait bien avoir le dessus. Raphaël ouvre le coffre et récupère tant bien que mal l'instrument.

– Eh ! Faudrait pas oublier de me payer !

Raphaël se retourne, s'approche du chauffeur jusqu'à le toucher et plante son regard dans le sien, le type blêmit devant la menace avant de partir sans demander son reste.

Il n'est plus qu'à quelques minutes de la librairie, il peut finir à pied. Mais l'émotion qui l'a saisi en se retrouvant ici et la colère qui lui a donné envie d'écraser la tête du chauffeur contre le pare-brise font encore trembler ses longues jambes. Il regarde autour de lui. À une dizaine de mètres il aperçoit la terrasse chauffée d'un bistro.

L'esprit dans le vague, Raphaël savoure son café et sa cigarette. Deux jeunes femmes, plutôt jolies, s'installent à la table juste à côté de la sienne et très vite ne le quittent plus des yeux. En temps normal, il n'aurait rien perdu de leur petit manège et aurait joué son numéro de séducteur si bien rodé. Mais c'est à peine s'il les remarque. Il est plutôt agacé par leurs ricanements. Avant… avant son ego de jeune coq aurait déjà été en train de choisir sa cible. Mais la vie d'avant n'existe plus. Il n'est plus le même homme, et le changement, il doit bien le reconnaître, remonte à bien avant l'attentat. C'est elle qui, par un simple sourire, un simple regard l'a changé. Et maintenant qu'il ne sait plus où la retrouver, il est comme un con.

– Vous ne voudriez pas nous jouer quelque chose ?

– Il n'est pas à moi.

Raphaël jette trois euros sur la table et s'en va sans un regard pour la jeune femme qui s'était fait violence pour oser lui parler.

– 36 –

Julien fait les cent pas devant la librairie. Il se reproche de n'avoir pas insisté davantage auprès de son ami pour passer le chercher. Mais il connaît trop bien Raphaël quand il prend sa voix sèche et piquante.

Ces derniers jours, il n'a pas eu trop le temps de penser ; il fallait s'occuper de tout. Plusieurs allers et retours chez les flics, des heures au téléphone avec les assureurs, et surtout nettoyer les dégâts, remettre la librairie en état. Devoir fermer le week-end avant Noël est déjà une catastrophe pour leur trésorerie, alors il s'est donné pour mission de rouvrir avant le 31 décembre, pour que, symboliquement, l'année se termine sous de meilleurs auspices.

Lorsque, le samedi précédent, il avait découvert la librairie saccagée, tous les livres gisant sur le sol lui avaient fait penser à de grands oiseaux blessés, les ailes brisées. Une rage folle l'avait saisi. En attendant Raphaël et la police, malgré leur consigne de ne « surtout toucher à rien », il n'avait pas pu s'empêcher d'en ramasser quelques-uns, leur parlant doucement. Mais personne n'était venu et il avait fini par percevoir l'agitation qui s'était emparée de la rue. En sortant sur le trottoir, il avait vu les expressions paniquées des passants, une odeur de fumée était venue lui piquer la gorge. Lorsque Patrick, le boulanger, lui aussi sur le pas de sa porte, lui avait appris qu'il venait d'y avoir un attentat à la station de métro, ses jambes étaient devenues du coton, et fébrilement, puis frénétiquement, Julien avait tenté de joindre Raphaël. Des dizaines de fois. Mais son téléphone sonnait désespérément dans le vide. Il avait cherché à se rendre sur place, mais déjà la police avait bouclé le secteur et installé des barrages. Alors il s'était enfermé dans la librairie, et assis par terre, il avait prié. Il avait retrouvé intactes les prières qu'enfant on l'obligeait à réciter au catéchisme et, pour la première fois, il y avait trouvé un apaisement. Il refusait de croire que son ami puisse faire partie des victimes ou même des blessés. Non, le connaissant, Raphaël devait être en train d'aider les secours, il ne tarderait pas à l'appeler. Mais les heures avaient passé sans qu'il reçoive le moindre signe de vie. Enfin, il y avait eu l'appel d'Aude, lui annonçant que Raphaël était à Cochin, avec un trauma crânien. Il avait enfourché son vélo et foncé à l'hôpital. Il avait éprouvé une peur immense, dévorante, qui prenait toute la place. Et si… Aude n'avait pas pu lui en dire plus. Pendant le trajet qui lui avait paru interminable, les souvenirs s'étaient bousculés dans sa tête. Ils étaient tellement nombreux. Il n'en existait pas, ou si peu, sans Raphaël. En première année de maternelle, ils s'étaient choisis pour ne plus jamais se lâcher. Ils étaient devenus l'un pour l'autre le frère qu'ils rêvaient d'avoir. Les premières années, c'était lui, Julien, qui était venu en aide à Raphaël, plus chétif, lorsque d'autres garçons l'embêtaient dans la cour. Mais dès la fin du collège, il avait senti sa différence sur laquelle il n'arrivait pas encore à mettre de mots. Il s'était tenu à l'écart des autres, qui, tels des charognards, avaient, quant à eux, perçu sa vulnérabilité naissante. Plus d'une fois, avec Raphaël, ils avaient dû jouer des poings, ce qui immanquablement avait provoqué leur renvoi de l'école pour quelques jours. Julien l'avait supplié de ne plus prendre sa défense, lui répétant sur tous les tons qu'il pouvait gérer seul, mais Raphaël ne voulait rien entendre. Tant pis si on le traitait, lui aussi, de tapette !

Après le bac, leurs études les avaient séparés. Julien était parti à Paris étudier les lettres à la Sorbonne, et Raphaël était resté à Bordeaux pour faire une école de commerce. Pendant cinq ans, ils ne s'étaient croisés qu'en de rares occasions, l'été, lorsque Julien descendait voir ses parents. Il y avait toujours entre eux une immense tendresse, mais moins de points d'accroche. Raphaël avait été embauché dans une start-up et lui avait commencé à bosser chez un vieux libraire. Et puis, un soir, il avait vu débarquer son pote, un sac sur le dos. Raphaël lui avait demandé s'il pouvait rester, avait posé son sac et s'était muré dans un silence de plus d'une semaine. Il avait fini par lui avouer qu'il n'était pas heureux, qu'il aspirait à une autre vie. Qu'il n'était pas fait pour le business. Il voulait faire quelque chose qui ait un sens. Pendant que Julien travaillait à la librairie, Raphaël partait découvrir Paris. Il revenait chaque soir fasciné et toujours plus amoureux de la capitale. À l'approche de Noël, le vieux libraire, monsieur Gaston, avait demandé à Julien s'il connaissait quelqu'un qui pourrait venir les aider pendant les fêtes. Il en avait tout de suite parlé à son ami. Raphaël avait accepté avec enthousiasme et s'était si bien entendu avec le vieil homme que celui-ci l'avait embauché à plein temps dès le mois de janvier. Il faut dire que son charme et son bagou attiraient les jeunes femmes et fidélisaient celles d'un certain âge. Ils étaient heureux de bosser ensemble, de retrouver ce langage commun qui les avait liés depuis l'enfance. Raphaël avait fini par trouver un petit appartement pas trop loin de celui de Julien et était devenu très vite un vrai Parisien. Au bout de six mois, il avait déjà une bande de potes avec qui il sortait draguer et faire la fête.

Puis monsieur Gaston était tombé malade et n'avait plus quitté son lit d'hôpital. Julien et

Raphaël aimaient ce vieux garçon comme leur grand-père, et tous les jours, à tour de rôle, ils allaient lui rendre visite, refusant de voir que ses forces l'abandonnaient et que son regard devenait de plus en plus vitreux. Un dimanche, seul jour où ils pouvaient venir ensemble puisque la librairie était fermée, monsieur Gaston leur avait annoncé que, n'ayant pas de famille, il avait fait d'eux ses héritiers. Il ne voulait pas que ce lieu qu'il avait créé après la guerre devienne une banque ou une de ces boutiques bobo qui pullulaient dans le quartier. Les deux jeunes gens n'avaient pas su trouver les mots. Julien, le premier, s'était ressaisi et avait tenté de protester, mais Gaston, d'un ton bourru, l'avait arrêté net : il n'y avait pas à discuter, le sujet était clos. Deux jours plus tard, il rendait son dernier souffle entouré des deux garçons. C'est ainsi qu'ils s'étaient retrouvés propriétaires d'une des meilleures librairies de Paris. Ils n'avaient rien voulu y changer, ils avaient seulement accroché une grande photo de Gaston au-dessus du rayon poésie.

En voyant son ami inconscient dans ce lit blanc, Julien s'était dit que ça ne pouvait pas se terminer ainsi. Ils avaient encore tant de choses à vivre, à créer. Et Raphaël avait ouvert les yeux, il avait pu respirer, enfin. Mais à présent qu'il l'attend de nouveau, Julien recommence à suffoquer. Au moment où il s'apprête à déverrouiller son téléphone pour l'appeler, la clochette de la porte se met à chanter. Julien respire. Son ami est là, livide, avec une gueule pas possible, mais bien vivant.

– 37 –

Estelle est si excitée qu'elle peine à trouver le sommeil. Noël a été une vraie fête, telle que la fillette l'avait toujours rêvée. En général, son frère et elle recevaient de leur mère, enfin du père Noël pour Paul, un seul gros cadeau. Mais la présence de Nina avait envoyé valser les habitudes. Lorsqu'ils étaient sortis de leur chambre, où ils avaient été calfeutrés pendant que les cadeaux étaient déposés, les deux enfants n'avaient su où donner de la tête. Le petit sapin avait presque disparu sous la montagne de paquets. Les yeux de Christiane brillaient de joie et elle ne pouvait lâcher la main de Nina qu'elle serrait fort dans la sienne. Elle lui avait chuchoté à l'oreille qu'elle était gênée de n'avoir qu'une simple bricole à lui offrir. La vieille dame lui avait répondu : « Mon cadeau, c'est vous trois. » Aussi bas cette phrase fût-elle prononcée, Estelle l'avait entendue et s'était jetée dans ses bras en lui tendant un rouleau de papier retenu par un beau ruban rouge.

– C'est donc moi qui ouvre mon cadeau la première ?

Un *oui* général lui avait répondu. Elle avait déroulé la feuille et s'était extasiée devant la beauté et la poésie du dessin, la finesse du trait. Estelle en avait rougi de plaisir et de fierté.

– Tu sais que tu as vraiment un don, ma jolie ?

Puis elle avait ouvert le dessin de Paul et l'avait à son tour complimenté. La petite fille avait pouffé discrètement devant le gribouillis de son frère. À son tour, Christiane lui avait tendu son cadeau.

– C'est le dernier roman que j'ai lu et je l'ai trouvé merveilleux… J'espère qu'il vous plaira…

Nina l'avait prise contre son cœur et pour ne pas se laisser déborder par l'émotion, avait lancé un joyeux « À vous maintenant ! »

Les enfants s'étaient précipités et le sol du petit salon avait très vite été jonché de papier-cadeau. Nina avait fait des folies. Christiane avait filé dans la salle de bains pour essayer le pull en cachemire doux comme une seconde peau et la paire de boucles d'oreilles semblables à des larmes de cristal. À son retour, Paul s'était écrié :

– Tu es trop belle, maman !

– Nina, c'est beaucoup trop…

– Non, ma chérie, et puis, c'est à moi avant tout que je fais plaisir.

Et c'était vrai, elle avait tellement aimé passer la journée à chercher tous ces cadeaux ! Geneviève avait insisté pour l'accompagner ; grâce à elle, elle n'avait pas perdu de temps et était allée dans les meilleures boutiques.

Un cri aigu les avait interrompues. Estelle venait de déballer le plus grand paquet, libérant une ravissante maison de poupées. Elle était restée sans voix, la bouche entrouverte comme un poisson rouge.

– C'est maman qui t'a dit ?

– Non, mon amour. Comment avez-vous su, Nina, que c'était son rêve d'avoir une maison de poupée ?

– N'est-ce pas celui de toutes les petites filles ?

Estelle s'était jetée dans ses bras. Et Nina avait étreint ce petit corps déjà si cher à son cœur.

– 38 –

Raphaël observe son meilleur ami à travers les stores mal tirés de la vitrine. Ce matin, en posant la main sur la poignée de la porte, il a l'impression de faire ce geste, un geste qu'il accomplit pourtant chaque jour depuis des années, pour la première fois. Il a la conviction désagréable qu'une nouvelle vie commence, différente de celle qu'il aurait souhaitée. Pourtant, en apparence, rien n'a changé. Les traces du saccage ont disparu et Julien lui sourit lorsqu'il se décide enfin à rentrer. Mais le sourire de son ami n'est plus tout à fait le même, et Raphaël ne retrouve plus l'odeur si particulière de la librairie qui lui plaît tant. Depuis l'attentat, il a perdu le goût et l'odorat ; les médecins disent que ça va revenir. Il le sait, lui, que beaucoup de choses ne reviendront pas.

Il pose l'instrument près de la caisse.

– Tu n'as pas ouvert les cartons de la rentrée ?

Pour trouver le bon ton, Raphaël a fait tourner cette phrase dans sa tête plusieurs fois avant de la prononcer. Même sa propre voix, il a du mal à la reconnaître. Elle est fragile, hésitante, un peu caverneuse. Julien feint de ne pas s'en apercevoir.

– Non ! Je t'attendais ! Je n'allais pas déballer la rentrée littéraire sans toi !

Julien part farfouiller derrière la caisse et revient avec un livre.

– Tiens, on a reçu le roman d'Emmanuel. Il est venu le déposer lui-même lorsqu'il a su… Il faut qu'on trouve une date pour sa dédicace.

Raphaël feuillette le livre distraitement. Pourtant Dieu sait qu'il avait adoré le premier titre de l'auteur et avait hâte de lire le nouveau. Mais là, il n'éprouve aucune émotion, rien, et cela lui fait peur. Qui est-il, à présent ? Ses goûts vont-ils changer, ses désirs et plaisirs devenir autres ? Il a des fourmis au bout des doigts, alors il redonne le livre à Julien qui a du mal à cacher son étonnement, pour ne pas dire son inquiétude.

Pour faire diversion, Julien tente de soulever l'accordéon.

– Mais ça pèse une tonne ! T'as pas mal au dos ?

Raphaël sourit. Et Julien retrouve un peu son ami.

– Je vais appeler Liviu pour qu'il vienne le récupérer cet après-midi.

Julien le regarde se diriger vers l'arrière-boutique et lance :

– J'ai hâte de le rencontrer.

Mais déjà la porte se ferme et Julien se retrouve comme un con. Il s'était imaginé le retour de son ami autrement… Il regarde les fameux cartons. Il s'était fait violence pour ne pas les ouvrir sans Raphaël. C'était une excitation qu'ils partageaient toujours à deux. Tant pis, cette année, il la vivrait seul. Il jette un œil vers la petite porte derrière laquelle Raphaël a disparu. Il meurt d'envie d'y coller son oreille pour entendre ce qu'il dit à ce Liviu, le seul, manifestement, à trouver grâce à ses yeux. Il réfrène son aigreur ; son amie psy, Victoire, lui a bien expliqué qu'après un tel traumatisme, on ressent le besoin de se rapprocher de ceux qui ont vécu la même chose. Il n'a jamais été jaloux des nombreux potes de Raphaël, ce n'est pas maintenant qu'il va commencer. Il se déteste à cet instant pour sa mesquinerie. Il s'apprête à vider le premier carton quand Raphaël le rejoint et s'attaque au deuxième.

– Liviu passera en fin de journée, ça va nous laisser le temps de tout classer…

Et sans que Julien ne s'y attende, Raphaël l'attire à lui et le serre fort.

– C'est bon d'être de retour, mon pote.

– 39 –

Liviu attend que son oncle et son cousin soient partis pour quitter l'appartement à son tour. C'est la première fois qu'il met le nez dehors depuis son tour des hôpitaux. Ça lui fait tout bizarre de voir qu'il y a encore de la vie dans les rues. Son cousin lui avait raconté que plus personne n'osait sortir de chez soi.

Devant la bouche du RER, il hésite. Il a peur. L'air se bloque dans sa cage thoracique et son bras valide tremble comme une feuille. Il s'adosse contre un mur. Il a l'impression qu'il va tomber. Il meurt de trouille. Il est à deux doigts de rebrousser chemin pour rentrer chez lui lorsqu'il entend de la musique s'échapper du long couloir. Il devine tout de suite que c'est son ami Catalin et son père qui jouent, l'un du saxo, l'autre de la clarinette ; personne ne joue aussi faux qu'eux, à tel point qu'il s'est souvent demandé si les passants ne leur donnaient pas de l'argent juste pour qu'ils arrêtent. Le pire, c'est lorsqu'un des deux se met à chanter. À cette pensée, Liviu sourit et trouve la force de continuer son chemin. De toute manière, il n'a pas le choix, dès qu'il pourra rejouer, il devra retourner dans le métro. Plus vite il apprivoisera sa peur, mieux ce sera. Il passe devant les musiciens qui le saluent d'un signe de la main. Pourra-t-il seulement rejouer un jour ? Et aussi bien qu'avant ? Son oncle le laissera-t-il revenir à Paris ? Hier soir, ce dernier lui a annoncé sans ménagement qu'il le renvoyait chez sa mère ; il ne pouvait pas se permettre de garder une bouche à nourrir pour rien. L'idée de revoir sa sœur et sa mère emplit Liviu de joie, mais de quoi vivra-t-il là-bas ? Un fardeau, voilà ce qu'il est devenu… Même travailler à l'usine lui sera impossible. Il faut deux mains. Si seulement il parlait bien français, il pourrait peut-être trouver quelque chose ici, même mal payé. Au pays, il sait qu'il n'y aura rien pour lui, en tout cas rien qui lui donne l'envie de se lever le matin. Marche ou crève, voilà la devise. Sa mère a dit qu'elle trouverait une solution, mais il sait bien, lui, qu'il faudra du temps et qu'en attendant, elle va devoir travailler deux fois plus.

Liviu s'assoit sur un strapontin. Le wagon est presque vide. Les gens ont peur, ça se lit sur leur visage. Tous s'observent avec suspicion. Et lui, avec son teint mat et ses cheveux noirs, devient vite la cible des regards de travers qui lui donnent envie de disparaître. En temps normal, il ne céderait pas. Mais aujourd'hui, son assurance est comme endormie. Il n'a plus envie de lutter contre la bêtise. Il est si fatigué. Pourtant, il vient de passer plusieurs jours au lit, à ne rien faire sinon à penser à tout ce gâchis. Il a le sentiment d'être un vieillard de dix-sept ans.

Les stations de métro autour de la librairie sont toujours fermées et Liviu doit marcher encore une bonne vingtaine de minutes pour s'y rendre. Il a froid. Il serre contre lui le blouson trop fin pour la saison que son oncle lui a donné ce matin. Le sien est immettable depuis l'attentat. Il l'aimait bien, c'était sa mère qui lui avait offert quand il était parti. Ils l'avaient choisi ensemble dans le plus grand magasin de la ville. Peut-être arrivera-t-elle à le raccommoder. Son plâtre semble peser une tonne, il a la sensation de marcher le corps penché en avant. Mais les passants autour de lui ne marchent-ils pas de même ? Tous portent le même fardeau invisible et arborent la même mine grise, comme ce temps qui n'en finit pas de cracher cette pluie fine qui glace les os.

Ce quartier est si différent de ceux où il a l'habitude de traîner ! Malgré la tristesse ambiante, tout y est plus clair, plus doux, plus propre. On devine qu'ici les gens ont de l'argent. Liviu s'arrête devant l'immense et rutilante vitrine d'une boulangerie. Les pâtisseries lui sautent au ventre et lui rappellent qu'il n'a rien réussi à avaler de la journée. Depuis l'attentat, lui qui avait un appétit d'ogre, comme tous les garçons de son âge, doit se forcer pour avaler un morceau de pain. Il se sent déjà flotter dans son jean. Il fouille dans sa poche et en sort un billet de cinq euros. Il fait la queue derrière une vieille dame droite comme un I et dont le lourd chignon blanc lui donne l'apparence d'une reine de conte de fées. D'une voix étrangement jeune, elle commande toutes sortes de petits gâteaux, expliquant à la vendeuse au sourire artificiel qu'elle reçoit deux enfants chez elle pour dîner. Liviu pense que ça doit être chouette d'avoir une grand-mère aussi chic et gentille. Enfin, c'est son tour. La vendeuse s'impatiente devant son hésitation et lui fait remarquer d'un ton aigre qu'il y a du monde qui attend. À ces mots, la vieille dame qui remettait ses gants s'approche de lui.

– Vous devriez prendre leur saint-honoré, c'est leur spécialité à défaut de l'amabilité !

La vendeuse devient rouge et ne sait plus où se mettre. Liviu sourit.

– Merci, madame, merci beaucoup.

Dehors, il cherche un banc où pouvoir déguster son gâteau et en repère un sur la petite place de l'autre côté de la rue. Par miracle, il ne pleut plus. Avec une seule main, il a du mal à ouvrir la boîte en carton et plus d'une fois, il manque de la faire tomber. Enfin il y arrive et lorsqu'il croque dans le chou plein de chantilly, il laisse échapper un soupir de contentement. Il se force à ne pas l'avaler trop vite pour profiter de chaque bouchée. Jamais il n'a mangé quelque chose d'aussi bon !

Devant l'entrée de la librairie, il vérifie que ses doigts ne sont pas trop collants. Il n'a pas le temps d'ouvrir la porte que déjà Raphaël le prend dans ses bras.

– Rentre vite, il fait un froid de canard !

– 40 –

– Et si tu t'installais dans le studio au-dessus ? Julien, qu'en penses-tu ?

Liviu regarde Raphaël sans bien comprendre. Il lui demande de répéter. Serait-il possible que ce jeune homme qu'il connaît à peine lui propose de l'héberger ?

– Mais je… pas pouvoir te payer.

– Il n'est pas question que tu nous payes ! Ce studio est vide, autant qu'il serve à quelqu'un. Julien ?

Raphaël se tourne vers son ami qui n'a encore pas dit un mot.

– Oui, très bonne idée. Viens, Liviu, je vais te faire visiter.

Raphaël les laisse monter tous les deux. Pendant quelques secondes, il s'en veut de ne pas en avoir parlé à Julien avant et de le mettre ainsi devant le fait accompli. Rien n'a bougé là-haut depuis la mort de Gaston. C'était l'antre du vieux garçon, là où il avait toujours vécu, prétextant qu'il n'avait besoin que d'un lit et que le reste était superflu puisqu'il avait sa chère librairie juste en dessous. Après sa mort, ils s'étaient dit plusieurs fois qu'ils feraient quelque chose de ce studio, mais ils avaient toujours repoussé le projet, jusqu'à finir par ne plus en parler.

Raphaël les entend marcher au-dessus de sa tête. Enfin, ils redescendent. Liviu rayonne.

– Alors ça te plaît ?

– Merci, merci tous les deux… Je… suis très heureux !

– Bon, il y a un gros ménage à faire, donc je propose qu'on s'y mette tout de suite, comme ça, Liviu pourra s'installer dès demain.

Ils remontent tous les trois, Raphaël avec l'aspirateur sous le bras et Julien armé d'un seau et d'une serpillière. Une fois en haut, Liviu les aide comme il peut. Au bout de deux heures, le studio commence à reprendre vie.

Julien, rouge d'avoir astiqué la petite salle de bains, déclare qu'il a une faim de loup.

– Allez, venez tous les deux ! Je vous invite à dîner chez Clara.

Raphaël regarde sa montre.

– T'as vu l'heure ? Il est presque vingt-deux heures, elle ne va jamais vouloir nous servir.

Julien ricane comme un gosse.

– Oh que si ! Elle va être si contente de te voir que c'est elle qui va y aller, en cuisine, te cuire ton entrecôte. Elle s'est tellement rongé les sangs… Tu vas voir, Liviu, c'est là qu'on mange la meilleure viande de tout Paris !

Lorsqu'ils poussent la porte du restaurant, ils sont accueillis par un cri de joie. Une dame au fort embonpoint et au sourire immense vient vers eux et agrippe dans ses bras Raphaël qui n'a pas d'autre choix que de refermer les siens sur le large dos. Dans cette étreinte à laquelle il ne s'attendait pas, le jeune homme sent quelque chose craquer tout au fond de lui-même, et les larmes qu'il avait si bien su retenir devant sa mère, devant Julien, c'est dans les bras de la patronne de son restaurant préféré qu'il les verse.

– Va, mon petit, va, ça fait du bien.

– 41 –

Lorsque Ahmed pénètre dans l'appartement, il se retourne vers Christian pour être bien certain qu'il n'est pas fou ou en train de commettre une infraction qui les enverrait tous les deux en prison.

– Tu es sûr qu'on a le droit ? La police ne va pas nous tomber dessus ?

– Mais non, nigaud, puisque j'ai les clés ! Par contre, enlève tes chaussures, parce que cette moquette blanche, elle ne doit pas être facile à nettoyer ! Et puis tu vas voir comme elle est douce quand tu es pieds nus !

Christian avait longuement hésité avant d'oser retourner chez Nicole et de proposer à Ahmed de venir avec lui. Mais cette nuit, le cap d'une nouvelle année serait passé, alors ce serait un peu comme un nouveau départ pour tous les deux. Et puis, dans une semaine Ahmed partait vivre à Strasbourg chez un cousin qui pouvait l'héberger et peut-être lui trouver un boulot. Pour rien au monde il ne lui avouerait, mais Christian est triste à l'idée de ne plus voir le jeune homme tous les jours, même s'il est heureux pour lui. Il avait appris à l'aimer, ce gosse, pendant toutes ces heures passées à lui apprendre à lire et à écrire le français. Aujourd'hui, il lui empruntait des livres et aidait les nouveaux. Il avait un appétit insatiable d'apprendre et de découvrir les grands auteurs de ce pays qu'il habitait et considérait désormais comme le sien.

Assis dans le grand canapé, les pieds nus sur la moquette moelleuse, ils gardent les yeux fermés et le silence pour mieux savourer ce moment. Il fait si bon dans l'appartement, alors que dehors la neige s'est remise à tomber. Un instant, Christian pense aux autres, à ceux qui vont passer cette dernière nuit de l'année dans un refuge sordide ou sous un pont balayé par le vent. Pour fuir cette pensée, il se tourne vers Ahmed qui semble dormir, un sourire béat aux lèvres. Il est heureux de pouvoir lui offrir cette parenthèse. Ahmed se sent observé et ouvre les yeux.

– Tu sais, cet appartement me rappelle un peu celui de mes grands-parents, en plus beau et plus luxueux bien sûr. La même moquette, toute douce, et des livres…

– Ils sont toujours vivants ?

Le jeune homme reste silencieux, son cœur se serre.

– Non… Ils sont morts dans les premiers bombardements…

Christian se sent bête d'avoir posé cette question, il le sait pourtant qu'Ahmed n'a plus personne, à part ce cousin qu'il va bientôt retrouver.

– Est-ce que tu voudrais prendre un bain pendant que je prépare notre dîner ?

– Un bain ? On peut ?

Ahmed, fou de joie, se met à chanter. Christian le laisse et va dans la cuisine. Le petit mot de Nicole est toujours à la même place. Il le prend et le glisse, telle une relique, dans son vieux portefeuille, là où se trouve l'unique photo qu'il a conservée de ses parents. Pour ne pas se laisser gagner par l'émotion qui a trop tendance ces derniers jours à pointer le bout de son nez, il ouvre la fenêtre et inspire une grande bouffée d'air glacé. Il sourit ; de la salle de bains, il entend Ahmed chanter.

Il sort le foie gras du frigo, et du sac qu'il a apporté un beau poulet dégotté pour pas cher chez Lidl et des pommes de terre qu'il se met à éplucher pour préparer une purée.

Le poulet est déjà à mi-cuisson lorsque Ahmed le rejoint avec un visage reposé qu'il ne lui a jamais vu.

– Merci, Christian… C'était tellement délicieux ! Tu remercieras ton amie, hein ? Ça sent bon !

– On va faire un festin de roi ! Regarde dans le frigo, il y a une bouteille de champagne pour toi, cadeau de Nicole, comme le foie gras !

– Foie gras ? Qu'est-ce que c'est ?

– Un morceau de paradis !

Minuit sonne à l'église la plus proche. Les deux hommes se sourient et se prennent dans les bras.

– Tu vas dormir dans la chambre du fils de Nicole. Le lit est très confortable.

– Et toi ?

– Sur le canapé du salon.

– Non, c'est moi qui…

– Pas question ! Tu ne vas pas me contredire le premier jour de l'année, quand même !

Ahmed adore quand son ami prend son ton faussement bourru qui lui rappelle son père. Alors que Christian s'apprête à quitter la chambre pour le laisser se coucher, il le retient.

– Christian, comme je pars bientôt… Tu veux pas me lire un peu ?

– Quoi ? Comme si tu étais un enfant ?

Comment résister à ce regard où naît un sourire plein de malice ?

– Et qu'est-ce que tu veux que je te lise ?

– Je ne sais pas. Choisis un livre dans la bibliothèque. Il y en a tellement !

Après plusieurs minutes d'hésitation, il se décide pour *Chéri* de Colette. Il l'avait lu, adolescent, et Ahmed ne doit pas le connaître.

Il s'assoit sur le bord du lit et commence à lire. Ahmed ferme les yeux et se laisse bercer par la voix chaude de son ami. Au bout d'une vingtaine de pages, il dort déjà. Christian quitte la chambre sur la pointe des pieds et va poursuivre sa lecture dans le grand canapé. Mais très vite, il sent à son tour le sommeil le gagner. À regret, il pose le livre sur la table basse et s'enroule dans une couverture. Et pour la première fois depuis l'attentat, il dort sans cauchemars.

– 42 –

Le col de son manteau relevé pour se protéger du froid et les mains dans les poches, Raphaël marche sans but. La neige lui mouille le visage ; il la sent à peine. Les rues de Paris sont presque vides. Il croise quelques rares passants pressés d'aller à une fête ou déjà éméchés qui le frôlent en riant.

Derrière lui, une voiture freine brusquement. Il sursaute, se plaque contre le mur d'un immeuble et se met à trembler. La voiture le dépasse. Raphaël sent une sueur glacée le long de son cou. *Calme-toi… ce n'est qu'une voiture… Calme-toi…*

Il a beau se répéter cette phrase comme une litanie, les battements de son cœur ne s'apaisent pas. Va-t-il devoir vivre ainsi longtemps ? À sursauter au moindre bruit ? Quand est-ce que la vie reprendra son cours normal ?

Ce soir, un de ses très bons potes, Arnaud, organise une grande fête pour le réveillon. D'abord il a refusé d'y aller, mais Julien a tellement insisté, prétextant que c'était l'occasion de présenter Liviu à tous leurs amis et qu'ils avaient tous envie de le revoir. Alors il s'est fait violence et a fini par accepter. Avant de partir de chez lui, il s'était regardé longuement dans le miroir de la salle de bains, ainsi qu'il l'avait fait le matin du drame. Depuis, il évitait autant que possible de croiser son image. Et dans le reflet, il avait eu du mal à reconnaître le Raphaël d'avant. Où était le jeune homme sûr de lui, au regard enjôleur et au sourire irrésistible ? Il avait passé une main hésitante sur son visage amaigri et s'était attardé longtemps sur les cernes autour de ses yeux. Il avait pris dix ans, il n'était plus que l'ombre de lui-même. D'une main hésitante, il avait entrepris de se raser et s'était coupé. La vue de ces quelques gouttes de sang lui avaient donné le tournis.

Il avait fait l'effort de s'habiller autrement qu'avec un jean et un col roulé. Mais à présent, dans le froid de la nuit, il regrette de n'avoir mis que cette fine chemise de coton blanc.

À son arrivée chez Arnaud, tous se pressent autour de lui, chacun y allant de son accolade, de son étreinte ou de ses baisers, comme pour s'assurer qu'il est bien là, que c'est bien lui, en chair et en os. Certains lui glissent un mot tendre ou une boutade, la plupart ne savent pas quoi lui dire. Il est désormais une victime, un rescapé, un abîmé. Plus personne ne le considérera jamais comme avant. Cette putain d'étiquette lui collera à la peau pour toujours. Il blague, sourit même. Ils n'y voient que du feu. Au moins, il sait encore jouer la comédie, c'est déjà ça. Il se laisse draguer par une jolie brune à la robe outrageusement décolletée. Mais au moment où elle pose une main sur sa cuisse, il recule brusquement, comme piqué par une guêpe. La fille essaie de le retenir mais, voyant qu'il reste de marbre, hausse les épaules et part draguer ailleurs, un peu titubante sous l'effet de l'alcool. Alors pour la première fois de sa vie, Raphaël reste seul dans son coin à regarder les autres s'amuser et danser. Avec la désagréable impression d'être invisible, de ne plus exister réellement à leurs yeux. Et d'une certaine manière, c'est le cas, puisque le Raphaël que tous ces gens connaissaient n'existe plus. Quelle partie de lui-même a-t-il laissée dans l'explosion ? Il est encore incapable de répondre à cette question.

De temps en temps, Julien ou Liviu s'approchent et l'exhortent à venir boire un verre avec eux. Il décline d'un geste de la main ; depuis un moment la musique trop forte couvre les voix. À sa cinquième vodka, qu'il boit cul sec, une lassitude immense et le besoin d'être ailleurs le submergent. Il se lève d'un coup, manquant de renverser les bouteilles et les verres qui jonchent la petite table basse devant lui. Personne ne remarque rien. Un instant il reste planté au milieu de la pièce et de tous ces amis qui semblent ne pas le voir. Il regarde sa montre, vingt-trois heures trente. Il se décide très vite. Il faut qu'il foute le camp de cette fête, c'est comme si sa vie en dépendait. L'espace entre le salon et la chambre où se trouvent les manteaux lui paraît immense. Il s'y engage tel un plongeur en apnée. Quelques copains l'arrêtent pour lui parler et trinquer avec lui ; il fait semblant de comprendre ce qu'ils disent. La musique et tous les autres bruits de vie lui donnent un mal de crâne affreux. Il est comme coupé du monde. Il ne remarque même pas les efforts que tous font pour tenter de lui décrocher un sourire. Quand Julien se met en travers de sa route et lui demande ce qu'il fait, il ment en prétextant qu'il va chercher un paquet de cigarettes dans son blouson. Il s'énerve en ne le trouvant qu'après de longues minutes sous la pile de tous les autres manteaux amoncelés sur le lit. Et dès qu'il voit Julien prendre la direction de la cuisine, il se précipite sur la porte d'entrée et descend les marches quatre à quatre. Une fois dans la rue, il court même un moment, persuadé d'entendre des voix criant son prénom. Arrivé sur le pont Neuf, il s'arrête pour reprendre son souffle et s'asseoir sur l'un des bancs de pierre d'un froid de glace. Il allume une cigarette et se retourne pour regarder couler la Seine aussi sombre que cette fichue nuit.

Dans quelques minutes, une nouvelle année commencera et ça ne l'intéresse pas, ne l'enthousiasme pas. Au contraire, ça lui fiche une trouille terrible. Il a l'intuition qu'elle va lui demander beaucoup et lui donner trop peu. Il se penche un peu plus vers l'eau noire. Il ne comprend pas d'où ça vient, mais l'espace d'une seconde qui lui paraît une éternité, il est tenté de se laisser tomber. Ce serait tellement plus simple, plus doux peut-être. Le visage de la jeune femme puis celui de sa mère lui apparaissent et il recule. Il se traite de fou, d'imbécile, d'égoïste. Mais il vient de prendre conscience que, de toute évidence, il a besoin d'aide pour passer ce cap. Réussir à mettre des mots. Des voitures klaxonnent ; la nouvelle année vient de voir le jour.

Alors depuis le pont Neuf, il marche, ne s'arrête que pour allumer une nouvelle cigarette. Dans une petite épicerie encore ouverte, il achète une bouteille de mauvaise vodka qu'il boit sans honte à même le goulot. Il a l'esprit vide et ça lui fait du bien. Il ne prend qu'une seule résolution : ne pas se laisser abattre. Demain est un autre jour. Demain, il se réveillera sans doute avec la pire gueule de bois de sa vie.

Il est six heures du matin lorsque maladroitement il introduit la clé dans la serrure de son appartement. Il titube jusqu'à son lit. À travers les rideaux mal tirés, il observe avant de sombrer dans un lourd sommeil les premières lueurs du jour.

– 43 –

Des coups violents à la porte le réveillent en sursaut. Ça doit faire un moment que ça tape, car dans son rêve il entendait des applaudissements. Il se lève avec difficulté, maudissant celui qui le tire d'un si doux songe. Il aurait voulu y rester toute la vie. Il était avec elle, il venait de la retrouver. Elle s'était jetée dans ses bras, et tous les passants autour d'eux applaudissaient, comme dans une comédie romantique américaine. La sentir contre lui…

Il ouvre la porte et se retrouve nez à nez avec un Julien rouge de colère.

– Mais bordel ! Tu joues à quoi ? On t'a cherché toute la nuit ! J'étais mort d'inquiétude !

Raphaël reste silencieux, ce qui a le don d'exaspérer Julien.

– Mais réponds, bordel !

– Je suis désolé…

– Désolé ? C'est tout ce que tu trouves à dire ?

Raphaël, tu débloques ! Je sais que tu as vécu un truc terrible mais tu ne peux pas nous faire ça…

Julien le pousse pour aller s'asseoir sur le canapé. Jamais Raphaël n'a vu son meilleur ami dans un tel état de colère et d'angoisse. À présent, il est blanc comme un linge, les mains tremblantes.

– J'ai cru que j'allais te retrouver mort dans ton lit ! Une minute de plus et j'appelais les pompiers pour qu'ils défoncent la porte.

– Tu savais que j'étais là ?

– Oui, après avoir tenté de te joindre des centaines de fois et fait tous les bars autour de chez Arnaud, je suis venu ici vers deux heures du matin, tu n'as pas répondu. J'ai réveillé ta gardienne à force de cogner à ta porte. J'ai cru qu'elle allait me frapper avec son balai.

Julien esquisse un sourire. Visiblement ce souvenir a quelque chose de comique.

– Je lui ai expliqué la situation et elle m'a promis de me prévenir si elle te voyait rentrer. Elle m'a appelé il y a une demi-heure pour me dire qu'elle avait trouvé une bouteille de vodka vide devant ta porte.

– Je crois que je suis rentré vers six heures. D'ailleurs, quelle heure est-il ?

– Midi ! Raphaël, tu étais où ? Pourquoi tu es parti de la fête sans rien dire à personne ? Pourquoi tu as coupé ton portable ?

– Je suis désolé…

Julien se lève et vient se planter juste devant lui. Un instant les deux amis s'affrontent du regard. Raphaël rend les armes le premier et Julien l'attrape par les épaules. Sentant qu'il va craquer, il se dégage et retourne s'asseoir sur le canapé.

– Raphaël ? Dis-moi…

– Je sais pas… j'avais besoin d'être seul, de marcher…

– Tu ne pouvais pas simplement nous prévenir ? Tu as pensé à Liviu ?

– Je n'ai pas pu… J'avais trop peur que tu me retiennes. J'avais plus la force de faire semblant… Je ne me voyais pas souhaiter une bonne année à tous ces gens et…

– Tes amis, Raphaël ! Tes amis qui ont passé la nuit à te chercher jusque dans les hôpitaux ! Un bonheur pour commencer la nouvelle année ! D'ailleurs, il faut que je les rassure.

Julien sort son téléphone de sa poche et se met à taper un message. Raphaël va dans la cuisine se faire un café et prendre un cachet pour son mal de crâne lancinant. Il revient dans le salon avec deux tasses. Il en tend une à Julien. Ils boivent en silence.

– Julien… je suis vraiment désolé. J'ai marché toute la nuit en picolant comme un con. J'ai au moins pris conscience que j'allais mal et que je devais me faire aider…

– C'est une bonne chose. Je vais demander à Victoire qu'elle nous recommande un de ses collègues. Qu'est-ce qui te met dans cet état ? D'avoir été blessé ? De ne pas l'avoir retrouvée ?

– Les deux sans doute… Je me sens tellement con, si tu savais… Je n'étais même pas dans le métro lorsque ça a explosé… Je n'ai pas vécu l'horreur qu'ont vécue ceux qui étaient dans les wagons… Mais j'entends sans cesse le bruit que la bombe a fait et puis… surtout je l'imagine, elle, au milieu des flammes… ne réussissant pas à ouvrir les portes du métro, appelant à l'aide… je la vois se tordre de douleur et disparaître… J'aurais tellement voulu être avec elle pour la sauver ou pour mourir à ses côtés…

Raphaël laisse tomber sa tête entre ses mains. Julien est pétrifié par sa souffrance. Il maudit les malades qui ont commis un acte pareil et bousillé son ami. Il lui caresse les cheveux et lui parle doucement.

– On va bien finir par la retrouver, cette fille… Si elle n'est pas parmi les victimes, c'est qu'elle est vivante ! À notre époque, on ne peut pas disparaître comme ça ! C'est dingue que tu ne la trouves pas sur les réseaux…

Julien s'approche de Raphaël et grimace de dégoût.

– Tu vas commencer par prendre une douche… Tu pues tellement l'alcool que j'ai l'impression de faire un câlin à une fontaine de vodka frelatée !

La douche lui fait un bien fou, il a l'impression de se laver de toute cette nuit de doute et de peur. En passant ses mains sur son corps devenu si mince, il ferme les yeux. Il aimerait tant à cet instant que des mains de femme le caressent, lui donnent de la tendresse, de l'amour.

En sortant de la salle de bains, il allume son portable. Des dizaines et des dizaines de messages et de notifications apparaissent. Il lance le téléphone sur le canapé où est assis Julien.

– Je m'habille et après, on va manger un morceau. Je crois que je commence à retrouver le goût ! C'est déjà un bon début.

Distraitement, Julien jette un œil au téléphone qui vibre à chaque nouveau message. Il sursaute et le prend dans sa main. Un message dont il ne peut lire que le début a attiré son attention. Il se précipite dans la chambre de Raphaël.

– Raph ! Regarde, je crois que c'est elle !

Raphaël à moitié nu le regarde sans comprendre.

– Qui, elle ?

– Tu le fais exprès ou quoi ? Mais elle !!! Regarde ce message !

Raphaël saisit le téléphone et blêmit. Il hésite avant de taper son code fébrilement et ouvre le message. Les jambes coupées, il s'assoit au bord de son lit.

Julien retrouve soudain son ami, tel qu'il était avant l'attentat, avec ce sourire inégalable dans les yeux.

– Elle me donne rendez-vous aujourd'hui à quatorze heures au jardin du Luxembourg, près du grand bassin.

– Tu es sûr que c'est elle ?

– Oui... enfin je crois. La photo de son profil est prise de très loin, mais on dirait sa silhouette. Et à sa manière d'écrire, de choisir ses mots, je sais que c'est elle ! Enfin, c'est idiot vu qu'on n'a pas échangé plus de deux mots, mais je sens instinctivement que c'est elle !

– Si tu dois y être à quatorze heures, dépêche-toi, il te reste trente minutes...

– 44 –

Raphaël n'a jamais couru aussi vite. Il se sent léger, heureux. Tellement heureux. Plus heureux qu'il ne l'a jamais été. Il remercie la vie pour ce cadeau. Plus que quelques minutes et il la tiendra enfin dans ses bras, il étanchera sa soif en s'abreuvant à sa bouche. Ils iront chez elle ou chez lui et ils feront l'amour, ils enverront valser loin, très loin la peur, la douleur, les images de l'attentat. Ils l'effaceront de leur vie, de leur mémoire, et reprendront le temps là où il s'était arrêté.

Il passe les grilles du jardin. Il arrête de courir pour reprendre son souffle. Il lui reste cinq minutes. Il prend la grande allée qui mène au bassin. Après ces jours tristes et gris, un soleil d'hiver donne au parc un aspect féerique. Des enfants rient autour de lui, des amoureux s'embrassent sous un chêne centenaire. Il avance. Il arrive près du bassin. Il la voit, elle est de dos, elle offre son visage à la chaleur du soleil. Son cœur se met à battre plus vite. Cette silhouette… cette chevelure… Il s'approche et pose une main sur l'épaule de la jeune femme. Elle se retourne. Il recule. Là, tout de suite, il pourrait tuer cette femme qui s'est jouée de lui. Et pour ne pas se jeter sur elle, il repart en courant. Ses yeux sont secs. Il pourrait hurler tant la douleur lui griffe le cœur. Il se traite de tous les noms. Comment a-t-il pu être aussi naïf ? Le pire, c'est qu'elle ne sera sans doute pas la dernière à lui faire le coup. Il avait tellement envie d'y croire…

Le soleil a disparu. Une pluie fine et froide tombe sur le jardin devenu sinistre.

– 45 –

Je ne chanterai plus. Jeanne, les yeux fermés, une main sur la poitrine, cherche à calmer son angoisse. Depuis combien de temps est-elle sortie du bloc ? Elle a le sentiment qu'elle est là depuis des jours, que ses souvenirs lui échappent, comme si une partie d'elle-même refusait de se rappeler. Une impression de dédoublement, de ne pas être tout à fait présente à ce qu'elle vit. La douleur de son corps anesthésié par la morphine, elle n'y pense pas. Seule la peur de ne plus chanter habite son esprit. Elle ne réalise pas encore qu'elle vient de frôler la mort, qu'autour d'elle, d'autres victimes ne pourront plus marcher, plus vivre normalement. Tout ce dont elle se souvient, c'est de l'enfant qu'elle a tenu contre elle et de cet homme qui les a sortis du wagon, puis c'est le vide jusqu'à son arrivée à l'hôpital. Elle entendait sans pouvoir y répondre les questions des médecins. Ils répétaient sans cesse, *état de choc.* Est-ce d'elle dont ils parlaient ?

Sa voix refusait de sortir, comme coincée par une boule de laine en travers de sa gorge. Oui, c'est ça, une boule de laine qui se serait emmêlée entre ses cordes vocales. Elles lui font mal, bien plus que son bras qui disparaît sous de gros pansements. *Je ne chanterai plus...*

Une main chaude se pose sur la sienne et la serre doucement.

– Mademoiselle ? Mademoiselle, vous m'entendez ?

Jeanne se force à ouvrir les yeux et voit penché sur elle un homme qui lui sourit malgré la fatigue qu'elle lit dans son regard.

– Je suis l'interne du chirurgien qui vous a opérée. Je m'appelle Mounir. Comment vous sentez-vous ?

Jeanne cherche à parler, mais seul un râle s'échappe de sa bouche. Le médecin sent la panique la gagner.

– Ne vous inquiétez pas, la parole va revenir. Pensez-vous pouvoir écrire ? Un signe suffira. J'ai besoin de connaître votre nom, votre âge. Vous n'aviez aucun papier d'identité sur vous.

Jeanne acquiesce. Avec l'aide d'une infirmière, elle se redresse sur l'oreiller. Elle attrape le petit cahier et le crayon tendu par le médecin. Son écriture est tremblante et à peine lisible. Elle recommence. Il lit à voix haute.

– Jeanne Vermillon, vingt-huit ans... Voulez-vous que je prévienne quelqu'un ?

Jeanne reprend le cahier.

– Très bien, on va appeler votre mère. Elle vit à Paris ?

Non, fait-elle de la tête.

– Maintenant, reposez-vous. Je reviendrai demain matin.

Jeanne se laisse retomber sur l'oreiller. Elle sent le sommeil s'emparer de son corps, elle cherche à résister, elle veut se souvenir. Elle a le sentiment d'un manque, d'un élément essentiel qui lui échappe et dont elle doit se rappeler. Mais la fatigue est la plus forte, la sensation de tomber dans un abîme infini l'emporte en même temps que le sommeil.

– 46 –

Laurent roule depuis plus de six heures sans ressentir la moindre fatigue. L'adrénaline le tient éveillé. Dans un peu moins de deux heures, il sera à Paris. Depuis qu'il ne neige plus, la route est devenue plus facile. Sur le siège passager est posée la feuille de papier où il a noté toutes les indications du médecin.

Il avait raison de croire que le destin la remettrait sur sa route. Ils sont faits l'un pour l'autre. Lui seul peut la rendre heureuse. La preuve ; c'est lui qui vient à son secours, lui qui la ramènera chez elle, à sa mère. Et si… et si elle revenait vivre chez lui ? Véronique n'aura pas le temps de bien s'occuper d'elle et elle était si heureuse de l'entendre lorsqu'il a appelé pour la prévenir que Jeanne était à l'hôpital. Elle l'a toujours considéré comme son fils… Oui, il va l'emmener directement chez lui et on verra bien si sa mère la réclame.

Le jour de l'attentat, mû par un pressentiment, il avait dû composer son numéro plus d'une cinquantaine de fois. Un interne avait fini par décrocher. Sans lui, sans son amour, elle se serait retrouvée seule. Il s'était présenté comme son fiancé, c'était plus simple. Le médecin l'avait prévenu qu'elle était un peu perturbée et désorientée, pour le moment un pan de sa mémoire n'était pas revenu. Allait-elle le reconnaître ?

Lorsqu'elle l'avait quitté treize mois plus tôt, il n'avait pas voulu y croire et avait tout fait pour qu'elle revienne. Mais même sa menace de suicide n'avait pas marché cette fois. Sans ce professeur de chant qui lui avait mis dans la tête qu'elle avait du talent et devait intégrer cette fichue école à Paris, elle serait certainement revenue vers lui. Chaque fois qu'elle avait voulu partir, il avait su la retenir. Aujourd'hui, elle était blessée, vulnérable, avait besoin de soutien et d'amour ; il serait là pour lui apporter tout cela.

Dans le parking de l'hôpital, il gare soigneusement sa voiture à une place où on ne risque pas de la lui rayer. Il connaît la réputation des Parisiens. Il est tellement heureux en passant les portes de l'établissement qu'il ne fait pas attention à tous ces blessés qui attendent encore leur tour sur des chariots, ni à ce couple âgé qui pleure en silence dans les bras l'un de l'autre. Dans l'ascenseur qui monte au troisième étage, il se regarde dans la glace. La barbe lui va bien.

Jeanne ne va pas manquer de le trouver changé, plus beau. Il réajuste d'un geste assuré sa cravate et le col de sa chemise. Il se veut impeccable.

Il demande à une infirmière où se trouve la chambre 312. Il prend le couloir, tourne à gauche et se retrouve devant la porte de Jeanne. Il entre sans frapper.

– 47 –

Le bruit de la porte qui s'ouvre peine à extirper Jeanne du sommeil profond où elle est plongée. La morphine joue parfaitement son rôle. Elle a l'impression d'être dans du coton et, lorsqu'elle parvient à ouvrir les yeux, il y a comme un brouillard qui s'étend devant elle.

Jeanne distingue une silhouette qui s'approche de son lit, mais celle-ci est si floue qu'il lui est impossible de la reconnaître. La silhouette lui parle, mais elle l'entend de très loin et les mots qu'elle prononce n'ont aucun sens. Alors Jeanne referme les yeux et se rendort. Rien n'est plus important pour l'instant que ce sommeil qui l'entraîne vers un monde plus doux.

Lorsque Jeanne ouvre à nouveau les yeux, sa chambre est dans la pénombre. La nuit est tombée et aucune lampe n'est allumée, si ce n'est une petite veilleuse près de la porte. Elle meurt de soif. Elle tente de se redresser pour prendre le verre sur la table près du lit, mais ce simple mouvement lui provoque un étourdissement et l'impression qu'elle va perdre connaissance. Une sueur glacée coule sur son front et le long de son dos, ses oreilles bourdonnent. Alors qu'elle s'apprête à appuyer sur le bouton pour appeler une infirmière, la porte de sa chambre s'ouvre, laissant s'engouffrer la lumière du couloir. Un homme entre, il est à contre-jour, elle ne distingue pas tout de suite ses traits. Il s'approche, s'assoit sur la chaise près du lit et lui prend les mains.

– Laur… Laurent ? Mais qu'est-ce que tu fais là ?

Elle sent la panique la gagner ; à quelle époque est-elle ? Elle croyait être à Paris, avoir quitté sa petite ville de province perdue au milieu des collines, avoir laissé derrière elle cet homme qui se tient là, devant elle, et lui sourit. A-t-elle rêvé tout cela ? Elle plisse les yeux et passe une main sur son front, comme si ces simples gestes pouvaient lui ramener la mémoire. Pourtant, elle est certaine d'avoir quitté Laurent…

Il approche son visage du sien, et une sensation de danger, de répulsion la gagne. Doucement il vient poser ses lèvres sur les siennes. Elle est pétrifiée, alors elle se laisse faire. Elle reconnaît son parfum, le goût de sa bouche. Pourquoi accepte-t-elle ce baiser alors qu'elle n'en a pas envie ?

Laurent allume les lumières et se met à parler sans s'arrêter. Il lui dit à quel point il est heureux de la retrouver, qu'il a eu très peur lorsqu'il a appris pour l'attentat, qu'il a roulé non-stop et qu'il est très fatigué, qu'il a eu un mal fou à la retrouver, car elle n'avait aucun papier d'identité sur elle, décidément elle est toujours aussi tête en l'air, qu'il a parlé à sa mère et qu'elle est d'accord pour qu'elle s'installe chez lui le temps de sa convalescence. Les médecins lui ont dit qu'elle pourrait sortir dans quatre ou cinq jours, il a réservé une chambre d'hôtel juste en face de l'hôpital. Il a insisté pour dormir auprès d'elle, mais ce n'est pas possible.

Visiblement, il a déjà mis les infirmières du service dans sa poche, bientôt elles lui diront qu'elle a beaucoup de chance d'avoir un amoureux pareil. Jeanne ferme les yeux. Retrouver ce sourire satisfait lui donne envie de hurler. Tous les mots qu'il a prononcés se bousculent dans sa tête. Un seul a retenu son attention ; attentat... De quoi parle-t-il ? Il faut qu'elle lève ce voile qui lui obscurcit l'esprit, il faut vraiment qu'elle se souvienne. Sa gorge lui fait mal. Elle se rappelle qu'elle n'a toujours rien bu. Elle tend la main vers le verre mais déjà Laurent le lui tend. La fraîcheur de l'eau la réveille tout à fait.

– Quel attentat ?

– Avant-hier, tu étais dans le métro et il y a eu une explosion... Tu ne te souviens vraiment de rien ?

Ses yeux s'agrandissent et deviennent vitreux. Sa respiration est à peine perceptible. Devant cette immobilité qui l'effraie, Laurent sort dans le couloir à la recherche d'un médecin.

Elle se souvient d'un bruit mat, puis d'avoir été projetée au sol. Après il y avait eu ce souffle chaud, brûlant, et la fumée qui avait envahi le wagon. Et surtout, oui surtout, il y avait eu les cris. Elle se souvient ; et à présent ces cris se cognent dans sa tête et ne veulent plus s'arrêter. Et peut-être pour les faire taire, elle se met à hurler. Et le son de sa voix est rauque, caverneux.

Deux infirmiers entrent dans la chambre, suivis de Laurent, livide. Ils la forcent à s'allonger et lui parlent doucement. Un médecin est là, elle le reconnaît, c'est celui qu'elle a vu ce matin. Il lui sourit, lui parle lui aussi, mais les cris dans son crâne sont tellement forts qu'elle n'entend pas ce qu'il lui dit. Elle le voit prendre une seringue, elle sent une douleur dans son bras, très vite une sensation de relâchement et les cris qui s'éloignent. Elle murmure un merci au médecin et ferme les yeux.

Mounir se tourne alors vers Laurent. Son visage est fermé et son regard noir. D'emblée, il a détesté cet homme qui, il en est convaincu, cache mépris et froideur sous une façade chaleureuse.

– Les infirmiers m'ont dit que vous lui aviez parlé de l'attentat ? Il me semble pourtant qu'au téléphone je vous avais dit qu'elle n'était pas encore prête pour ça !

– Oui… j'avais oublié…

– Écoutez, comme vous pouvez l'imaginer, nous sommes débordés, donc essayez de suivre ce qu'on vous dit. Votre amie est fragile, elle a vécu un gros traumatisme et il va lui falloir du temps pour se retrouver. Demain, un psychologue viendra lui parler. Pour le moment, le mieux est que vous partiez. Jeanne a besoin de se reposer.

Laurent n'aime pas du tout le ton que prend cet homme avec lui. Il est sur le point de lui dire sa façon de penser, mais déjà le médecin a quitté la chambre sans même un au revoir. Il n'a certainement pas l'intention de partir tout de suite. L'un des infirmiers s'approche de lui et lui tend son manteau.

– S'il vous plaît, monsieur…

Laurent le lui arrache des mains, ramasse son écharpe tombée par terre et s'en va sans un regard pour la jeune femme qui dort, momentanément apaisée.

– 48 –

Jeanne rêve. Elle ne sait pas vraiment où elle se trouve. Elle marche sur des espèces de nuages gris dans lesquels s'enfoncent ses pas. Brusquement, elle se retrouve par terre, dans l'herbe. Elle a peur, elle crie. Mais seul l'écho de sa propre voix lui répond. Elle voit une porte, la pousse et se retrouve dans un salon. Laurent est au milieu de la pièce, il s'avance vers elle. Elle recule. Pourquoi est-il encore là ? Pourquoi n'arrive-t-elle jamais à le fuir ? Elle court et tombe dans un trou. Elle est sur le quai du métro. Il y a de la fumée, des hurlements, des gens qui courent dans tous les sens. Elle voudrait appeler au secours, mais aucun son ne sort de ses lèvres. Près d'elle, un enfant pleure dans les bras d'une jeune femme. Tout à coup, elle entend de la musique. Quelqu'un joue de l'accordéon là-bas, dans le tunnel d'où s'échappent des flammes. Elle ne comprend pas pourquoi elle est attirée par cette musique. Elle tente de se lever pour aller vers celui qui joue. Pourtant, elle sait que si elle y va, elle ne reviendra pas. Mais que lui importe la vie à cet instant ? Elle veut retrouver celui qui joue avec cette volonté inébranlable des rêves. Elle parvient à se mettre debout. Elle marche vers le tunnel. Elle sent la chaleur des flammes. Au moment où elle s'apprête à disparaître dans la fournaise, une main la retient. Elle se retourne. Un homme l'empêche d'avancer. Elle ne voit pas son visage, seulement ses mains. Elle croit les reconnaître. Il l'attire à lui et, tout naturellement, elle se laisse faire. Et dans les bras de cet inconnu, elle n'a jamais été aussi bien. Elle sait qu'elle est en sécurité. Elle voudrait savoir qui il est. Elle lève son visage vers le sien qui reste dans l'ombre. On dirait qu'il lui murmure son prénom, mais si bas qu'elle ne l'entend pas. Pourquoi ne voit-elle pas son visage ? Soudain l'homme la lâche et elle tombe dans le vide.

Jeanne se réveille en sursaut. Pendant un instant, elle ne sait pas où elle est. Elle a l'impression de sentir toujours la fumée et la chaleur du feu. Sans doute a-t-elle de la fièvre. Enfin, la mémoire lui revient, plus claire et plus nette que la veille. Elle se souvient de l'attentat dans ses moindres détails, de son arrivée à l'hôpital, de sa voix qui refuse de sortir, de Laurent à son chevet. Pourtant, au milieu de tous ses souvenirs qui refont surface, il lui semble que quelque chose lui échappe. Une chose que dans son rêve elle a touchée du doigt.

Elle porte la main à son cœur ; son chat… Elle l'avait complètement oublié. Depuis combien de jours est-il tout seul sans manger ? Elle doit demander à Laurent d'aller chez elle le plus vite possible. Elle sait qu'il a toujours détesté cet animal, et réciproquement, mais à qui pourrait-elle demander ?

Jeanne prend la mesure de sa solitude. À part sa mère qui est loin et Laurent, elle n'a personne vers qui se tourner. Dans une autre vie, elle a bien eu des amis, une surtout, Clémence, qu'elle a connue en primaire. Mais sa relation avec Laurent a fait le vide. Sans trop savoir comment, il a réussi à l'éloigner de tout le monde. Elle a laissé faire ; par amour au début, puis par peur et par lâcheté. Elle en paie le prix à présent. Même durant ces quelques mois à Paris, elle a été incapable de tisser de vrais liens avec les autres élèves de son école. Pendant cinq ans, ils avaient vécu à deux, presque sans jamais voir personne. Laurent lui répétait sans cesse que son manque de confiance en elle faisait fuir les gens. Que ses amis à lui ne la trouvaient pas assez chaleureuse ni joyeuse. Comment aurait-elle pu l'être avec cette sensation d'étouffement qui ne la quittait jamais ? Les deux dernières années de leur histoire n'avaient été qu'une suite de départs, de réconciliations, un cycle infernal qui recommençait sans fin. Enfin, grâce à sa professeure de chant – il n'aurait jamais accepté qu'un homme lui donne des cours –, elle avait eu la force de le quitter. Cette femme avait cru en elle et l'avait poussée à passer l'audition de cette grande école. Jeanne avait réussi alors qu'elle était très loin d'y croire. Elle avait dépensé tout l'argent qu'elle avait hérité de sa grand-mère pour vivre cette aventure. Et voilà que tout s'écroulait. Ses rêves étaient sur le carreau, et il n'y aurait personne pour l'aider à les ramasser.

Jeanne se met à pleurer en silence. Elle voudrait tant à cet instant que quelqu'un la prenne dans ses bras. Elle entend la porte s'ouvrir, voit Laurent s'approcher et la bercer contre lui. Dans cette étreinte dont elle a tant besoin, elle tire un bien-être qui lui donne la nausée. Elle sait qu'elle vient de retomber.

– 49 –

Jeanne fait semblant de dormir depuis qu'ils ont quitté Paris. Elle a l'impression que ce voyage ne finira jamais. Peut-être même voudrait-elle que ce soit le cas. Qu'il dure toujours pour rester dans un espace-temps indéterminé et ne pas avoir à affronter la réalité.

Sur la plage arrière, Zevaco miaule de temps en temps, et chaque fois elle sent Laurent se crisper, ce qui rend sa conduite encore plus sèche et nerveuse. Avec lui, elle a toujours eu peur en voiture. Surtout lorsqu'il se met en colère et menace de les envoyer dans le décor. Si Zevaco se réveille complètement, elle va devoir ouvrir les yeux et tenter de le calmer. Pourvu que le léger somnifère qu'elle lui a administré agisse le plus longtemps possible.

Elle devine que Laurent se tourne vers elle et la regarde à l'accélération des battements de son cœur. Elle doit feindre encore le sommeil pour avoir le temps de réfléchir. Mais à cause de tous les médicaments qu'elle a pris, son cerveau est en vrac. Elle a du mal à aligner une idée après l'autre. Elle doit se concentrer et cela l'épuise.

Le jour où Laurent lui avait annoncé, sans lui demander son avis, qu'elle poursuivrait sa convalescence chez lui, elle avait trouvé cela bien. Elle ne voulait pas être un fardeau pour sa mère. Si Laurent n'avait pas été là, où aurait-elle pu aller ? Vers qui se serait-elle tournée ?

Il lui avait dit : « Ne t'inquiète pas. Je m'occupe de tout. Heureusement que je t'aime toujours. J'aurais pu refaire ma vie, tu sais. Ce ne sont pas les occasions qui ont manqué. »

Sans doute avait-elle de la chance… Elle n'avait rien rétorqué. Sa voix avait encore beaucoup de mal à sortir et elle voulait s'économiser, comme le lui avait conseillé son médecin. Son médecin qu'elle avait été triste de quitter.

Ce matin, alors que Laurent finissait de rassembler ses affaires, Mounir était entré dans sa chambre pour lui donner ses papiers de sortie. Il avait demandé à Laurent de les laisser un moment pour un dernier examen. Il l'avait accompagné jusqu'à la porte et une fois celle-ci fermée, il s'était assis sur la chaise près de son lit et lui avait pris la main. Tout doucement, pour ne pas la heurter ou être entendu, il lui avait demandé si elle était bien d'accord pour partir avec son fiancé. Il pouvait, si elle le souhaitait, lui trouver une place dans un centre de repos. Elle n'avait pas osé le regarder dans les yeux. Elle l'avait remercié et lui avait assuré que tout était bien ainsi. Le jeune médecin avait soupiré et s'était levé pour partir. Mais avant de quitter la chambre, il s'était tourné vers elle.

– J'ai laissé mon numéro personnel sur la dernière page de votre dossier. N'hésitez pas si vous avez besoin de quoi que ce soit… Et vous verrez, vous rechanterez bientôt…

Elle l'avait remercié dans un souffle et s'était mordu la joue pour lui cacher son désespoir.

– 50 –

L'oncle de Liviu était passé la veille à la librairie pour lui déposer un courrier de l'hôpital. D'instinct, Raphaël s'était méfié du bonhomme. Même s'il avait pris un ton mielleux pour s'adresser à son neveu, son regard avide ne mentait pas, lui. Le jeune garçon était mal à l'aise et n'avait pas pu refuser lorsque son oncle lui avait demandé à voir son studio. Raphaël était resté en bas et les avait entendus échanger en roumain. On devinait que l'oncle avait du mal à se contrôler pour parler bas.

Ils étaient descendus au bout de quelques minutes. Liviu l'avait raccompagné, et la porte sitôt refermée, il avait laissé échapper un gros soupir.

Il avait ouvert l'enveloppe et commencé à lire. Les progrès qu'il faisait en français étaient évidents, mais pas assez pour comprendre parfaitement le courrier de l'hôpital, qu'il avait tendu à Raphaël.

– Heureusement que ton oncle, homme charmant, soit dit en passant, est venu te déposer cette lettre aujourd'hui car tu as rendez-vous demain pour qu'on te retire ton plâtre et passer une nouvelle radio.

– Tu crois que moi pourra rejouer de l'accordéon demain ?

– Peut-être pas demain, tu vas sûrement avoir de la rééducation, mais très bientôt, oui !

Devant la déception de Liviu, Raphaël s'était forcé à sourire un peu plus.

– Voilà une très bonne nouvelle ! Je vais t'accompagner, ça me donnera l'occasion de remercier l'équipe médicale.

Devant l'entrée principale de Cochin, aucun d'eux n'ose bouger. Un peu plus, ils se tiendraient par la main. Tant de souvenirs douloureux se bousculent dans leur tête, tant de douleurs se réveillent dans leur corps. Un peu plus d'un mois s'est écoulé, et, par intermittence, il leur semble que c'était hier ou il y a des années. Ils ont le sentiment d'avoir vieilli et vécu mille vies depuis… Ils ont oublié ceux qu'ils étaient avant. Raphaël se ressaisit le premier et pose sa main sur l'épaule de Liviu.

– Allez, viens !

À l'accueil, ils présentent la convocation. Liviu a rendez-vous dans le bâtiment où ils se sont retrouvés après l'attentat. Ils connaissent le chemin, il est marqué à jamais dans leur peau.

La salle d'attente est pleine. Ils trouvent deux chaises libres derrière la machine à café qui les cache des autres patients. Au moins, ils sont tranquilles. Liviu sort de sa poche un livre que Julien lui a offert pour s'exercer à lire le français. Il a encore du mal à ne pas prononcer les mots à voix basse. Raphaël sourit en le voyant si concentré. Il revient à ses pensées, les yeux dans le vague. Il est assailli par de nouveaux flashs. Il entend ses propres cris lorsqu'il a voulu sortir de la chambre pour la retrouver, il a l'impression de se voir se débattre entre les bras des infirmiers. Il se revoit pleurer seul la nuit dans son lit au moment où Liviu était entré et lui avait promis de tout faire pour la retrouver. Il sait combien le jeune homme s'est donné du mal. Et lui, en avait-il fait autant ?

Pourquoi n'a-t-elle pas refait surface ? Il est aujourd'hui certain qu'elle ne fait pas partie des morts. Grâce à un ami d'amis qui bosse dans la police, il a pu récupérer des infos sur les personnes non identifiées. Samedi dernier, il a même repris *leur* métro, qui venait de rouvrir après plusieurs semaines de travaux, à l'heure où ils avaient l'habitude de se retrouver. Expérience douloureuse qu'il n'était pas sûr de vouloir renouveler. À peine arrivé sur le quai, il avait été parcouru d'une sueur froide, et ses jambes, comme douées d'une vie propre, avaient refusé de lui obéir, prêtes à prendre la fuite. Il avait ressenti des fourmillements dans les doigts et ce goût amer sur la langue qui revient si souvent quand il angoisse. Une fois dans la rame, ça avait été pire, à tel point qu'un vieux monsieur lui avait demandé si tout allait bien. Sa vision s'était brouillée et ses oreilles s'étaient mises à bourdonner. Il s'était pincé fort la cuisse pour se ressaisir. Mais lorsque ses yeux avaient vu clair à nouveau, il n'avait pu que constater qu'elle n'était pas là et qu'à la place où elle avait l'habitude de s'asseoir se trouvait un adolescent au visage ingrat qui bougeait la tête au rythme de la musique que crachaient ses écouteurs.

Raphaël sent un sanglot monter dans sa gorge. Il n'en peut plus de craquer ainsi. Il fixe un point imaginaire pour tenir bon. Liviu, impuissant, le regarde un instant sans savoir quoi faire. Il est tellement malheureux de le voir ainsi et de ne pas pouvoir l'aider. Il la cherche aussi de son côté, il marche des heures aux alentours de la station où il pense avoir déjà vu monter la jeune femme. Chaque fois, il revient plus accablé. Julien, avec qui il est en train de tisser une vraie amitié, lui a conseillé d'arrêter ses recherches et d'aider plutôt Raphaël à passer à autre chose. Mais Julien, même avec la meilleure volonté du monde, ne peut pas comprendre la magie que lui a vue naître entre cette femme et son ami, l'évidence qu'ils devraient être ensemble.

De son bras valide, il entoure les larges épaules de Raphaël. Il entend alors une voix qui résonne familièrement à son oreille. Il lève les yeux et se penche légèrement. Devant la machine à café, deux jeunes médecins dissertent sur le goût exécrable de la soupe à la tomate que propose le distributeur. Liviu reconnaît celui qui lui avait prêté son téléphone pour appeler sa mère. Et il ne saurait dire pourquoi, mais il pense soudain qu'il pourrait sans doute les aider dans leur recherche. Finalement, ils n'ont peut-être pas exploré tous les hôpitaux parisiens et avec l'aide d'un médecin bienveillant, peut-être auront-ils – enfin – une piste. Il n'avait eu aucune nouvelle de celui à qui il avait laissé son numéro à l'Hôtel-Dieu.

Liviu se lève et, timidement, s'approche de Baptiste qui, sentant une présence derrière lui, se retourne.

– Pardon… je peux vous parler ?

– Mais je te reconnais ! C'est toi qui étais dans le couloir le soir de… Bien sûr. Laisse-moi une seconde.

Et, se tournant vers son collègue à qui il tend un gobelet de café :

– On se retrouve ce soir chez Prune ? Dis à Mounir que s'il finit son service pas trop tard, ça me ferait plaisir de le voir.

Entre-temps, Raphaël a repris ses esprits et regarde lui aussi Baptiste, dont le visage lui est vaguement familier.

– Mais vous aussi je vous reconnais ! Vous êtes le trauma crânien dont ma cheffe s'est occupée…

– Elle est là ? Je peux la voir ?

– Ah non ! Cette fois-ci, elle a bel et bien pris son congé. Elle doit accoucher dans une quinzaine de jours. Vous êtes venus ensemble ?

– Oui, je l'accompagne pour qu'on lui retire son plâtre, il a reçu une convocation…

Raphaël tend le papier à Baptise qui y jette un œil.

– J'avais fini ma garde… Mais je vais m'en charger, comme ça, on pourra discuter. Tu me suis ?

– Raphaël peut venir ?

– Bien sûr.

Tous les trois empruntent un long couloir aux vieux murs de couleur, sales d'avoir vu trop de souffrance. Liviu se penche vers son ami.

– Peut-être que lui peut nous aider la retrouver ?

Raphaël sourit même s'il n'y croit pas vraiment et se retient de hausser les épaules.

– On peut toujours lui en parler… On ne sait jamais.

– 51 –

– Je suis désolé, ça ne me dit rien… Je n'ai pas soigné de jeune femme correspondant à ce signalement ce soir-là. Mais il y a eu tellement de blessés hospitalisés un peu partout. C'est con que vous n'ayez même pas son prénom… Et j'y pense, vu que vous m'avez dit avoir un pote dans la police, vous n'avez pas pensé à faire un portrait-robot ? Avec ça, je pourrais vous aider en le faisant circuler dans tous les hôpitaux…

Raphaël se traite intérieurement de tous les noms pour ne pas y avoir pensé. Mais serait-il seulement capable de la décrire physiquement ? À part ce grain de beauté sur la joue, elle n'a pas de signe distinctif. Il n'est même pas capable de donner sa taille avec certitude. Mais ça vaut quand même le coup d'essayer.

– En attendant, rien ne m'empêche de poser des questions à mes collègues des autres services ou d'autres hostos. Depuis l'attentat, on se retrouve à quelques-uns dans un bar du canal Saint-Martin, histoire de se laver la tête de toute cette merde… Je crois que nous y sommes !

Dans un bruit sec, le plâtre se fend complètement. Liviu, un instant immobile et silencieux, se met à bouger ses doigts avec précaution. Ils sont encore tout engourdis, mais il n'en revient pas de les retrouver vivants. Son cœur bat à tout rompre en comprenant que même s'il lui faudra du temps, il pourra rejouer un jour.

Baptiste prend sa main et l'ausculte délicatement.

– Tout ça m'a l'air très bien. On va passer à la radio mais je peux déjà vous dire que tout s'est remis en place. Il va falloir encore y aller doucement et faire attention, mais avec de la rééducation, ça peut aller très vite.

À ces mots, Liviu vient timidement l'embrasser sur la joue.

– Merci, merci pour ta bonté.

Baptiste, pris au dépourvu et plus ému qu'il ne voudrait l'admettre, ne sait quoi répondre. Raphaël pose la main sur son épaule.

– Oui, merci ! Pour aujourd'hui et pour tout ce que vous avez fait ce jour-là…

Si quelqu'un était entré dans la salle à ce moment-là, il aurait été bien surpris de trouver les trois jeunes hommes presque enlacés.

– 52 –

Le mois de janvier s'achève enfin. Raphaël l'a regardé défiler comme on regarde passer un train. Il a réussi à prendre sur lui toutes les fois où il a été sur le point de craquer. À la librairie, il fait son job consciencieusement, et avec ses amis il sourit et boit des coups comme autrefois. C'est fou comme le mot *autrefois* lui revient sans cesse à l'esprit.

Autrefois, il était ce jeune homme amoureux de la vie, autrefois il aimait faire la fête jusqu'au petit matin et l'amour plus encore, autrefois, il dévorait un livre par jour. Il n'en avait pas ouvert un depuis. D'ailleurs, cela lui pose quelques problèmes à la librairie lorsqu'un client lui demande son avis sur une nouveauté. Julien vient à son secours comme lorsqu'ils étaient gosses. Autrefois, il voyait l'avenir comme une avenue immense, bordée de merveilles à découvrir. Aujourd'hui l'avenir ne va pas plus loin que le soir même. Son esprit est incapable de se projeter.

Il avait commencé à voir un psy, mais avait arrêté après la deuxième séance, persuadé que le digne homme serait incapable de l'aider. On lui avait vendu le type comme un spécialiste des grands traumas… Mais à part hocher la tête toutes les deux minutes et prendre quelques notes, Raphaël ne lui avait trouvé aucun talent. Son amie Victoire avait un peu insisté pour qu'il continue, il avait besoin de parler, d'évacuer. Non, il avait besoin d'oublier ou de la retrouver. De se retrouver.

Comme il s'en était douté après l'épisode du Luxembourg, d'autres femmes lui avaient écrit en se faisant passer pour elle. Il n'était allé à aucun rendez-vous ; elles étaient incapables de répondre aux questions qu'il leur posait. Ces filles étaient folles. Qu'espéraient-elles en exploitant cette tragédie ? C'était tellement pathétique. Tellement révélateur, aussi, de l'époque. Il avait laissé un message à son ami pour le portrait-robot, mais n'avait reçu aucune réponse pour le moment.

Aujourd'hui, 31 janvier, il fête son anniversaire. Trente-trois ans, l'âge du Christ. Décidément, l'année a tout pour plaire…

Il appelle Julien pour le prévenir qu'il sera en retard à la librairie. Il n'a pas envie de se lever. Son lit est le seul endroit supportable pour passer cette putain de journée. Il ne répond pas aux nombreux appels et textos qu'il reçoit. Aujourd'hui, il n'a pas le courage de faire semblant.

Hier soir, il s'est saoulé tout seul comme un pauvre type devant sa télé. Il a vidé une bouteille de gin et entamé une de vodka. Il va falloir qu'il se calme sur l'alcool, sinon il va finir comme son pote Antoine, en cure de désintox. Malheureusement c'est le seul refuge qu'il ait trouvé pour le moment.

On frappe à la porte. Il ne bouge pas. On insiste. C'est peut-être Nadia, sa gardienne, qui vient encore prendre de ses nouvelles ? Elle a beau nier, il sait que sa mère lui a demandé de veiller sur lui contre quelques billets. Chaque fois qu'il entre ou sort de l'immeuble, il voit bouger le rideau de la loge.

Il finit par se lever, s'apprête à enfiler le premier tee-shirt qui lui tombe sous la main, puis se ravise. C'est vêtu de son seul boxer qu'il se dirige vers la porte. Ça lui fera sa journée, à Nadia.

Devant lui Aude, qui avant qu'il ne dise quoi que ce soit, ouvre son manteau en grand. Elle est nue. Elle lui sourit et une légère rougeur envahit ses joues. Elle est belle. Terriblement belle. Peut-être même plus belle que son inconnue. Il reste là, sans bouger. Ce corps de femme qui s'offre à lui le désarçonne. Aude se ressaisit la première, d'autorité elle le pousse doucement et entre. Toujours sans prononcer aucun mot, elle laisse tomber au sol son long pardessus, abandonne ses hauts talons et s'allonge sur le lit.

Raphaël referme la porte. Il sait qu'il va faire une connerie mais il est incapable de lui dire de partir ou de fuir son propre appartement. Il a tant besoin de tendresse et, pour être honnête avec lui-même, de s'envoyer en l'air. Il aurait pu le faire des dizaines de fois depuis l'attentat, mais toujours le visage de son inconnue se mettait entre lui et les jeunes femmes qui le courtisaient. Et puis, il voulait plus que du sexe. Il souhaitait, pour la première fois de sa vie, qu'il y ait des sentiments. Il avait aimé Aude, pas comme elle l'aimait elle, mais il y avait eu quelque chose. Il savait qu'elle allait lui apporter ce dont il avait besoin. Les problèmes viendraient après, mais pour le moment, il ne voulait pas y penser. Il allait oublier pour quelques minutes sa vie qui partait à la dérive.

Il s'approche du lit, se met nu à son tour. Ils s'observent, se sourient devant ce désir si fort qui les habite. Elle lui tend les bras en lui murmurant « Bon anniversaire, Raphaël. »

– 53 –

Nina a du mal à maîtriser son impatience. Comme tous les mercredis depuis la rentrée, Estelle va venir passer la journée avec elle. Elle a prévu de l'emmener chez l'Italien en bas. La petite raffole de ses pizzas. Depuis que la vieille dame y est allée la première fois, le patron la considère comme de la famille. Contre toute attente, cette grande solitaire adore ça. Et c'est un soir sur deux qu'elle va y dîner le cœur léger, heureuse de retrouver ce petit vin des Pouilles qui la grise délicieusement.

Nina pour passer le temps fait le tour de son trop grand appartement. Avant, son mari y avait son bureau et une salle d'attente pour ses clients. Mais depuis sa mort, tout est vide. Parfois, elle demande à sa femme de ménage d'y passer le chiffon pour que la poussière ne s'accumule pas trop. Elle ne met pas davantage les pieds dans son petit bureau qui faisait office de secrétariat. Elle n'occupe que sa chambre et une partie de son immense salon.

À plusieurs reprises, elle avait pensé à vendre pour déménager dans un appartement plus petit, mais avait repoussé l'idée devant l'ampleur de la tâche. À son âge, lui disait son amie Geneviève, on ne déménage que pour aller en maison de retraite, et ça, elle le refusait catégoriquement. Lorsqu'elle ne serait plus capable de vivre seule, elle savait ce qu'elle aurait à faire. Il y avait déjà quelques années que sa place dans une certaine clinique suisse était réservée.

Enfin, la sonnerie retentit. Elle ouvre la porte et la petite lui saute dans les bras. Elle pose un baiser sur ses cheveux et en respire le parfum. Elle ne s'habituera jamais à ce bonheur que lui procure cette petite vie contre son cœur.

– Alors Nina ! Qu'est-ce qu'on fait aujourd'hui ?

– Ce que tu veux ma chérie.

– Aux Tuileries, il y a la fête foraine ! J'adorerais y aller.

Nina, se trouvant bien trop vieille pour ce genre d'amusement, est sur le point de refuser. Elle qui pensait à un cinéma ou un musée. Mais devant le sourire enjôleur d'Estelle, elle capitule.

Après le train fantôme – seul manège dans lequel a accepté de monter Nina et où elles ont cru mourir de rire –, elles se promènent dans les allées en mangeant une barbe à papa. Au bout du parc, elles arrivent au pied d'un immense carrousel dont les chaises roses tournent à une hauteur vertigineuse.

Estelle, la frimousse rouge d'excitation, se tourne vers Nina.

– On y va ?

– Non, ma chérie, pas moi. Mais vas-y si tu veux…

– Oh non ! Je vais avoir trop peur si tu n'es pas là…

Doucement les chaises reviennent vers les sols, libérant des passagers ravis. Estelle désigne une dame.

– Regarde, elle est bien plus vieille que toi !

Nina ouvre son porte-monnaie et se dirige vers la caisse.

– Deux tickets, s'il vous plaît.

Les chaises prennent tout doucement de la hauteur. Puis le tournoiement s'accélère. Paris apparaît aux pieds de Nina et Estelle. Le spectacle est incroyable ! Nina éprouve une sensation grisante, folle, qui lui donne envie de rire et de crier. Un sentiment de liberté inouïe. Elle vole !

– 54 –

En faisant un premier pas dans la maison, Jeanne ne peut réprimer un frisson. Tout est exactement à la même place, comme si elle était partie la veille. Même l'odeur un peu écœurante d'humidité, qu'elle s'est acharnée à faire disparaître pendant des années, est là pour l'accueillir. Pourquoi vient-elle s'enfermer ici, se jeter dans la gueule du loup ? Elle peut encore rebrousser chemin, il lui suffirait d'un peu de volonté. Mais si seulement il n'était question que de volonté… Laurent l'appelle depuis le salon. Si elle ne réagit pas tout de suite, il sera trop tard, elle le sait. Il crie son prénom une nouvelle fois, avec, dans la voix, cette pointe d'agacement qu'elle connaît si bien. C'est étrange, mais il lui semble qu'elle abandonne bien plus que sa liberté, bien plus que son amour-propre. Elle ne saurait dire quoi. Elle se retourne pour regarder la rue et fait un signe de la main comme pour dire au revoir à quelqu'un.

Zevaco s'échappe de ses bras et va se cacher au fond du petit jardin. Il va certainement retrouver la cachette où il aimait se blottir pour fuir les colères de Laurent.

– Qu'est-ce que tu es pâle ! Pourtant tu as dormi tout le voyage ! C'est moi qui devrais avoir cette tête. Je vais nous installer dans la chambre du bas, comme ça, tu n'auras pas à monter l'escalier.

À ce *nous*, Jeanne arrête de respirer. Cela, elle ne le veut pas, ne le peut pas. Pas encore. Elle prend une grande inspiration et pose une main, qu'elle cherche à ne pas faire trembler, sur le bras de Laurent.

– Tu sais, il est préférable que je dorme seule quelque temps. Je me réveille beaucoup à cause de la douleur, tu ne dormiras pas bien si tu es avec moi…

– T'as raison. Mais j'espère que ça ne va pas durer trop longtemps. J'ai envie qu'on se retrouve…

Il s'approche d'elle, passe sa main derrière ses cheveux, l'agrippe par la nuque pour l'embrasser. Jeanne recule brusquement. Elle est encore plus pâle que tout à l'heure.

– Qu'est-ce qu'il te prend ? Attends, si je suis venu à ton chevet à l'hôpital et si je te reprends sous mon toit, c'est pas pour la gloire, l'idée c'est qu'on se remette ensemble… Sinon la porte est grande ouverte !

– Pardon… bien sûr… excuse-moi… J'ai simplement besoin d'un peu de temps.

Elle sait qu'elle n'a pas d'autre choix pour le moment. Elle l'a tellement aimé au début de leur histoire. Peut-être que les sentiments peuvent revenir… Et si elle ne l'énerve pas, il peut être le plus formidable des hommes. Alors, dans ce geste de soumission qu'il aime tant, elle lui prend la main et vient y poser ses lèvres.

Laurent sourit. Il sait qu'il a gagné, qu'il l'a récupérée. Il va faire des efforts lui aussi, être plus patient, plus tendre. Ils vont être heureux. Et d'ici quelques mois, qui sait, peut-être fonderont-ils une famille. Il sera un père formidable, pas comme le sien qui n'était presque jamais à la maison et toujours de méchante humeur.

– Ta mère passera demain pour déjeuner. Va te reposer, je te prépare quelque chose à manger.

Une fois la porte de la chambre fermée, Jeanne respire mieux. Elle se laisse tomber sur le lit recouvert du couvre-lit rose passé qui date du temps de la grand-mère. Dans cette pièce, l'odeur écœurante est encore plus forte. Tant pis, c'est le prix à payer pour être tranquille. Elle s'allonge et fixe le plafond dont la peinture craquelle. Elle pense que demain, elle verra sa mère. Sera-t-elle capable d'aller dans ses bras ?

– 55 –

Yohan Martes n'a pas envie qu'on l'emmerde. Ce matin, il veut prendre son café tranquille, au soleil. Alors, caché derrière ses lunettes fumées et sa casquette NYPD, il espère passer incognito. Il est encore tôt, il y a peu de clients. Et bien que le serveur l'ait reconnu, il affiche la réserve des vrais garçons de café à l'ancienne. Il ne sera donc pas du genre à le prendre en photo à la dérobée.

Parfois, il voudrait revenir en arrière et emprunter un tout autre chemin vers une vie plus pépère, une vie où des gens ne viendraient pas sans cesse le solliciter pour un peu tout et n'importe quoi. Mais très vite il se reprend ; il adore son métier et sait qu'il a une chance incroyable de durer ainsi et d'avoir toujours une place dans le cœur du public. C'est si rare à la télévision. Combien en a-t-il vu exploser en plein vol ?

Il pense à l'émission de ce soir. Il a une idée et sort un petit cahier pour la noter avant de l'oublier.

Elle le fait sourire ; malgré les années, il n'a rien perdu de son mordant. Le temps passe si vite. À ses débuts, tout le monde le prenait pour un gentil garçon bien propre sur lui, pas du genre à faire des vagues. D'une certaine manière, il tenait toujours ce rôle ; c'est ainsi qu'il pouvait recevoir sur son plateau les stars et les politiques du monde entier qui se laissaient amadouer par son sourire et son air mutin. À près de cinquante ans, il avait toujours cette allure juvénile et on lui aurait donné le bon Dieu sans confession.

Il déverrouille son portable pour relire les questions qu'il posera ce soir au Premier ministre. Il sait que ce moment est très attendu. Il a passé plusieurs jours à préparer son interview et a refusé toute aide de ses chroniqueurs. Un peu plus de trois mois après l'attentat du métro, c'est la première fois qu'il prend la parole en direct sur un plateau de télévision. Le gouvernement a tellement mal géré cette crise. Et certaines zones d'ombre devront – enfin – être éclaircies. Yohan aurait aimé n'axer son interview que sur ce sujet, mais il doit aussi attaquer le ministre sur l'actualité brûlante et les revendications des manifestants de plus en plus nombreux partout en France.

Il était en vacances à Biarritz quand l'attentat avait eu lieu. Il avait aussitôt décidé de rentrer à Paris et de reprendre l'antenne. Toute son équipe avait répondu présent. Sauf Agnès.

Yohan sent sa gorge se serrer. Il avait déjà vécu ça, le 13 novembre. Ils avaient tous fait front. Quand on perd quelqu'un de son équipe, même si on n'y est pour rien, on se sent en partie responsable. Il avait réussi à mener le navire sans dommage et à garder la tête froide, du moins en apparence. Mais sa douleur ne s'estompe pas. Elle ne cesse de le ronger et de le réveiller la nuit. Il connaissait Agnès depuis ses débuts. Il l'avait prise en stage alors qu'elle avait à peine seize ans. Elle ne l'avait jamais quitté, même dans les galères. Ils se comprenaient à demi-mot et riaient des mêmes choses. Elle était la seule à oser l'affronter lorsqu'il déconnait et lui dire ses quatre vérités. Et puis, elle venait d'être maman d'un petit garçon dont il est le parrain. En pensant au petit Valentin ses poings se crispent sur la table en verre. Sa rage n'a pas faibli depuis… Il faut qu'il se ressaisisse avant ce soir.

– 56 –

Depuis une dizaine de jours, avec l'autorisation de sa kiné, Liviu s'est remis à jouer. La première fois que ses doigts avait retrouvé les touches de nacre, il n'était pas parvenu à produire deux notes ; il avait failli jeter son accordéon au sol de chagrin et de dépit. Mais dès le lendemain, sa main avait presque récupéré toute son agilité.

Il avait cru qu'il ne le retrouverait jamais, son cher instrument. Puisqu'il ne pouvait plus le prendre dans ses bras, chaque soir, avant de s'endormir, il lui parlait comme à un ami. Il lui racontait sa journée, ses progrès en français, son désir de le retrouver, lui, et de renouer avec sa musique. Étrangement, il a moins le mal du pays auprès de Raphaël et Julien qu'aux côtés de son oncle et de son cousin qui ne lui ont pas fait signe depuis un long mois. Il éprouve un sentiment de liberté qui lui était encore inconnu et qui le grise. Pour la première fois, il se dit que tout est possible, que tous les choix s'offrent à lui. Il sait au plus profond de lui-même qu'il ne fera plus la manche dans le métro. Cette vie de misère est terminée pour lui !

Il est très fier, car depuis une semaine, les garçons lui apprennent à se servir de la caisse et il s'en sort plutôt bien. Et puis il adore faire les paquets cadeaux. C'est tellement agréable lorsqu'un habitué entre dans la librairie et le salut d'un « Bonjour, Liviu ». Il a l'impression de faire partie d'une grande famille. Il a hâte de savoir lire parfaitement pour dévorer tous ces livres qui lui tendent les bras comme de nouveaux amis lui réservant mille surprises.

Ce matin, comme tous les lundis matin, la librairie est fermée. Liviu a chargé son accordéon sur son dos, puis est parti se promener dans le quartier. Il est encore tôt. Le premier vrai soleil de printemps illumine les rues. Il est heureux de marcher ainsi, sans but, avec son meilleur ami. Il arrive sur une petite place où un banc semble l'attendre. Il s'installe.

Aujourd'hui, en se réveillant, il a décidé de rejouer pour la première fois devant un public autre que Raphaël et Julien. Il ne peut pas repousser ce moment indéfiniment. Et même si ses doigts sont encore hésitants, il sait que malgré tout il joue presque toujours aussi bien. Lorsqu'il avait rejoué pour la première fois devant Raphaël, il avait bien vu l'émotion de son ami. Pourtant, il avait pris garde d'éviter les chansons qu'il interprétait pour ses amoureux. Le visage de la jeune femme passe devant ses yeux ; avec le temps, il se fait plus incertain, perd de sa contenance, de sa réalité. Est-ce la même chose pour Raphaël ? Ça fait des semaines qu'il n'en parle plus. A-t-il abandonné tout espoir de la retrouver ?

En face de la petite place, six clients sont attablés à la terrasse d'un café. L'accordéon sur les genoux, Liviu prend une grande inspiration. Il place les bretelles sur ses épaules comme on enfile un costume de scène et commence à jouer. La magie opère, comme toujours.

– 57 –

Yohan enlève ses écouteurs. De l'autre côté de la rue, sur la place, un jeune accordéoniste fait vibrer l'air de ses notes de musique. Il n'a jamais osé l'avouer à personne, mais il adore cet instrument d'un autre temps. C'était sa grand-mère qui en jouait lorsqu'il était petit et qui l'emmenait chaque année voir sur scène le grand Marcel Azzola. Personne ne le sait dans son équipe, mais il a dans son bureau un tiroir plein de CD des plus grands accordéonistes du monde entier. Depuis combien d'années ne les a-t-il pas écoutés ? S'il se faisait surprendre, les autres ne manqueraient pas de se moquer de lui pendant des mois. Seule Agnès connaissait son secret…

Il est impressionné, d'habitude les accordéonistes de rue jouent assez mal. Celui-là a de la magie entre les mains. Ses doigts courent sur les touches à une vitesse incroyable. Yohan ferme les yeux et se laisse transporter par la musique. La tristesse et la colère qu'il éprouvait quelques instants plus tôt ont fait place à une joie nostalgique. Il se revoit gamin sur les genoux de son père écoutant Mémé Paule chanter en s'accompagnant de son accordéon. Sa mère le faisait valser et il riait. Comme son enfance lui manque à cet instant. Il devrait appeler sa mère plus souvent. Elle ne le lui dit pas, mais il sait qu'elle se sent seule dans la grande maison qu'il lui a achetée près de Paris avec la promesse de venir la voir chaque week-end. Voilà déjà plus d'un mois qu'il n'y a pas mis les pieds. Fils indigne, aurait dit son père…

Un texto le tire de sa rêverie. C'est sa nouvelle assistante, celle qui a remplacé Agnès et avec qui il a encore beaucoup de mal. Il devrait être plus sympa avec elle. Elle n'y est pour rien si des ordures ont fait sauter un métro. Il sait que plus d'une fois son ton agressif a blessé la jeune femme. Ça ne lui ressemble pas de se comporter ainsi.

Elle lui rappelle qu'il a rendez-vous à l'autre bout de Paris dans moins d'une heure. Il soupire. Il n'a aucune envie de quitter ce moment hors du temps. Il règle son café et se dirige vers son scooter, puis revient sur ses pas et marche vers Liviu qui entame les dernières notes de *La Romance de Paris*. Yohan enlève ses lunettes de soleil. Les deux hommes se sourient.

– Vous jouez merveilleusement bien…

Et avant que Liviu ait pu dire quoi que ce soit, Yohan glisse dans sa main un billet de cent euros et repart. Liviu lui crie un « merci » qui se perd dans le brouhaha de la rue. Il a l'impression d'avoir déjà vu cet homme. Puis il regarde le billet ; il n'en a jamais tenu de si gros. Décidément, la vie a choisi de venir jouer dans son camp.

– 58 –

Après ces quelques jours passés chez Nicole, le retour à la rue a été plus dur que ce que je pensais. En même temps, à quoi est-ce que je m'attendais ! Goûter à la chaleur d'un bon lit et à la douceur d'une moquette, puis retrouver le sol glacé du bitume… C'est une putain de claque.

Mais je ne regrette pas, le gamin était tellement heureux. Et moi, ça a rechargé mes batteries. Ça n'a pas été simple de lui cacher ma tristesse lorsqu'on s'est dit au revoir. Il a eu beau me promettre qu'il me donnerait des nouvelles régulièrement, je sais bien qu'il va m'oublier très vite et c'est bien mieux ainsi. Il a sa vie à faire et la mienne est déjà bien entamée. Mais y a pas à dire, ça me fout le bourdon de ne plus voir sa gueule d'ange chaque matin. Malgré les coups que la vie lui a lâchement et salement donnés, Ahmed a su rester solaire. Et j'aimais bien me réchauffer à sa présence.

Pour remercier Nicole de son invitation, je suis allé lui acheter un joli vase bleu ; elle raffole du bleu. Elle dit que ça porte bonheur. Moi, mes yeux bleus m'ont jamais apporté que des emmerdes. Attention, cette fois-ci je ne suis pas allé chez Emmaüs ou à la Croix-Rouge, ah non, mais dans un vrai magasin où la vendeuse m'a regardé avec un air que j'ai pas aimé. Elle a changé de tête quand je lui ai tendu mon bifton. Je crois que Nicole était contente. Elle a changé depuis qu'elle est rentrée. Elle m'a l'air triste. J'ai essayé de la questionner mais c'est elle, à présent, qui botte en touche. Je crois qu'elle s'ennuie dans sa vie, autant dans son travail que dans son couple. Alors, à chacun de nos rendez-vous, je tente de la faire rire avec ma vie d'intellectuel miséreux. Mais je vois bien qu'elle se force à sourire. Si, comme Aladin, j'avais trois vœux à faire, l'un d'eux serait que Nicole soit heureuse.

J'ai décidé de continuer à me raser. J'aime bien l'air jeune que ça me donne. Et puis ça fait plus propre. La première fois, les copains ne m'ont pas reconnu. J'avais l'air d'un monsieur, qu'ils disaient.

La chienne de Serge est morte hier. Elle s'est fait écraser par un con en bagnole qui ne s'est même pas arrêté. J'ai jamais vu quelqu'un pleurer comme ça. Va falloir que je le surveille, mon Sergio, pour pas qu'il fasse une connerie. Dans notre monde, les animaux comptent parfois plus que les hommes.

C'est pour ça que j'ai jamais voulu en avoir un à moi ; ça fait trop mal quand il s'en va.

Ce soir, j'ai le spleen. Je ne sais pas vraiment pourquoi. Autour de moi, tout le monde pionce. J'aimerais bien en faire autant. Mais le sommeil ne veut pas de moi. J'ai même plus de piles dans ma lampe de poche pour bouquiner.

Pendant ces nuits d'insomnie, je pense à ma pauvre existence et ça ne donne jamais rien de bon. Quel con j'ai été de foutre en l'air ma vie pour la joie éphémère que procure l'alcool ! J'avais un bon métier, qui ne rapportait pas beaucoup mais je me sentais utile, et puis j'avais Florence. Qu'est-ce qu'elle a bien pu devenir ? Après m'avoir quitté, je sais qu'elle est retournée à Tours chez ses parents. Elle a dû épouser un gars du coin qui lui a fait une tripotée de marmots. Elle était faite pour être mère. Elle avait des hanches qui me donnent encore le tournis quand j'y pense. Y poser à nouveau mes mains… Putain de nostalgie, putain de mémoire ! Qu'est-ce que j'ai ?

Je vais pas rester là à me morfondre. Faut que je bouge d'ici. Je vais aller voir le soleil se lever sur la Seine, ça me changera les idées. Y paraît qu'il va faire beau aujourd'hui.

– 59 –

Jeanne a encore fait ce rêve étrange. Elle n'en peut plus de fouiller ses souvenirs pour remplir le trou noir de sa mémoire. Elle sait que quelque chose ne cesse de lui échapper. Elle a même tenté de le dessiner en laissant son esprit vagabonder dans l'espoir que son inconscient lui parle. Pour que Laurent ne lui pose pas de questions sur la silhouette d'homme qu'elle a esquissée, elle a caché ses dessins sous le matelas. La nuit, lorsqu'elle l'entend aller se coucher, elle les sort et les regarde de longues minutes. Mais rien. Aucune résurgence. Elle finit par penser qu'il n'y a peut-être rien à trouver et que ce rêve ne veut rien dire.

Il fait beau ce matin, presque chaud. Elle n'a pas entendu Laurent partir travailler. Pieds nus, elle va dans la cuisine se préparer un café. Zevaco la suit et s'enroule autour de ses jambes. Elle prend le chat dans ses bras et l'embrasse entre les deux oreilles. Elle savoure ses ronronnements. Elle sort sur la terrasse et s'installe au soleil. Sentir sa chaleur sur sa peau… Elle ferme les yeux et passe ses doigts à l'aveugle sur son visage comme pour se reconnaître. Elle est bien. Depuis combien de temps n'a-t-elle pas éprouvé un tel bien-être, ce sentiment d'être vraiment là, bien réelle ? Est-ce parce qu'elle sait que Laurent ne rentrera que demain soir ? Seule, enfin ! Elle va pouvoir cesser de simuler la douleur pendant les prochaines vingt-quatre heures. Combien de temps encore va-t-elle pouvoir cacher à Laurent que son corps, à défaut de son âme, est entièrement guéri ? Tous les soirs, il vient dans sa chambre et tente une approche. Elle sent que sa patience est à bout et que très bientôt elle devra céder ou partir. Elle se répète que la vie tranchera pour elle. Elle a décidé de laisser faire le destin, qui pourtant jusqu'à présent ne l'a pas épargnée. Elle attend que quelque chose se produise. Depuis près d'une semaine, sans le dire à Laurent ni au médecin qui passe tous les deux jours, elle a arrêté les antidouleurs pour retrouver un peu de lucidité. Elle n'en pouvait plus de son esprit flottant et incertain. Aujourd'hui, enfin, la douleur se fait discrète et laisse sa cage thoracique respirer plus librement. Et si…

Sa voix est encore fragile, elle n'a pas osé tenter la moindre note. Elle a trop peur de découvrir que pour elle le chant est terminé.

Mais ce matin, elle se sent si bien, elle a envie d'essayer. Elle pose sa tasse sur la table et met une main sur sa poitrine. La bouche fermée, elle laisse s'échapper un son qui fait vibrer tout son corps. Au début c'est douloureux, puis ça devient plus doux, presque une caresse qu'elle se donne au plus profond d'elle-même. Pendant de longues minutes, elle chauffe sa voix. Enfin, elle se lève. Elle a peur. Un trac intimidant, écrasant. Elle choisit de commencer par une chanson toute simple. Elle sort une première note. S'arrête et ferme les yeux pour laisser passer son émotion. Elle se lance à nouveau. Elle est bouleversée par ce qu'elle entend. Sa voix est là, hésitante puis plus ronde, paradoxalement plus chaude encore qu'*avant*. Folle de bonheur, elle chante tout son répertoire pendant plus d'une heure. Elle a l'impression d'être un oiseau qui s'enfuit de sa cage. Elle peut à nouveau voler. Sa voix, c'est sa liberté. Laurent pourra la mettre sous clé, elle aura toujours ce moyen de s'échapper quelques instants.

Elle aimerait tant que son père soit là pour l'entendre. Samedi, elle demandera à Laurent de la déposer chez ses parents et ira dans la chambre de son père pour qu'il l'entende à nouveau chanter. Elle sait qu'il n'y a rien au monde qui peut lui donner ainsi le sourire. Il ne dira rien, mais ses yeux donneront à Jeanne le courage de tout affronter.

– 60 –

Aude a encore passé la nuit chez lui. C'est déjà la cinquième fois qu'il cède. Il déteste le sourire de doux triomphe qu'elle affiche après qu'il a joui en elle. Il se déteste encore plus de ne pas réussir à lui dire non.

Elle, elle sait qu'elle arrive doucement mais sûrement à ses fins. Le principal est qu'il oublie l'autre dont il ne connaît même pas le nom. Le reste viendra après. Ses amies lui disent qu'elle est folle de s'attacher à un mec qui en aime une autre, qu'il n'y a rien de pire que les fantômes. Aude n'a aucun doute sur le fait qu'il va retomber amoureux d'elle, ce n'est qu'une question de temps. Elle attend. Elle se découvre une force surhumaine pour ne pas l'appeler tous les jours. Elle se débrouille pour tomber sur lui par hasard dans un bar ou passe innocemment à la librairie acheter un bouquin pour un anniversaire. Elle joue si bien la comédie. Elle aurait dû en faire son métier. Elle adore ce rôle de la fille détachée qui part tôt le matin sans même prendre un café. Elle refuse de voir que Raphaël jamais ne la retient et qu'au contraire il réprime un soupir de soulagement lorsqu'elle quitte le lit. Elle passe et repasse nue devant lui, un peu comme un encrage. Elle se sait belle et désirable. Il va bien finir par craquer. Tout le monde lui dit qu'ils formaient un très beau couple.

Pour ne pas avoir à lui parler, Raphaël a feint le sommeil. Enfin, la porte vient de se refermer. Il se lève difficilement, il a un mal de crâne terrible. C'est toujours lorsqu'il boit trop qu'elle vient s'enrouler à lui. Il se dévisage dans le miroir de la salle de bains. Il a honte, se trouve dégueulasse, même s'il ne lui promet rien.

Ce soir, il a enfin décidé de se joindre à un groupe de parole créé par la sœur d'une des victimes de l'attentat. Il n'en peut plus de sursauter au moindre bruit. Il admire Liviu d'être bien plus costaud et d'être dans la vie, alors que lui a l'impression d'être resté bloqué dans ce jour-là. Et puis il y a toujours ces maux de tête qui surgissent sans crier gare et lui sapent le moral. Piqûre de rappel que rien ne sera jamais plus comme avant.

– 61 –

En montant l'escalier qui mène à la salle de réunion, Raphaël est sur le point de faire demi-tour. Il doit bien se l'avouer, il a la frousse. Et puis il n'a pas envie de parler, il n'est pas prêt. L'est-il pour écouter les autres ? Cela ne va-t-il pas simplement ouvrir les plaies qu'il s'acharne à refermer depuis plus de trois mois ? En plus, il est en retard ; ça ne se fait pas pour une première fois. Tout le monde va le regarder et il devra s'expliquer. C'est décidé, il ira une autre fois.

Il commence à redescendre le grand escalier de la mairie. Un vieil homme monte vers lui en se tenant fermement à la rampe dorée. Sans comprendre pourquoi, Raphaël s'arrête et le regarde venir à lui. Il y a dans ce vieillard quelque chose de si douloureux et fragile qu'il en est bouleversé. Parvenu à son niveau, l'homme s'arrête et lève les yeux vers lui. D'abord sans vie, son regard s'éclaire. Il pose une main hésitante sur le bras du jeune homme.

– Comme vous ressemblez à mon petit-fils…

Raphaël reste interdit et silencieux face à ce geste et ces paroles prononcées d'une voix pleine d'émotion.

– Vous allez à la réunion ?

Raphaël hésite à répondre, il voudrait fuir cette main qui refuse de le lâcher, fuir ce regard qui l'accroche, mais il y a tant de tendresse chez ce vieil homme qu'il se force à sourire.

– Oui… C'est la première fois et je ne sais pas si c'est une bonne idée.

– Venez. Vous verrez… J'ai perdu mon unique petit-fils dans l'attentat et depuis que je vais à ces réunions ma douleur est plus apaisée. J'ai moins de colère. J'espère la mort plus sereinement. Vous lui ressemblez beaucoup… Il s'appelait Stéphane.

Raphaël se mord les joues. Résolu, il prend le bras de l'homme et l'aide à gravir les dernières marches.

Une dizaine de personnes sont assises sur des chaises en plastique disposées en cercle. Une jeune femme, les yeux dans le vague et les poings serrés sur ses genoux, parle dans un souffle. Elle dit sa difficulté à vivre sans son mari et à élever seule son bébé qui ne connaîtra jamais son père. Elle dit sa colère et ses nuits sans sommeil. Elle dit qu'elle ne ressent plus d'autres émotions. Qu'elle craint de ne jamais plus sourire. De transmettre à son enfant la haine et la peur. Elle dit qu'elle ne prend plus le métro, ne va plus dans les cafés. Elle dit qu'il n'y a qu'ici qu'elle arrive à pleurer. Elle s'arrête, le souffle court, et laisse tomber sa tête entre ses mains. Une autre femme, à peine plus âgée, s'approche d'elle et lui chuchote quelque chose à l'oreille. Puis elle se tourne vers Raphaël et son compagnon, et leur fait signe de prendre place. Une fois qu'ils se sont assis, elle s'approche du jeune homme et lui tend la main.

– Bonsoir, je suis Fatima. J'ai perdu mon frère dans le métro et c'est pourquoi j'ai créé ce groupe de parole. Soyez le bienvenu.

Raphaël se tortille sur sa chaise, mal à l'aise. Il voudrait partir en courant, mais il y a tant de bienveillance et de fraternité dans tous ces regards posés sur lui qu'il dit d'une voix calme :

– Bonsoir. Je m'appelle Raphaël et j'ai été blessé alors que je sortais du métro… Mais je ne sais pas si je suis prêt à en parler.

Un « Bonsoir Raphaël » sort de toutes les bouches. Fatima sourit puis vient embrasser chaleureusement le vieux monsieur.

– Ici, chacun prend la parole lorsqu'il en ressent le besoin. Écouter aide aussi à guérir, vous verrez…

– 62 –

Liviu se réveille en sursaut. Enfin il se souvient où il a déjà vu l'homme au gros billet. Il lui a fallu trois jours pour que son cerveau fasse la connexion.

C'est le présentateur star de la télé que Julien adore. Liviu allume la lumière et prend l'ordinateur portable que Raphaël lui a donné. Il tape le nom de l'émission et tombe sur le visage de celui auquel il n'a cessé de penser depuis lundi. Yohan Martes ! Il est certain de ne pas se tromper. Sur les photos qu'il fait défiler, Liviu trouve qu'il a l'air aussi sympa qu'en vrai.

Et si… ? Le jeune homme a un sourire qui éclaire son visage encore endormi. L'idée qu'il vient d'avoir lui apparaît comme une évidence et sa rencontre avec le présentateur un signe du destin. Il faut absolument qu'il le retrouve. Lundi prochain, il ira jouer au même endroit et si cela doit être, Yohan Martes sera là, lui aussi.

Le reste de la semaine est interminable. Il y a peu de monde en ce moment à la librairie ; Julien en profite pour donner au garçon quelques cours de français. Mais il est tellement excité par son projet qu'il enchaîne les fautes.

Lorsque Raphaël ne le regarde pas, il lui jette des coups d'œil pleins de malice et de tendresse. Il sait enfin comment l'aider. Il se fait violence pour ne pas lui parler de ses plans. Si Martes refusait, ce serait une désillusion de plus dont Raphaël ne se relèverait peut-être pas.

– 63 –

Yohan n'a pas dormi de la nuit et pourtant il se sent d'humeur joyeuse. Vers les cinq heures du matin, il s'est levé pour aller écouter de la musique dans le salon. Avec délice, il a laissé défiler dans ses écouteurs tous les plus grands morceaux d'accordéon et a ouvert les albums photos de son enfance. Il n'a pas cherché à retenir ses larmes face à ces visages aimés et disparus. Sur toutes ces photos, il y avait plus de morts que de vivants. C'est à cela que l'on voit que le temps a filé sans qu'on s'en aperçoive. Se revoir enfant dans les bras de son père lui fut aussi doux qu'une caresse. L'album qu'il avait sur les genoux était le dernier avec lui. Après, plus de papa, plus de parties de pêche, plus de balades en mobylette, plus de bras forts pour le serrer contre lui et le soulever dans les airs comme un oiseau. Grandir sans père fut la chose la plus difficile qu'il ait eu à accomplir dans sa vie.

Déjà sept heures. Il doit filer sous la douche. Son agenda déborde de rendez-vous. Il enfile son éternel jean et sa chemise blanche en sifflotant *La Java bleue*.

Sur son scooter, il prend la direction de l'Hôtel de Ville, où il doit rencontrer l'un des adjoints au maire pour le contrer sur la mauvaise gestion de la crise du logement. Il regarde sa montre, il risque d'être en retard.

Il fait toujours aussi beau. Sur les terrasses de café, les gens profitent du soleil et du silence tout relatif qui règne encore dans les rues à cette heure-ci. Il les envie. Il aimerait bien se poser et laisser libre cours à ses pensées. Il passe devant le café où il s'était installé la semaine précédente. Il s'arrête au feu rouge. Instinctivement, il se retourne et regarde la petite place de l'autre côté de la rue. Le jeune musicien de la dernière fois est là, assis sur son banc, et même s'il n'entend rien avec son casque qui lui comprime le crâne, il devine au mouvement de son corps qu'il est en train de jouer. Derrière lui, les voitures commencent à klaxonner. Il se déporte sur le côté pour les laisser passer et coupe le moteur. Il enlève son casque. La musique vient à lui telle une invitation. Sans aucune hésitation, mais sans comprendre ce qui le pousse à le faire, il prend son téléphone et tape un message à son assistante lui demandant de reporter son rendez-vous et de trouver une excuse qui ne le fasse pas passer pour un goujat.

Il s'assoit sur le banc face à celui de Liviu qui, en le voyant approcher, lui adresse un sourire éclatant sans cesser de jouer. Yohan se laisse bercer tout en admirant le jeu du garçon et l'agilité de ses doigts qui volent sur les touches. Ce gosse a décidément un talent incroyable. Il ne peut pas continuer à jouer dans la rue ainsi.

– 64 –

Liviu enchaîne les morceaux. D'autres passants s'approchent pour l'écouter, mais il ne joue que pour l'homme dont il a tant espéré la venue. Il n'ose pas s'arrêter pour lui parler. Il aimerait que ce soit lui qui fasse le premier pas.

À présent, il en est convaincu : si Martes est là, c'est qu'il va accepter de l'aider. Ses doigts commencent à être douloureux. Il attend que le dernier badaud s'éloigne pour s'arrêter enfin. Il pose l'accordéon près de lui et regarde Yohan qui lui sourit. Les deux hommes restent silencieux, envahis par une timidité enfantine.

Enfin Yohan se lève et vient s'asseoir près de Liviu.

– Comment vous appelez-vous ?

– Liviu.

– Enchanté, Liviu, moi c'est Yohan. Depuis la mort du grand Azzola, je n'ai plus jamais entendu jouer quelqu'un comme vous. Je ne saurais l'expliquer… Mais quelque chose m'a poussé à venir vous parler. Comme si nos routes devaient se croiser… Vous me prenez pour un fou ?

– Oh non… Je suis venu ce matin pour vous rencontrer… J'ai besoin vous pour m'aider à retrouver une femme.

Yohan sourit. Il s'attendait à tout sauf à ça.

– Mais comment voulez-vous que je vous aide à retrouver votre amoureuse ?

– Pas la mienne ! Celle de Raphaël. C'est très longue histoire…

En temps normal, Yohan déteste qu'on se serve de lui. Liviu l'a reconnu, cela ne fait pas de doute. Pourtant il ressent une tendresse débordante pour ce jeune homme au français trébuchant qui le pousse à lui tendre la main.

– Racontez-moi.

Alors Liviu raconte toute son histoire depuis le début. Son arrivée à Paris, sa vie aujourd'hui à la librairie auprès de cet ami qui dépérit de jour en jour. Martes a du mal à cacher son émotion lorsque le jeune homme évoque l'attentat. Peut-être a-t-il sans le savoir vu Agnès avant que la bombe n'explose ? Il en a entendu des témoignages de rescapés depuis, mais celui-ci semble tout droit sorti d'un roman.

– Et votre ami a vraiment tout essayé pour retrouver cette jeune femme ?

– Presque… Le policier qui avait aidé la première fois n'a pas voulu faire portrait-robot.

– Et dis-moi, comment puis-je vous aider, même si j'en ai une petite idée…

Sûr de son coup, Liviu se penche vers lui et, comme on confie un secret, lui chuchote son plan.

À quelques rues, les cloches d'une église sonnent midi. Yohan n'a pas vu le temps passer. Il va devoir annuler aussi son déjeuner d'équipe et tous les autres rendez-vous de la journée. C'est décidé, aujourd'hui il fait l'école buissonnière.

– À quelle heure ouvre la librairie ?

– À quatorze heures.

– Ça nous laisse tout le temps de déjeuner ! Viens, je t'emmène dans l'un des meilleurs restaurants de Paris.

– 65 –

Nina a définitivement pris sa décision. Il lui a fallu plusieurs semaines pour être certaine de ne pas commettre une erreur. Car ce changement va bouleverser sa vie. C'est surtout à cause de Geneviève qu'elle a mis autant de temps à exaucer son souhait le plus cher. Et puis, elle voulait trouver l'architecte qui comprendrait exactement ce qu'elle avait en tête.

À présent, dans le taxi qui la conduit chez Christiane, elle réalise qu'elle ne s'est pas inquiétée du plus important : va-t-elle accepter ? La jeune femme est tellement indépendante, mettant un point d'honneur à ne rien devoir à personne. Peut-être refusera-t-elle poliment… Un frisson parcourt Nina de la tête aux pieds. Elle a peur, subitement. Elle qui chérissait tant sa solitude ne la supporte plus. Elle veut pouvoir voir les enfants tous les jours et leur apporter ce confort de vie que son aisance matérielle lui permettrait de leur donner. Tout cet argent qui dort sur des comptes la révulse. Entendre leur rire le matin et attendre chaque soir leur retour de l'école, voilà son souhait le plus cher.

Elle n'a pas le temps de poser son doigt sur la sonnette que déjà, comme chaque fois, Estelle lui ouvre la porte et vient se blottir dans ses bras. Comme elle lui semble avoir grandi depuis leur première rencontre ! Paul apparaît à son tour et, plus brusque que sa sœur, manque de la faire tomber en lui sautant dans les bras. Heureusement, Christiane la retient par la main.

– Attention, mon chéri ! Tu vas faire tomber Nina !

Les deux femmes s'embrassent. Nina tend un paquet à Estelle.

– Va mettre ça au frigo, ma jolie. C'est pour le dessert.

Le déjeuner est joyeux. Le poulet au citron de Christiane est à tomber. Nina, qui a pourtant un appétit d'oiseau, en redemande. Les deux femmes écoutent, amusées, les histoires rocambolesques de Paul qui a un vrai talent d'acteur, et après le dessert, Estelle leur montre la dernière chorégraphie qu'elle a apprise. La vieille dame attend que les enfants s'éloignent pour parler à Christiane de son projet. Elle ne veut pas la mettre en porte à faux devant eux. Mais ils ont l'air bien décidés à ne pas les quitter une seconde. Alors, Nina se tourne vers leur mère et lui propose :

– Que diriez-vous si ce soir nous allions dîner toutes les deux au restaurant ? Peut-être que votre gardienne accepterait de s'occuper des enfants ?

Les yeux de Christiane pétillent de plaisir à l'idée de pouvoir s'échapper de son quotidien. Depuis combien de mois n'était-elle pas sortie dîner dehors ? Elle ne sait même plus.

– Je l'appelle tout de suite.

Elle va dans la cuisine passer son coup de fil. Estelle vient se planter devant Nina les poings sur les hanches et les sourcils froncés.

– Et pourquoi pas nous ?

– Parce que, ma chérie, j'ai besoin de discuter avec ta maman et qu'elle a bien le droit de sortir, elle aussi, et de s'amuser un peu, non ?

Estelle sautille d'un pied sur l'autre, l'air gêné. Elle réalise qu'elle a été égoïste et a un peu honte. Elle aimerait être une petite souris pour se glisser dans le sac de sa mère ce soir et écouter ce que sa Nina a à lui dire.

– 66 –

Nina n'a pas voulu aller dans sa cantine habituelle. Elle a décidé d'emmener Christiane dans l'un des meilleurs restaurants de la capitale, là où elle et son mari allaient dîner tous les ans pour leur anniversaire de mariage. Par chance, lorsqu'elle appelle pour réserver, une table vient de se libérer.

Elle s'est faite chic en enfilant ce joli tailleur gris perle qu'Estelle l'a convaincue d'acheter lorsqu'elles sont allées au Bon Marché le mois précédent. Nina sourit en repensant à l'excitation de la petite lorsqu'elle était sortie de la cabine d'essayage. Fière, elle s'était tournée vers la vendeuse pour lui faire remarquer combien sa grand-mère était belle. Nina en avait rosi de plaisir et avait eu ce rire de gorge qui la rendait si charmante.

Le maître d'hôtel les conduit à leur table. Des têtes se tournent pour admirer la grâce et la beauté de Christiane. La jeune femme n'en revient pas de se retrouver dans ce lieu où, même dans ses rêves les plus fous, elle n'aurait osé s'imaginer. Une fois installée, elle contemple Paris à ses pieds tel un amant conquis. À son arrivée en France, il y a presque quinze ans, elle se souvient que son premier souhait avait été de monter sur la tour Eiffel. Pour elle, c'était l'image de la grandeur et de la liberté. Son mari l'y avait emmenée, heureux de lui faire plaisir. À cette époque-là, elle était sa princesse…

Elle se tourne vers Nina qui la regarde, attendrie.

– Merci Nina… C'est merveilleux d'être ici !

– Je ne suis pas revenue depuis la mort de mon mari. Je suis heureuse que cela n'ait pas trop changé.

Nina reste un instant silencieuse. Elle ne va pas tourner autour du pot toute la soirée. Elle doit se lancer maintenant et tant pis si la réponse est négative. Elle a assez de sang-froid pour prendre sur elle et réussira malgré tout à offrir une belle soirée à son invitée.

– Christiane, j'ai quelque chose à vous proposer… plutôt à vous demander. Voilà, j'ai un immense appartement pour moi toute seule et vous, vous êtes à l'étroit. Vous m'avez fait part de vos craintes quant à l'entrée au collège d'Estelle l'année prochaine, du fait qu'il n'y a pas de bon établissement dans votre quartier… Le mien en regorge. Voilà… Accepteriez-vous de venir vivre avec moi ? Je diviserais l'appartement en deux pour que vous ayez votre intimité. De sorte aussi que rien ne nous oblige à nous voir. Et puis, pour ne rien vous cacher, depuis que je vous connais je ne supporte plus la solitude… J'aime vos petits… et vous, je vous aime beaucoup.

Christiane, qui s'apprêtait à porter à ses lèvres son verre de château-margaux, reste médusée. Un sentiment enfoui en elle depuis de longues années se fraie doucement un chemin et prend vie dans le sourire éclatant qu'elle adresse à Nina. La joie ; la joie élémentaire, viscérale, d'appartenir à une famille. La joie d'être à sa place et de n'être plus seule. Elle est si émue que les mots ont du mal à sortir.

– Oh… bien sûr que j'accepte ! Les enfants vont être si heureux ! Merci, merci, Nina... Je vous aime beaucoup aussi, mais vous le savez déjà…

D'un même élan, les deux femmes se lèvent pour s'étreindre et restent ainsi de longues secondes serrées l'une contre l'autre. Leurs larmes mutuelles scellent plus sûrement que le sang un pacte indestructible.

– 67 –

Nicole a passé une partie de la nuit sur le canapé du salon. Le somnifère qu'elle a l'habitude de prendre chaque soir n'a eu aucun effet. Vers deux heures du matin, elle a hésité à en prendre un second avant de renoncer à la perspective d'être dans le gaz le lendemain au travail.

Son mari la trompe. Elle le sait depuis longtemps et ce n'est pas la première fois. Jusqu'à présent, il avait su rester discret, et ainsi, elle s'était, dans une certaine mesure, sentie respectée. Au début, ses infidélités l'avaient blessée, mais au fil des ans, elle en avait pris son parti. Et puis dans son milieu c'était d'une telle banalité ! Sa mère avait vécu la même chose, beaucoup de ses amies aussi. Dans la grande bourgeoisie versaillaise, c'est ne pas avoir de maîtresse qui est de très mauvais goût !

Elle se disait qu'elle était en partie responsable. Après la naissance des jumeaux, elle avait senti au plus profond d'elle-même que son corps ne lui appartenait plus. Il avait été comme aspiré par celui des enfants et n'avait plus qu'une fonction nourricière. Le charnel n'était plus qu'un lointain souvenir. Elle s'était refusée à son mari le plus longtemps possible, prétextant la douleur de l'épisiotomie. Puis elle avait à nouveau sauté dans le grand bain, sans désir ni plaisir. Alors comment lui en vouloir d'aller trouver de la jouissance ailleurs ?

Mais hier, alors qu'elle partageait un sandwich avec Christian sur un banc au Luxembourg, son mari marchant main dans la main avec une jolie jeune femme était passé devant elle sans la voir. Elle les avait suivis des yeux sans pouvoir prononcer un mot, les avait vus s'embrasser fougueusement avant de descendre le grand escalier qui mène au bassin central. Lorsqu'ils avaient fini par disparaître de son champ de vision, elle avait senti une chaleur brûlante envahir ses joues, mais rien de plus. Ni tristesse ni colère, seulement une honte visqueuse dont, elle le savait, elle aurait du mal à se défaire. Christian, devant ce silence qui n'en était pas un, avait essayé de la questionner, alors au prix d'un terrible effort, elle avait souri et dit qu'elle avait cru reconnaître quelqu'un qu'elle avait aimé dans sa jeunesse. Il n'avait pas insisté, comprenant que quelque chose de grave venait de se passer. Elle lui en parlerait lorsqu'elle serait prête.

Hier soir, lorsque son mari était rentré, il avait eu exactement la même attitude que tous les autres soirs. Il l'avait embrassée sur la joue, lui avait souri, demandé comment s'était passée sa journée, avait raconté en quelques mots la sienne et s'était laissé tomber sur le canapé en allumant la télévision pour mettre les infos. Tout semblait normal. Et pourtant, elle le savait, plus rien ne le serait jamais. La façade avait explosé en mille morceaux que Nicole se devinait incapable de recoller.

Cette nuit, à ses côtés, elle avait le sentiment de n'être pas à sa place. Longtemps, elle l'a regardé dormir, cherchant sur son visage les marques des lèvres de l'autre femme. Elle s'est approchée pour sentir le creux de son cou et y découvrir un parfum inconnu.

Il le sait, pourtant, qu'elle va souvent déjeuner au Luxembourg. L'a-t-il fait exprès ? Cherchait-il à être vu afin d'avoir un prétexte pour la quitter ? Il lui a si souvent répété, lorsque de rares amis se séparaient, *Chez nous on ne divorce pas.* Mais si cette fois il était tombé amoureux ?

Dans la cuisine, Nicole se prépare un café. Elle ouvre la fenêtre en grand, laisse l'air frais du petit matin l'envelopper. Sa vie va-t-elle enfin changer ? Est-ce une chance qu'elle lui offre ? Il serait plus simple de ne rien dire et de reprendre le morne cours de son existence. Un merle vient se poser sur le rebord du balcon. Il la regarde, curieux, et se met à chanter sans la quitter de ses yeux noirs. Enfin, il prend son envol et disparaît dans le ciel de Paris.

Nicole envie cette liberté farouche. Est-ce un signe ? Sa grand-mère lui disait toujours qu'il n'y a pas de hasard et que souvent les animaux sont porteurs de messages qu'il faut savoir interpréter.

Elle entend du bruit dans le salon, quelqu'un approche. Son mari, déjà en costume, entre dans la pièce. Nicole prend une grande inspiration. Oui, sa vie va changer.

– 68 –

Au son de la clochette de la porte, Julien se retourne. En voyant entrer Liviu et son compagnon, il reste bouche bée, les bras ballants. Est-il possible que cet homme qu'il regarde quotidiennement soit là devant lui, et lui tende la main ? Il entend à peine Liviu lui demander si Raphaël est là. Le jeune homme doit lui poser la question une seconde fois en lui secouant gentiment le bras.

– Il ne devrait pas tarder… Vous voulez boire quelque chose ?

Yohan sourit, amusé de cette émotion qu'il lit sur les traits du libraire.

– Merci, rien pour moi. Mais en attendant, je veux bien que vous me parliez des dernières nouveautés qui valent le coup. En romans surtout, parce que je n'en peux plus de tous ces témoignages d'hommes politiques et d'économistes qui ne prédisent que des catastrophes !

Julien se précipite et en quelques secondes fait le choix de cinq livres qu'il présente à Yohan. Liviu colle son visage à la porte dans l'espoir d'apercevoir Raphaël. Il a du mal à calmer son impatience. Il est certain à présent que son plan va marcher. Pendant le déjeuner, Martes a passé plusieurs coups de fil en vue de préparer les recherches pour retrouver la jeune femme. Et Liviu a bien remarqué, plusieurs fois, l'émotion qui a saisi le journaliste en écoutant son récit si romanesque. Pourvu que Raphaël accepte de jouer le jeu !

Enfin, celui que tout le monde attend fait son entrée dans la librairie. Il marque un temps d'arrêt en reconnaissant Yohan Martes familièrement accoudé sur l'un des présentoirs. Un ange passe. Le cœur de Liviu cogne dans sa poitrine, et s'il s'était trompé ? Il reste silencieux. Julien, à qui on a rapidement parlé du plan, sourit mais ne dit mot. Alors Yohan s'approche, et d'une traite lui expose leur projet. Le jeune homme écoute, médusé qu'on vole ainsi à son secours. Il jette à Liviu des regards pleins de reconnaissance et de tendresse. Il n'avait pas deviné à quel point son ami cherchait encore à l'aider.

– En gros, voilà... Si dans quinze jours mes journalistes n'ont pas retrouvé sa trace, vous viendrez sur le plateau pour raconter votre histoire, portrait-robot à l'appui, portrait-robot que vous allez venir faire dès demain au bureau. Il ne reste plus qu'à espérer que votre belle ou l'un de ses proches regarde la télé !

Raphaël et Liviu se retrouvent au dernier étage de l'immense tour qui surplombe la seine. Le bureau de Yohan a une vue imprenable sur tout Paris. Lorsqu'ils ont traversé l'open space qui sert de ruche à toute l'équipe à pied d'œuvre, beaucoup sont venus les saluer. Celui qui va procéder au portrait-robot a l'air tout droit sorti d'un navet des années quatre-vingt, avec son catogan et ses lunettes fumées. Contrairement aux autres, c'est à peine s'il leur décroche un bonjour. Yohan leur adresse un clin d'œil pour leur faire comprendre de ne pas s'offusquer. Deux autres journalistes, Nadia et Romain, sont là aussi, pour prendre des notes et poser un tas de questions. Raphaël et Liviu doivent remonter le temps, se souvenir du moindre détail qui pourrait les aider. Comment était-elle habillée ? Ont-ils des indices sur le métier qu'elle pourrait exercer ? Non, ils n'en savent rien, mais plusieurs fois, Liviu se souvient l'avoir vue avec un cahier de musique sur les genoux. Nadia sourit, voilà un point qui peut faire la différence ! Enfin, c'est au tour du portraitiste de poser ses questions, si millimétrées que Raphaël perd patience.

Au bout d'une heure, le jeune homme reçoit entre ses mains tremblantes le visage de celle qu'il recherche. C'est incroyable à quel point la ressemblance est frappante. Il manque pourtant quelque chose d'indéfinissable, mais il ne saurait dire quoi. Peut-être la lumière du regard ?

Yohan pose sa main sur l'épaule de Raphaël et regarde lui aussi le portrait.

– Elle est très belle… Bon avec ça, on va pouvoir se mettre au boulot !

– Est-ce que je peux en garder une copie ?

– Mais bien sûr ! Autant que tu veux !

Après leur départ, Yohan s'assied à son bureau. Il fait tourner son siège en cuir pour regarder Paris qui s'éveille au printemps. Cette ville, il l'a dans les tripes, sans doute est-elle la seule femme dont il est amoureux. Chaque fois qu'on lui porte un coup, il souffre au plus profond de sa chair. Chaque fois, il admire sa force de résurrection. Toujours elle se relève.

Il ouvre un tiroir et en sort une photo sur laquelle une jeune femme, à côté de lui faussement sérieux, rit aux éclats.

Agnès aurait adoré participer à cette enquête.

– 69 –

Le soleil, qui depuis une quinzaine de jours se prélassait à Paris, a disparu, pourchassé par un temps de chien. Il ne cesse de pleuvoir. Une pluie méchante, qui traverse les vêtements d'une manière pernicieuse et glace les os. Christian n'en peut plus. Il va finir par crever de froid. La nuit, l'eau coule même dans les abris et la Seine menace de déborder. Les accès sous les ponts ont été fermés. Il n'a plus nulle part où aller. C'était déjà arrivé il y a quelques années, mais à l'époque il avait un pote, Fabrice, qui avait une piaule sous les toits, une chambre de bonne, comme on les appelle encore aujourd'hui. Il l'avait hébergé. Mais Fabrice s'est foutu en l'air, il y a deux ans, pour une bourgeoise qui lui avait fait croire au grand amour.

Il ne lui reste plus que les halls d'immeubles quand un gardien ou un locataire ne lui ordonne pas de foutre le camp. Il a toujours détesté y dormir, ça fait trop miséreux pour lui, étrangement plus que sous un pont.

Et puis, il y a autre chose qui le tracasse et rend ses nuits plus infernales encore. Ça va faire dix jours qu'il n'a pas vu Nicole. Il a même osé demander au vigile de *Gibert* s'il l'avait vue ; il lui a répondu qu'elle n'était pas venue bosser depuis un certain temps. Hier soir, il est allé traîner ses basques en bas de chez elle. Son appartement ne donnant pas sur la rue, impossible de voir si elle était là. Christian est resté plus de trois heures sous une pluie battante, puis a fini par abandonner, transi de froid. Et pour la première fois depuis des années, il s'est résigné à demander une place dans un refuge. Il n'a pas mieux dormi que sous un pont, mais au moins, il a pu prendre une douche chaude. Décidément, il hait ces endroits. Ça chlingue tellement qu'on apprend à respirer a minima. Ça doit pas avoir beaucoup changé depuis le XIXe siècle. Un vrai mélange de Zola et de Hugo. La misère a la gueule ouverte comme un môme qui crève de faim. Il espère ne pas avoir attrapé de poux, comme la dernière fois.

Ce matin, il pleut un peu moins. Christian s'installe sur un banc du quai de la station Cité. Sa préférée. Parce qu'à part des touristes, il n'y a pas grand monde qui y monte ou qui y descende. Il connaît même les agents de sécurité, qui, comme il ne fait jamais de vagues, lui fichent une paix royale. Il sort un livre de sa poche et commence à bouquiner. Les pages humides collent à ses doigts. Plongé dans l'histoire, il n'entend pas un contrôleur s'approcher de lui.

– Bonjour, Christian. Désolé, va falloir partir, on ferme la station. L'eau commence à s'infiltrer partout.

Christian soupire, remercie et s'en va, le dos courbé. Place Saint-Michel, il lève les yeux vers *Gibert Jeune* et demande de nouveau au vigile si Nicole est revenue. Après une réponse négative, il décide de continuer à marcher malgré la pluie. Un taxi longe le trottoir et fait jaillir l'eau du caniveau. Christian a tout juste le temps de faire un saut de côté pour ne pas être encore plus trempé. Une vieille dame et une petite fille sortent de la voiture. La dame ouvre un grand parapluie noir. Lorsqu'elle relève la tête, leurs regards se croisent. Elle esquisse un sourire, puis marche en entraînant l'enfant vers un bel immeuble. À l'instant où elle s'apprête à rentrer chez elle, elle se retourne, fait signe à la gamine de l'attendre à l'intérieur et marche vers Christian. Sans un mot, elle lui tend son parapluie, fait volte-face et s'engouffre dans le hall. Christian n'a pas même eu le temps de dire merci. Il reprend sa route en chantonnant *Un pti coin de parapluie, contre un coin de paradis, elle avait quelque chose d'un ange…*

– 70 –

Raphaël a toujours détesté les parapluies, mais aujourd'hui, il doit bien reconnaître qu'il lui aurait été bien utile d'en avoir un. La tête dans les épaules, il marche d'un pas rapide vers la librairie. Ce temps épouvantable dure depuis une semaine. À l'image de son moral : glauque et en berne.

L'équipe de Martes n'a rien trouvé pour le moment et Yohan lui a demandé, par texto hier soir, de se préparer pour l'émission de lundi prochain. Si ça ne donne rien, Raphaël a décidé de lâcher l'affaire, de tourner la page. Ça va faire bientôt cinq mois que sa vie est en veille et qu'il se voit devenir un sale con aigri et égoïste. Il finira par l'oublier, et peut-être, qui sait, par retomber amoureux. Il essaie de s'en convaincre comme il peut.

Aude est encore venue frapper à sa porte cette nuit. Il a tenu bon et ne lui a pas ouvert, malgré son envie de se vider la tête en s'envoyant en l'air. Elle est restée près d'une demi-heure à lui chuchoter des mots d'amour, des mots crus, puis des insultes à travers la serrure. Avant de partir enfin, elle a donné un grand coup de pied dans le bois de la porte et a hurlé un « Connard ! » bien mérité qui a dû réveiller tout l'immeuble.

Il n'a pas réussi à se rendormir et s'est levé pour traîner sur les réseaux sociaux. La vie inintéressante de gens qu'il connaissait à peine défilait sous ses yeux. Il s'est demandé si ces photos qui exhibaient la joie n'étaient pas tout simplement des mises en scène grotesques. Il avait encore reçu des messages de filles affreusement seules qui lui proposaient un rendez-vous, ou plus clairement un cinq à sept. En général, il savait dès la première phrase que ce n'était pas *elle*, alors il les effaçait.

Il avait fini par s'endormir sur son canapé au petit matin et s'était réveillé en sursaut à dix heures passées, heure à laquelle il était censé ouvrir la librairie.

Maintenant il court sous cette putain de pluie, sautant par-dessus les flaques. Heureusement qu'il a une tenue de rechange sur place.

Un choc manque de l'envoyer par terre. Il s'apprête à s'insulter, croyant avoir heurté un poteau, lorsqu'en levant les yeux il s'aperçoit qu'il a devant lui un immense parapluie noir. Raphaël prépare des excuses, mais les mots ne passent pas ses lèvres en voyant le visage qui apparaît. Les deux hommes se regardent, cherchent dans leur mémoire, se reconnaissent, se sourient et d'un même élan, tels deux frères, deux compagnons d'armes qui se retrouvent, se jettent dans les bras l'un de l'autre. Le parapluie reste sur le bitume.

Raphaël ne cherche pas à cacher son émotion. Il n'arrive pas à lâcher Christian. Il ne sent plus la pluie.

– Je suis tellement heureux de pouvoir enfin vous remercier pour ce que vous avez fait !

– Je n'ai pas fait grand-chose, tu sais. Et moi je suis bien content de te voir si en forme, bien que trempé jusqu'aux os !

– Venez, ma librairie est juste là, on va pouvoir se mettre au chaud et boire un café.

Christian hésite un instant, puis ramasse son parapluie.

– Allons-y !

– 71 –

Les deux hommes se regardent en buvant leur café. Ils éprouvent une joie empreinte de réserve d'être en présence l'un de l'autre. C'est comme si les choses se remettaient en place, dans l'ordre ; ils devaient se retrouver, ils en sont certains. Pour quelle raison, ils l'ignorent, mais c'est sans importance pour le moment.

Christian a les yeux qui s'illuminent dès qu'il les pose sur un livre. Si on lui avait dit que le type qu'il a sorti du métro avait cette caverne d'Ali Baba, il ne l'aurait pas cru. Elle est quand même marrante, cette putain de vie, elle vous joue des tours que dans des romans on trouverait invraisemblables. Lui, l'amoureux des livres, se retrouve chez un jeune libraire. Il se souvient y être venu dans cette librairie, il y a des années, avant qu'il soit clodo, quand il pouvait se payer un livre neuf dont l'odeur légèrement sucrée le rendait fou. Le parfum qui s'échappe de tous ces bouquins lui donne presque le tournis, il a envie d'y fourrer son nez. C'est incroyable, comme ce lieu le rend timide. Il ne sait pas quoi dire à ce grand jeune homme qui lui sourit entre chaque gorgée de café.

Christian se sent réchauffé à présent. Peut-être devrait-il partir ? En même temps, il porte un jogging que lui a donné Raphaël. Son vieux jean était trempé et sentait le chien mouillé, il se voit mal partir avec. Un air d'accordéon se fait entendre. Christian lève la tête. Raphaël sourit.

– C'est Liviu qui s'exerce. Lui aussi était dans le métro… Je vous le présenterai quand il descendra et…

Il est coupé par un Julien qui entre comme une tornade dans la librairie et lui saute dessus en manquant au passage de lui faire lâcher sa tasse.

– Tu ne devineras jamais !!!

Il n'a même pas vu Christian qui s'est légèrement reculé pour le laisser passer.

– Non, dis-moi.

– Mais devine !!!! Mais… c'est mon jogging !

– Oui, je l'ai prêté à Christian, on s'est pris une saucée d'enfer.

– Ah très bien, enchanté Christian. Bon, je vais te dire, je suis tellement excité. Tu sais la petite librairie *La Belle Étoile* dans le Marais ? Eh bien, elle est à vendre, enfin !

Il y a déjà pas mal de temps que tous les deux rêvaient de la reprendre, sans trop y croire. Deux librairies à Paris, c'était de la folie.

– Tu es sérieux ? Tu y penses vraiment ?

– Pourquoi pas ! Notre chiffre d'affaires est plutôt bon, et *La Belle Étoile* marche très bien. L'aventure ne te tente plus ?

– Je ne sais pas... On en parlait sans y croire vraiment, là ça devient concret, faut y réfléchir. Et puis ça voudrait dire qu'on ne bosserait plus ensemble...

– Pas forcément. Il suffit de trouver un super libraire qui tient la librairie à plein temps et nous, on y va par intermittence.

Raphaël sent l'excitation de son ami le gagner. Il doit garder la tête froide.

– Tu me laisses y réfléchir jusqu'à demain ?

– Oui, mais pas plus, parce qu'on ne va pas être les seuls sur le coup !

Deux clients entrent dans la librairie, interrompant la discussion. Julien va à leur rencontre. Christian n'a pas perdu un mot de ce qui vient de se dire.

– Je vais y aller. Merci pour le café, je passerai demain te déposer le pantalon.

– Je suis vraiment content de vous avoir retrouvé.

– Tu pourrais peut-être me tutoyer, non ? Suis pas si vieux !

– Tu aimes lire ?

– C'est ma seule passion.

Raphaël se dirige vers le rayon des nouveautés et y choisit trois livres qu'il fourre dans un beau sac en toile au nom de la librairie avant de le tendre à Christian.

– 72 –

Les travaux sont enfin terminés, et dans quelques minutes, un torrent de vie va débouler dans la sienne pour son plus grand bonheur.

Depuis qu'elle s'est levée ce matin, Nina n'a de cesse de s'exhorter au calme. Elle a changé deux fois de jupe, allumé puis éteint la télévision une bonne dizaine de fois, ouvert un livre pour le reposer avant la fin du premier chapitre, téléphoné longuement à Geneviève pour l'écouter d'une oreille distraite lui raconter son dîner de la veille chez sa belle-fille qu'elle exècre. Malgré tout, le temps lui semble interminable. Elle regarde sa montre, midi passé, ils sont en retard.

Nina s'assoit dans son fauteuil et ferme les yeux. Tout son corps se rappelle la joie d'Estelle lorsqu'elle lui avait annoncé qu'ils allaient former une famille. Voilà, elle va se concentrer sur ces images pour ne plus regarder les aiguilles de sa montre.

Des coups à la porte la font sursauter et se précipiter aussi vite que le lui permettent ses maudites jambes pour ouvrir à une fillette qui lui saute au cou. Un petit garçon vient se mêler à l'étreinte sous le regard heureux et brillant de Christiane.

Nina prend les enfants par la main et les entraîne vers ce qui est à présent leur maison.

– Venez, je vais vous montrer vos chambres. J'espère que la décoration vous plaira, nous avons tout choisi avec votre maman et vos jouets sont dans le camion de déménagement qui ne saurait tarder.

Nina leur montre le salon, la cuisine, la salle de bains et s'arrête devant la première chambre.

– Ouvre, ma jolie, c'est ta chambre.

L'enfant tourne un visage incrédule vers Nina et plisse son petit nez.

– Ma chambre ?

Christiane s'approche et caresse la joue de sa fille.

– Oui, ta chambre. Nous voulions te faire la surprise avec Nina.

Une chambre rien qu'à elle ! Elle ne sait pas quoi dire. Tout est si beau, si neuf… Ce n'est pas une chambre d'enfant, mais de jeune fille. Elle n'ose pas entrer, pour faire durer et profiter encore de ce moment unique où son regard se pose sur chaque meuble, sur chaque objet pour la première fois.

– Et moi, j'ai pas de chambre ?

Paul, les poings sur les hanches, regardent les trois femmes d'un air mécontent. Pour réprimer son fou-rire, Nina le prend par la main et ouvre la porte juste à côté de celle de sa sœur. Moins timide qu'elle, il entre comme un fou et prend possession des lieux avec des cris de joie.

Le cœur sur le point d'exploser par trop de bonheur, Christiane regarde la joie de ses enfants et se tourne vers l'avenir qu'elle peut dorénavant envisager heureux. Les mots lui manquent pour dire à Nina tout ce qu'elle éprouve, toute sa reconnaissance.

– Viens, que je te montre la tienne, tout de même !

Les enfants les suivent vers la troisième chambre, au bout de l'appartement. À l'instant où Nina ouvre la porte, un rayon de soleil inonde la pièce de lumière, déclenchant des cris d'admiration chez Estelle et Paul qui, sans même se consulter, enlèvent leurs chaussures et sautent sur le grand lit en riant aux éclats.

– 73 –

Son mari s'était si mal défendu qu'il l'avait confortée dans sa décision. Normalement, c'est lui qui aurait dû quitter l'appartement, mais Nicole voulait que les choses aillent vite, elle avait déjà perdu trop de temps. Et puis elle avait besoin d'être seule, de réfléchir et de ne surtout pas avoir le quotidien à gérer. À seize ans, les jumeaux pouvaient se passer d'elle quelques jours.

En la voyant prendre le premier sac qui lui tombait sous la main et y jeter des vêtements, Jean-Pierre s'était effondré, lui demandant pardon, lui répétant qu'il l'aimait, qu'il fallait penser aux enfants, qu'allaient dire les gens... Nicole avait eu un sourire de dédain : la vraie raison de son désespoir était là, dans ce que diraient les parents, les amis, en apprenant leur divorce.

Comprenant que les suppliques et les larmes de crocodile ne donnaient rien et qu'elle n'avait pas même un regard pour lui, il s'était mis à lui crier dessus. Jamais elle ne pourrait vivre sans lui, elle n'était personne sans lui, elle pouvait toujours crever plutôt que d'espérer avoir la garde des enfants. Dès demain, il leur présenterait sa maîtresse et elle viendrait dormir dans ses draps à elle ! La fureur de son mari l'avait délestée du poids de ses derniers doutes. Elle avait refermé derrière elle la porte de cette vie triste à mourir.

Elle avait sauté dans le premier train pour Orléans et retrouvé l'excitation des départs en vacances lorsqu'elle était enfant. Elle avait pris un petit hôtel sur les bords de la Loire et, de sa chambre, regardait l'eau filer comme le temps.

Cela faisait cinq jours qu'elle était là, à réfléchir sur ce qu'elle allait faire de sa vie à présent qu'elle était libre. En épluchant ses comptes, elle s'était vite aperçue qu'elle ne pourrait ouvrir seule une librairie. Il fallait qu'elle s'associe. Mais avec qui ? Ses amies ne travaillaient pas et, comme elle, ne possédaient rien en propre. Et lorsque ses parents apprendraient son départ, ils refuseraient catégoriquement de l'aider.

Elle avait eu les jumeaux au téléphone. Anne-Lise avait pleuré, lui demandant de rentrer, et Augustin était resté indifférent, comme à son habitude. Sa fille avait fini par accepter que sa mère ait besoin de temps pour elle. Surtout, elle avait compris que seuls avec leur père, ils allaient pouvoir faire ce qu'ils voulaient.

Nicole ne regrettait rien, mais se demandait sincèrement où elle allait vivre, n'envisageant pas une seconde retourner dans son appartement. Comme une fulgurance, le visage de sa cousine Auriane lui était apparu. Voilà presque dix ans qu'elle ne l'avait pas vue – et pour cause : Jean-Pierre, comme à peu près tout le monde dans la famille, la détestait. Auriane, à quarante-cinq ans seulement, avait déjà été mariée trois fois, avait posé nue dans des magazines qu'on se passait sous le manteau, et disait toujours ses quatre vérités à tout le monde. Devenue très riche à la suite de son deuxième divorce, elle vivait confortablement à Los Angeles. Surtout, elle avait un appartement dans le Marais où, aux dires de sa mère – la tante et marraine de Nicole –, elle n'allait jamais. Accepterait-elle seulement, après toutes ces années de silence, de le lui prêter ?

Enfants, puis adolescentes, elles étaient inséparables, à tel point qu'on les prenait souvent pour des sœurs. Mais le caractère fantasque d'Auriane avait tout envoyé au diable, et elle n'avait pas mâché ses mots lorsqu'elle avait rencontré Jean-Pierre pour la première fois. À leur mariage, le père d'Auriane avait dû la sortir de force de la salle, tant elle était saoule et disait à qui voulait l'entendre que le marié était un con ignare et arrogant. Nicole, après ça, avait peu à peu coupé les ponts. Chaque année cependant, elles s'écrivaient pour leur anniversaire et se donnaient quelques nouvelles, mais plus jamais Nicole n'avait entendu la voix rauque et chaude de sa cousine.

Auriane n'avait pas paru surprise en apprenant sa situation et sans même que Nicole ait à le lui demander, elle lui avait proposé son appartement. Les clés étaient chez la gardienne qu'elle allait prévenir de ce pas et, surtout, qu'elle ne s'inquiète pas pour le loyer, elle n'avait pas besoin d'argent.

Après avoir raccroché, Nicole s'était sentie plus légère. Pour la première fois depuis qu'elle avait quitté son mari, elle avait pensé à Christian et s'en était voulu d'être partie sans le prévenir. Demain, elle rentrerait à Paris et se lancerait à sa recherche. Il lui manquait soudain très fort. Elle réalisa qu'il était son seul ami, le seul qu'elle voulait conserver dans cette nouvelle vie.

– 74 –

Dans un geste très lent, Raphaël repose son téléphone sur la table, accablé.

Les recherches n'ont rien donné, la jeune femme s'est volatilisée, comme si elle n'avait jamais existé. L'émission est dans trois jours. Il disposera alors de dix minutes pour raconter son histoire et lancer cette bouteille à la mer dont il n'espère plus grand-chose. À quoi bon tout le mal que tant de personnes se sont donné ? S'il avait dû la retrouver, ce serait déjà fait. Peut-être a-t-il fantasmé cet amour réciproque ou lu dans son regard un trouble qui n'existait pas ?

Il cherche frénétiquement son paquet de cigarettes dans la poche de son blouson. Il ne lui en reste plus que deux ; il va devoir sortir en acheter alors qu'il n'a qu'une envie, rester cloîtrer chez lui tout le week-end. Il ferme les yeux en tirant une première bouffée. Un coup à la porte le fait sursauter. Il ne bouge pas. Il sait d'instinct que c'est Aude. Quatre jours de tranquillité, c'était trop beau pour que ça dure !

– Raphaël… Je sais que tu es là ! Ouvre-moi, je dois te parler… Raphaël, c'est vraiment important ! Je ne partirai pas tant que tu n'auras pas ouvert !

Raphaël pose sa cigarette dans le cendrier et d'un pas las et résigné va ouvrir, tout en se préparant à repousser la jeune femme. Mais devant lui, il découvre une Aude aux yeux certes rougis, mais radieuse. Il retourne s'asseoir sur le canapé en se demandant ce qu'elle a encore bien pu inventer pour l'emmerder. Il n'a pas le temps de reprendre sa cigarette que déjà la bombe est larguée.

– Je suis enceinte.

Raphaël n'a pas même un sursaut, il ne lève pas les yeux vers la bouche qui a prononcé cette phrase. Il ne doute pas une seconde que ce soit vrai. Il perçoit d'emblée l'étendue de la catastrophe à venir.

Il regarde se consumer sa cigarette dans le cendrier. Doucement, la cendre grandit et la fumée monte vers le plafond dans une danse lancinante. Ce moment a quelque chose d'irréel. Raphaël se sent dédoublé. Comme s'il surplombait la scène. Il se voit lui, assis, abattu, lâche et tellement pathétique et elle, rayonnante, sûre d'elle.

– Tu peux éteindre ta cigarette, s'il te plaît ? Ce n'est pas bon pour le bébé !

Il s'exécute. À quoi bon résister, elle a gagné. Il finit par parler, d'une voix sourde, mal assurée.

– Tu vas le garder ?

Aude ne paraît ni surprise ni choquée par sa question. Sans doute s'y attendait-elle.

– *Nous* allons le garder !

Elle fait le tour de la table basse et se plante devant lui. Elle soulève son chemisier et exhibe son nombril sous son nez.

– Regarde comme mon ventre s'arrondit déjà ! Je crois que je le sens bouger ! Même si on m'a dit que cela était impossible à un mois... Mes parents sont tellement heureux ! Tu veux qu'on attende les trois mois pour l'annoncer aux tiens ? Je crois que j'aimerais un garçon, pour qu'il te ressemble... Lundi matin, j'ai ma première écho, tu viendras avec moi ?

Les paroles de la jeune femme rebondissent dans le crâne de Raphaël sans s'y imprimer vraiment. Il s'entend répondre que oui, il viendra. Elle lui demande s'il est heureux ; oui, il l'est. Il prononce ces mots de manière automatique sans même en comprendre le sens. Il ne veut qu'une chose, qu'elle s'en aille pour qu'il puisse fumer sa dernière cigarette et finir la bouteille de vodka qu'il a cachée sous le canapé. Après, il fermera les yeux et cherchera dans le sommeil un monde moins con.

– 75 –

Du coin de l'œil, Laurent observe Jeanne abîmée dans la contemplation d'un livre dont les pages sont immobiles depuis de longues minutes. Depuis quelque temps, il a le sentiment qu'elle lui échappe et il déteste ça, lui qui a pour habitude de tout contrôler. Elle est de plus en plus absente, toujours perdue dans des pensées où il n'a visiblement pas sa place. Lorsqu'il lui adresse la parole, elle met un certain temps à lui répondre, comme si elle était à des milliers de kilomètres. Est-ce les médicaments qui l'abrutissent ainsi ?

L'autre jour, il était revenu à la maison récupérer sa sacoche qu'il avait oubliée et il avait entendu Jeanne chanter. Elle prétend pourtant qu'elle ne peut plus sortir aucune note. Elle lui ment. Il avait hésité à entrer dans sa chambre et à lui demander des explications, mais une timidité nouvelle face à cette voix claire et magnifique l'avait arrêté.

Depuis, il épie tous ses faits et gestes. Il est de plus en plus convaincu qu'elle lui cache quelque chose. À quoi, à qui rêve-t-elle face à ces pages qu'elle ne tourne pas ? Une jalousie sourde s'empare de tout son être, déchaînant une rage incontrôlable. D'un geste violent, il lui arrache le livre des mains. Jeanne se tourne vers lui sans comprendre.

– Tu fais semblant de lire maintenant ?

– Non… pas du tout. J'étais simplement perdue dans mes pensées…

Il lui attrape le bras et l'oblige à se lever. Il serre si fort que le visage de la jeune femme se crispe de douleur.

– Laurent… tu me fais mal…

– À qui est-ce que tu pensais ?

– Mais à personne… À qui veux-tu que je pense ? Je ne vois personne à part toi ! S'il te plaît… Tu me fais mal.

Laurent la lâche brusquement. Il s'en veut de s'être emporté. Mais il n'en peut plus, aussi, d'être loin d'elle, de ne pas pouvoir la toucher, la posséder, de ne pas la voir se cabrer sous son étreinte. Le mal vient de là ! Tant que leurs corps ne se seront pas retrouvés, elle continuera de lui échapper.

Jeanne s'est rassise sur le fauteuil, les yeux baissés, le dos courbé. Il regarde sa nuque qui appelle aux baisers. Il y pose la main. Il sent Jeanne frissonner. Il n'en peut plus de la désirer ainsi. Il lui prend le menton et l'oblige à lui faire face. Elle a ce regard apeuré et soumis qu'il aime tant et qui lui procure un sentiment de toute-puissance. Il se penche vers son oreille, lui chuchote qu'il a envie d'elle, là, tout de suite, qu'il va la faire jouir et qu'elle va aimer ça, qu'ils vont se retrouver et s'aimer comme avant, enfin. Jeanne le repousse, elle murmure qu'elle n'est pas encore prête, qu'elle a encore besoin de temps. Mais Laurent ne l'écoute pas, il lui prend la main et l'attire vers la chambre. Elle tire sur son bras avec le peu de force que la peur ne lui a pas encore arrachée.

Elle va subir, encore, toujours. À quoi bon résister ? N'a-t-elle pas fait ce choix en restant auprès de lui ? Il lui semble que son corps est aussi lourd qu'un bloc de marbre, aussi froid aussi. Elle tremble. Laurent ne remarque même pas sa résistance dérisoire. En pénétrant dans la chambre, elle a l'impression étrange que les murs se rapprochent du lit et qu'ils vont l'engloutir.

Mais à l'instant où Laurent commence à déboutonner son chemisier, quelque chose se produit. Comme si chaque fibre, chaque muscle de son corps se contractait pour pousser le cri qui sort de sa gorge.

– Non !

Laurent est projeté en arrière et tombe sur le sol. Il la regarde sans comprendre d'abord, puis avec incrédulité. Est-ce bien la Jeanne qu'il connaît qui vient de le rejeter ainsi ? Il n'éprouve même pas de colère. Jamais encore elle ne lui avait résisté.

La femme qu'il a devant lui, il ne la connaît pas. Jeanne se tient droite, prête à repousser un nouvel assaut. Ses yeux ne quittent pas les siens. Ils ont une dureté et une fixité qui lui font baisser la tête. Sans un mot, Laurent se relève et, d'un geste pathétique, défroisse sa chemise.

Une fois la porte refermée, Jeanne se recroqueville, reboutonne fiévreusement son chemisier. Elle a froid, terriblement froid. Puis une chaleur qui lui est inconnue envahit sa poitrine. Des larmes, des larmes de joie cette fois-ci, montent à ses yeux. Elle a dit non. Elle a su le repousser, s'épargner ce qui allait suivre et qu'elle a subi pendant trop d'années. Elle n'en revient pas de sa victoire. Elle a envie de la hurler, de la chanter. Mais la crainte que cela provoque un retour de rage chez Laurent l'en empêche.

Elle s'allonge sur le lit et s'enroule dans la couette. Elle ferme les yeux. Elle veut retrouver cette ombre qui vient de moins en moins la visiter. Peut-être cette nuit verra-t-elle enfin son visage ?

– 76 –

Liviu a travaillé toute la semaine comme un fou, à tel point que le samedi ses doigts étaient tout crispés et terriblement douloureux. Julien a dû s'énerver pour qu'il se décide à poser son instrument et s'accorde une journée de repos.

Allongé sur son lit, les yeux grands ouverts fixés sur le plafond, il tente de calmer les battements de son cœur. Demain, il va jouer sa vie. Demain sera peut-être le jour d'après. Demain, tout peut basculer.

Lorsqu'il y a huit jours Yohan l'a appelé pour lui demander de jouer dans son émission, Liviu a d'abord refusé, prétextant qu'il ne jouait pas assez bien, que sa main n'était pas complètement remise.

– Arrête, Liviu ! Je suis sérieux quand je te dis que ça fait des années que je n'ai entendu personne jouer comme toi ! On va montrer au monde que l'accordéon est tout sauf ringard ! Si tu ne le fais pas pour toi, fais-le pour Raphaël. Qu'est-ce que tu risques ?

Cet argument avait fait mouche. Il n'allait pas laisser son ami entrer seul dans l'arène. Et puis, n'était-ce pas ce dont il avait toujours secrètement rêvé ? Jouer devant un vrai public ? Fini, le métro et les passagers qui ne l'écoutaient pas ou si peu. Fini, la galère.

Une heure plus tôt, il avait appelé sa mère. En apprenant que son fils allait jouer dans l'émission la plus regardée de France, elle s'était mise à pleurer et à rire en même temps. Elle irait chez son amie Irina qui a les chaînes françaises sur sa télévision. Son père serait si fier de lui, n'avait-elle cessé de lui répéter.

Il se tourne vers la chemise et la veste que Julien a insisté pour lui offrir et qui sont accrochées sur un cintre. Le libraire avait dû batailler ferme pour le convaincre d'aller faire les magasins et trouver la bonne tenue pour le jour J. Ils avaient essayé de joindre Raphaël pour lui proposer de les accompagner, mais il n'avait répondu à aucun de leurs appels.

Depuis quelques jours, il a le sentiment que leur ami s'éloigne, perd encore en assurance, s'étiole. N'est plus là qu'à moitié. Et s'il n'y allait pas demain ? Non, il ne ferait pas ça. La retrouver est la seule chose au monde qui puisse lui redonner goût à la vie, il ne laisserait pas passer cette chance... Quand même pas...

Liviu se redresse et s'assied sur le bord du lit. Il prend l'accordéon sur ses genoux, et tant pis si Julien monte l'engueuler, il va jouer encore un morceau, pour Raphaël, pour son père, pour sa mère et surtout pour elle.

– 77 –

Christian n'en croit pas ses yeux lorsqu'il reconnaît le fin profil de Nicole. Elle est assise sur leur banc, juste à côté de la fontaine. Se pourrait-il qu'elle l'attende ? Elle tient deux cafés dans ses mains. Il profite qu'elle ne le voit pas encore pour l'observer. Quelque chose a changé… Il ne saurait dire quoi. Mais il mettrait sa main au feu qu'il s'est produit un événement important dans la vie de son amie.

Nicole l'a aperçu et lui adresse un grand sourire. Elle pose les cafés et vient vers lui. Spontanément ils s'embrassent avec effusion comme s'ils ne s'étaient pas vus depuis dix ans. Il réalise que c'est la première fois qu'ils ont ce geste de tendresse l'un vers l'autre.

– Tu m'attendais ?

– Oui, depuis une heure ! Les cafés doivent être très froids.

– Je t'ai cherchée toute cette semaine ! Où étais-tu ? Tout va bien ?

Nicole baisse les yeux et, comme pour se donner de la force, pose une main sur celles de Christian. Elle lui raconte les tromperies de son mari et la dernière qui lui a permis de le quitter enfin. Ces jours passés à Orléans à réfléchir à son avenir. Son désir d'ouvrir – seule ou avec un associé – une librairie. Elle lui parle d'Auriane et de l'appartement magnifique qu'elle lui prête.

– Il y a quatre chambres ! Tu te rends compte ! Alors je me disais…

Elle hésite. Que va penser Christian de sa proposition ? Le connaissant, il dira non. Mais elle doit tenter. Ce serait tellement absurde de ne pas lui faire profiter de tout cet espace ; et puis la vie serait tellement plus douce s'il était à ses côtés.

Lorsque, le soir de l'attentat, il était resté chez elle, le savoir dormant juste à côté lui avait procuré un sentiment de sécurité qu'elle ignorait *possible*. Ce n'était pas leur différence d'âge qui levait toute ambiguïté entre eux, c'était leurs âmes, leurs cœurs qui s'étaient choisis pour amis, tout simplement.

– Dis oui, s'il te plaît…

Christian demeure silencieux. Il ne veut surtout pas la blesser. On ne sort pas si facilement de la rue… Il a ses vieilles habitudes, et des gars qui comptent sur lui. Il en connaît certains depuis vingt piges, ils sont comme des frères. Combien de fois a-t-il stoppé des bagarres, réglé des différends, évité des expulsions ? Il ne se voit pas les laisser tomber, et pourtant… il serait doux de vivre enfin une vie plus facile où l'on ne se demande pas où on va dormir et si on verra le jour se lever.

– Je ne te dis pas non…

Déjà Nicole lui saute au cou en riant. Christian la repousse doucement.

– Attends, laisse-moi finir. Je ne te dis pas oui non plus… Disons que je viendrai de temps en temps. Mais sache que tu me fais un plaisir immense en me proposant de vivre avec toi. Bien que je ne sois pas sûr que tes gosses soient ravis d'habiter sous le même toit qu'un vieux clodo !

Christian se lève, prend le bras de Nicole et l'entraîne vers les quais.

– Allez, viens, on va se trouver une terrasse au soleil et boire un bon café. Celui-là est vraiment dégueulasse. Et puis je dois te parler de quelque chose…

– 78 –

Pour la troisième fois, le nom de Yohan Martes s'affiche sur l'écran de son portable. Liviu et Julien aussi ont cherché à le joindre. Il aimerait se cracher au visage d'être aussi lâche. Il n'a tout simplement pas les couilles de leur annoncer de vive voix qu'il ne fera pas l'émission ce soir. Il a envoyé un pauvre texto disant qu'il était désolé mais qu'il ne pouvait pas.

À quoi bon tout ce cirque à présent que la vie a décidé de se jouer encore une fois de lui et de choisir à sa place ? Il va être père. Il n'envisage pas de ne pas assumer. La route est tracée, il va la suivre, se laisser porter. Peut-être qu'un jour il se retournera et se dira qu'il a fait le bon choix, qu'il est heureux. Peut-être…

Son portable bipe encore une fois. C'est Aude qui lui envoie l'adresse de sa gynéco pour l'écho. Le rendez-vous est en fin de matinée. Elle lui propose de la retrouver en bas du cabinet médical. Il lui reste encore trois heures pour trouver un semblant de dignité et se faire une gueule à peu près présentable.

D'un pas lourd et comme déjà vieilli, il va dans la salle de bains et trouve enfin son rasoir. Ses mains tremblent de fatigue et de trop d'alcool. Il se souvient qu'il n'a rien mangé depuis bientôt vingt-quatre heures. Il se coupe. Les gouttes de sang sur l'émail blanc du lavabo lui font tourner la tête et bourdonner les oreilles. Il lâche le rasoir et, en se tenant aux murs, va s'allonger sur son lit. Son souffle est court, le malaise ne passe pas. Il sent son cœur cogner comme un fou dans sa poitrine. Il va peut-être crever là, comme un con. Il en a presque envie. À cet instant précis, il réalise qu'une partie de lui s'en veut d'être vivant et de n'être même pas foutu d'en profiter, alors que tant d'autres y sont restés, dans ce métro de malheur. Il comprend à présent ce que disait l'une des femmes qui avait pris la parole la dernière fois qu'il était allé à la mairie. La culpabilité du survivant, qui peut être si forte qu'elle peut déclencher un autosabotage. Il est en plein dedans.

– 79 –

Aude a mal dormi. Elle s'est réveillée plusieurs fois avec une angoisse sourde dans la poitrine. Elle a cherché à la faire disparaître avec des exercices de respiration que lui a appris sa thérapeute. Quand elle parvenait à se rendormir, elle finissait par se réveiller en sursaut avec la sensation que quelqu'un essayait de l'étouffer.

Les premières lueurs du jour filtrent à travers les rideaux. Aude décide de se lever. Elle a les traits tirés. La sensation de poids est toujours là malgré le jet d'eau froide qu'elle se passe sur tout le corps en poussant des petits cris. Habitude qu'elle a prise il y a quelques années lors d'un voyage en Norvège et qui lui évite de tomber malade l'hiver, lui permet de garder ce teint éclatant que lui envient ses amies et, surtout, de dissiper les angoisses de la nuit. Mais cette fois-ci, ça ne fonctionne pas.

C'est à peine si elle ose lever les yeux vers son reflet dans le miroir. Elle connaît bien ce sentiment qui la traverse et ne la laisse pas en paix depuis qu'elle est sortie de chez Raphaël. Elle était tellement persuadée qu'elle aurait à combattre qu'elle s'y était préparée. Mais face à elle, elle n'avait vu qu'un homme abattu, qui n'avait même pas bronché. Qui avait baissé la tête, comme un prisonnier qui sait qu'il ne sert plus à rien de se révolter et qui accepte la sentence. Au début, elle en avait ressenti de la force, de la joie, un sentiment de victoire éclatante. Finalement, il ne devait pas l'aimer tant que ça, son inconnue, sinon il ne se serait pas laissé ferrer ainsi.

La jeune femme passe une main sur son front, comme pour effacer ses pensées. Et pour ne plus les entendre, elle allume la radio et monte le son. Elle se concentre sur la voix du chroniqueur et sur celle de l'invité, un homme politique, visiblement. Mais très vite, elle s'aperçoit que les mots n'ont aucun sens et que, toujours, revient l'image de Raphaël dont elle a brisé le rêve.

Lorsqu'elle avait appris, la semaine précédente, par une amie commune qui adore cancaner, que Raphaël était invité dans l'émission de Yohan Martes pour lancer un avis de recherche pour cette… cette fille, elle avait cru mourir, puis très vite, elle avait éprouvé une rage folle pleine de jalousie. Elle s'était imaginé qu'il ne pensait plus à ce fantôme puisqu'ils se revoyaient et qu'il ne la repoussait plus lorsqu'elle venait frapper à sa porte pour se glisser dans ses draps. Elle s'était persuadée qu'avec le temps il aurait lâché prise et serait retombé amoureux d'elle. À présent, cet enfant était là et les dés étaient jetés.

Juliette, sa meilleure amie, lui avait dit que ce qu'elle faisait était dégueulasse et que Raphaël ferait bien de refuser ce gosse qu'elle lui avait fait dans le dos. Juliette est la seule à être au courant de sa grossesse. Oui, elle a menti, elle n'a encore rien dit à ses parents pour qui elle n'a pourtant aucun secret. Elle refuse d'ailleurs de se demander pourquoi.

Aude se brûle la langue avec son thé. Comme toujours, elle est trop impatiente, fait les choses sans réfléchir et finit toujours par le regretter. Elle n'a pas fait exprès de tomber enceinte, enfin, pas consciemment. Oui, elle voulait un enfant de lui, oui, elle a oublié deux trois fois sa pilule, mais…

Les poings crispés sur son crâne, Aude veut faire le vide, arrêter de penser, de refaire le film. Elle veut que cette putain de culpabilité cesse de la ronger.

– 80 –

Aude le regarde venir vers elle. Elle a reconnu sa longue silhouette parmi la foule qui sort du métro. Elle refuse de voir la tristesse qui semble peser sur ses épaules et creuser ses traits, elle le trouve toujours aussi beau.

Elle repense à leur rencontre et à l'étincelle qu'elle avait ressentie dans tout son corps lorsque leurs regards s'étaient croisés. Aude avait pour habitude de se laisser séduire, de ne jamais faire le premier pas. Il fallait la conquérir, la mériter. Mais avec Raphaël, cela avait été tout de suite différent. Elle s'était approchée de lui et, avant même qu'ils ne prononcent les premiers mots idiots d'une rencontre, elle l'avait embrassé avec un désir irrépressible qui avait tout emporté. Il lui avait rendu ce baiser avec la même voracité et, sans dire au revoir à aucun de leurs potes, médusés, ils avaient couru s'enfermer chez Raphaël et n'avaient remis le nez dehors que deux jours plus tard. Pourquoi la passion du jeune homme s'était-elle émoussée si vite ? Si elle était honnête avec elle-même, ça datait d'avant sa rencontre avec *l'autre*. De son côté, l'amour se faisait chaque jour plus fort, plus évident. La douleur qu'elle avait éprouvée le jour où il l'avait quittée n'était rien en comparaison avec celle qui l'avait anéantie quand il lui avait avoué en aimer une autre. Mais la souffrance, aussi puissante fût-elle, n'avait duré que peu de temps. Quelques heures plus tard, elle s'était retrouvée à son chevet. Elle s'était convaincue avec force que cet effroyable attentat était le signe qu'ils devaient nécessairement se retrouver. Elle avait alors décidé de ne rien lâcher, d'apprendre la patience, de mettre son ego de côté, de tout accepter pour parvenir à se faire aimer de nouveau. Sa seule crainte était que l'autre refasse surface, mais les semaines puis les mois avaient passé sans que rien ne se produise. Là aussi elle y voyait un signe. Raphaël était à elle, rien qu'à elle. Et cet enfant allait les souder, les réunir.

Enfin, il est là, face à elle. Les mains dans les poches et le regard baissé, comme pour ne pas la voir. Aude sent l'espoir se briser en elle. Ce moment dont elle avait tant rêvé, entendre pour la première fois les battements du cœur de son bébé, qui aurait dû être plein de joie, devient lourd, écrasant. Est-ce vraiment cela, son rêve ? Faire un enfant avec un homme qui ne l'aime pas, qui, elle le devine à présent, ne l'aimera jamais ? Est-ce de cette vie-là qu'elle veut ? Que dira-t-elle à l'enfant plus tard ? Pourra-t-elle le regarder dans les yeux ?

Elle se dégoûte, elle déteste la femme qu'elle est devenue par passion, par jalousie, par ce besoin de le posséder.

Elle cherche sa main. Il se laisse faire. Elle est glacée malgré l'air doux du printemps. Il ne la regarde toujours pas. Aude se met à haïr ce soleil insultant qui les éclabousse et rend leurs ombres immenses sur le bitume. Une bande d'ados passe près d'eux en riant ; elle pense qu'ils se moquent d'elle, de sa bêtise, de son amour-propre sur lequel elle s'essuie les pieds. Elle crève d'envie de se blottir contre lui, elle voudrait que tout soit différent, que… À quoi bon refaire encore le film, surtout quand il est mauvais ?

– Raphaël, regarde-moi… s'il te plaît.

Il y a dans la voix de la jeune femme quelque chose de si nouveau qu'il s'exécute.

– Je préfère que tu t'en ailles. Je sais que ce soir tu as un rendez-vous important. Laisse-moi… Je veux être seule.

Les mots cheminent difficilement jusqu'à la conscience du jeune homme. Que dit-elle ? À quoi joue-t-elle encore ?

– Je ne comprends pas, Aude. De toute façon, j'ai annulé pour ce soir. Cette quête n'a plus aucun sens. Et je te l'ai dit, j'assumerai, je serai là pour notre enfant…

– Ce n'est pas ton enfant !

En prononçant cette phrase qui brise tout, elle a lâché sa main. À présent, c'est elle qui fuit son regard. La voix de Raphaël gronde.

– Mais qu'est-ce que tu racontes ?

– Ce n'est pas ton enfant ! répète-t-elle avec toute la dureté dont elle est capable.

– Pourquoi tu m'as dit ça ? Tu es malade, Aude, une grande malade !

Déjà, il se met à courir. Jusqu'à ce qu'il tourne au coin de la rue, Aude espère de tout son être qu'il va revenir. Lorsqu'il disparaît de sa vue, de sa vie, elle s'effondre sur le trottoir. Chaque fibre de son corps est souffrance. Des sanglots déchirants sortent de sa gorge. Un passant s'approche et tente de la relever, elle lui crie de la laisser. Elle a tellement mal. Pourtant elle sait, elle est convaincue qu'elle a pris la bonne décision. Pour la première fois, son mensonge était pieux.

Elle finit par se redresser, réussi à se lever en se tenant au mur de l'immeuble. Elle sonne à l'interphone du médecin. Avant de passer la porte, elle pose la main sur son ventre comme pour lui dire adieu.

– 81 –

Tout en courant, Raphaël cherche son portable dans sa poche. Déjà, il ne pense plus à la jeune femme qu'il a laissée avec ce qu'il croit être sa folie. Elle n'est plus qu'une ombre qui replonge dans le passé. L'avenir s'ouvre à nouveau devant lui, il lui semble qu'il respire enfin librement.

Il trouve dans son répertoire le nom de Martes. Les sonneries sont interminables. Il peste en tombant sur la messagerie. Il refuse de penser qu'il est trop tard, qu'il s'est conduit comme un con et que la porte de l'émission lui est définitivement fermée. Après trois appels consécutifs, il tente de joindre Liviu, puis Julien, sans obtenir la moindre réponse.

À plusieurs reprises, il est obligé de s'arrêter pour reprendre son souffle. Il arrive devant la porte de la librairie. Il a oublié les clés. Des notes d'accordéon lui parviennent de l'étage. Raphaël sourit. Il recule de quelques pas et crie plusieurs fois le prénom de son ami. Sa gorge brûle et de nombreuses fenêtres de la rue s'ouvrent, mais pas celle qui l'intéresse. Enfin, la musique s'arrête et Liviu apparaît. Un sourire immense éclaire son visage.

– Je savais que tu viendrais ! Je l'avais dit à Julien.

– J'ai oublié mes clés…

– J'arrive.

Raphaël est heureux. Il sursaute en réalisant qu'il n'a pas éprouvé ce sentiment si doux depuis des mois. Est-ce le début d'un changement ? Il va faire cette émission et advienne que pourra, mais il ne veut plus être cet homme passif qu'il a été trop longtemps.

La porte s'ouvre et Liviu est là qui, déjà, l'entraîne à l'intérieur.

– Je vais te jouer le morceau de ce soir. Tu veux ?

– Oui…

Pendant que son ami joue avec une fougue qu'il sait lui être destinée, Raphaël ferme les yeux et se laisse transporter par la musique. Il ne les rouvre qu'à la dernière note.

– Pardonne-moi, Liviu…

– 82 –

Dans le taxi qui les emmène tous les trois vers les studios, le trac monte. Julien, pour détendre l'atmosphère, tente de faire des blagues, sans grand succès si ce n'est auprès du chauffeur, qui rit de bon cœur et en redemande.

Dans les coulisses, ils ont l'impression d'être dans un hall de gare un jour de départ en vacances, tant l'agitation est grande. L'émission commence dans moins de deux heures. Trois jeunes femmes les séparent. Liviu est entraîné sur le plateau pour une répétition, Julien dans une salle où il se retrouve avec des spectateurs presque tous en âge d'aller au lycée, et Raphaël est accompagné au pas de course vers les bureaux de Yohan à qui il n'a pas encore parlé depuis son revirement de dernière minute. Il a les mains moites et la gorge sèche. Dans quel état d'esprit va-t-il trouver le journaliste ? La régisseuse tape à la porte derrière laquelle fusent des éclats de voix. Elle se tourne vers Raphaël en souriant et lui explique que c'est toujours comme ça avant chaque direct. La porte s'ouvre sur un des chroniqueurs qui attire le jeune homme dans la pièce. Tous les journalistes se tiennent debout autour du bureau de Yohan, qui se lève et vient à la rencontre de Raphaël pour lui tendre une poignée de main franche et amicale.

– On peut dire que tu nous as donné des sueurs froides !

– Je suis désolé, je ne sais pas ce qui m'a pris…

– Le principal, c'est que tu sois là. Tu vas voir, ça va être une belle émission et je souhaite de tout mon cœur qu'elle te permette de la retrouver.

Yohan se tourne vers son équipe.

– Bon, les gars, vous avez fait du bon boulot. Je file au maquillage. Brice, je te charge de tout expliquer à Raphaël et de lui communiquer les questions que je lui poserai.

En quelques secondes, la pièce se vide. Raphaël se laisse tomber sur le canapé et prend, d'une main dont il essaie d'arrêter le tremblement, la feuille que lui tend Brice.

– 83 –

Dans les coulisses, il écoute son ami jouer. Jamais Liviu ne s'est livré autant qu'à cet instant où des millions de téléspectateurs l'écoutent. Son instrument et lui ne font plus qu'un. Une grâce envoûtante les habite, les chavire. Donne envie de les rejoindre, de partager leur amour fusionnel. Sur le plateau, Raphaël devine une émotion palpable. Près de lui, la régisseuse qui l'accompagne depuis son arrivée et a su trouver les mots pour calmer son trac renifle aussi discrètement que possible. Après la dernière note, un silence assourdissant s'installe comme un souffle retenu. Puis les applaudissements explosent et Raphaël voit, avec une fierté de grand frère, Liviu saluer la salle et venir s'installer face à Yohan, les yeux pleins de joie et d'émotion contenue.

– Ça va être à vous dans quinze secondes…

Raphaël prend une grande inspiration.

– Cinq, quatre, trois, deux, un, go.

Une main le pousse vers la lumière.

– 84 –

Depuis le soir où Jeanne l'a repoussé, Laurent cherche à l'éviter autant que possible. Sa réaction l'a tellement surpris qu'il ne parvient pas à déterminer s'il est terriblement en colère, triste ou honteux. Jamais elle n'avait réagi ainsi. Elle s'était toujours pliée à son désir, à ses envies. Il ne lui avait pas imaginé une force et une volonté pareilles.

Toute la nuit, il avait attendu qu'elle vienne s'excuser, comme il lui arrivait autrefois de le faire les rares fois où elle avait osé être en désaccord avec lui. Souvent, il était resté sourd à ses pleurs et ses suppliques derrière la porte. Il avait un discours tout prêt qui laissait la plus grande place à la culpabilité. Mais cette fois-ci, aux premières lueurs de l'aube, il avait dû admettre qu'elle ne viendrait pas et que les règles du jeu avaient changé. En perdant le contrôle, il avait l'impression de se perdre lui-même et il détestait ça.

Le lendemain matin, il l'avait retrouvée dans la cuisine. Elle avait posé sur lui un regard d'une dureté et d'une confiance nouvelles qui l'avait fait trembler. Elle lui échappait. Chacun avait décidé de faire comme si rien ne s'était passé. La vie avait repris son cours, seulement Laurent partait travailler plus tôt et rentrait plus tard pour ne pas avoir à dîner avec elle.

Depuis, il ne cesse de se demander ce qui a pu se passer dans l'esprit de Jeanne pour qu'elle se révèle si différente, si forte. Se pourrait-il que l'attentat, l'approche de la mort, l'ait changée à ce point ? Plus il la regarde, toujours à la dérobée, plus il est certain qu'elle lui ment et que la vérité ne va pas tarder à lui sauter au visage. Il doit se préparer, rester sur ses gardes.

La veille, alors qu'elle était partie marcher dans la campagne comme elle en a pris l'habitude depuis que le médecin lui a retiré son attelle, Laurent était entré dans sa chambre. Zevaco sur le lit s'était mis à cracher avant de filer sous la grande armoire. L'odeur si enivrante du corps de Jeanne imprégnait chaque centimètre carré de la pièce, il en avait été troublé, ému. Il avait commencé à fouiller dans la commode, puis dans le sac à main de la jeune femme. Il avait trouvé son portable mais à part des textos de lui ou de sa mère, il n'y avait rien. Il s'était assis sur le bord du lit et avait entendu comme le bruit d'un papier qu'on chiffonne. Il avait glissé sa main sous le matelas et en avait retiré plusieurs feuilles presque toujours recouvertes du même dessin ; la silhouette d'un homme qui tendait une main. Quelquefois, les traits d'un visage semblaient vouloir apparaître mais disparaissaient sous les ratures.

Qui était cet homme sans visage qui prenait une place si évidente dans la vie de Jeanne ? Était-ce à lui qu'elle pensait si souvent lorsqu'il la surprenait le regard lointain, perdu dans un monde dont il était exclu ? La jalousie l'avait mordu au cœur. Il avait fini par remettre les feuilles sous le matelas et, de peur de se faire surprendre, avait quitté la pièce précipitamment. Quelques minutes plus tard, Jeanne était rentrée. Pour éviter de se jeter sur elle et de la bombarder de questions pressantes, voire de la menacer, il avait préféré s'enfermer dans sa chambre.

– 85 –

En rentrant du bureau, Laurent constate, soulagé, que Jeanne est déjà dans sa chambre. Elle lui a laissé un mot sur la table de la cuisine : il y a du rôti froid et de la salade dans le frigo. Il prend le papier et le jette furieusement dans la poubelle. Croit-elle qu'elle va encore longtemps profiter de lui ainsi ?

Résolu, il marche vers la chambre de la jeune femme, mais au moment d'ouvrir la porte, il se retient. Il l'entend parler au téléphone. Il colle son oreille contre le bois et devine qu'elle est avec sa mère. Ce n'est pas le moment d'entrer et de régler ses comptes, Véronique risquerait de l'entendre et il doit tenir son rôle de gendre idéal.

Il retourne dans la cuisine et sort du congélateur un plat préparé qu'il met au micro-ondes. Pour essayer de ne plus penser à la jeune femme, il va dans le salon et allume la télévision. Il zappe un moment et s'arrête sur l'émission de ce Martes qu'il ne supporte pas. Il ricane en voyant qu'il a invité un accordéoniste de rue. Quoi de plus ringard que cet instrument bon pour les maisons de retraite ! La sonnerie du micro-ondes lui parvient de la cuisine. Il attrape le plat et se brûle, ce qui accroît encore un peu plus sa mauvaise humeur. Il passe sa main sous l'eau froide dont le bruit atténue les notes de l'accordéon qui viennent du salon. Il s'installe à table et mange à même le plat en carton. Il écoute vaguement le présentateur qui annonce un nouvel invité. Un mot retient son attention. Il est question de l'attentat du métro parisien. Laurent se lève et quitte la cuisine. En pénétrant dans le salon, un visage occupe tout l'écran. Il manque de s'étrangler avec la dernière bouchée qu'il n'a pas encore avalée. Ces traits… ce regard. Même si cela n'est pas évident, il lui semble reconnaître Jeanne dans ce portrait-robot. Instinctivement, il ferme la porte du salon et baisse le son. Un homme dont la beauté et le charme réveillent sa jalousie raconte qu'il a connu une jeune femme dans le métro, qu'il en est tombé amoureux, qu'il ignore qui elle est et qu'il la cherche partout depuis ce fameux jour.

Laurent a l'impression que son cœur pulse jusque dans ses tempes. Son sang bouillonne. Il a du mal à rassembler ses pensées. Il doit avant tout se calmer, reprendre le contrôle.

L'invité quitte le plateau et, une dernière fois, le visage de la femme recherchée apparaît à l'écran.

Il entend du bruit derrière la porte. Il éteint précipitamment la télévision. Jeanne entre, une tasse à la main.

– J'ai cru entendre de la musique tout à l'heure pendant que j'étais au téléphone avec ma mère, de l'accordéon…

Laurent se sent incapable de la regarder plus longtemps. Il n'a qu'une envie, la plaquer contre le mur pour lui faire avouer qui est cet homme qui, il le devine, est le même que celui des dessins qu'elle cache si précieusement sous son lit. Il cherche à rendre sa voix la plus calme et naturelle possible.

– Ah oui. Sur Arte, il y avait un doc sur un vieil accordéoniste. Le pauvre, il faisait pitié… C'est vraiment ringard, comme instrument.

– Moi, j'aime bien. Je trouve ça beau…

Laurent se retourne. Elle a les yeux dans le vague, comme quelqu'un qui chercherait à se souvenir. Et cela, il ne le veut pas.

– Tu a l'air fatiguée en ce moment.

– Oui. Je dors très mal… Je fais beaucoup de cauchemars.

Laurent décide de changer de technique. Il doit, il peut l'avoir par la douceur. Il se lève et s'approche en souriant. Il cherche à prendre sa main. Jeanne esquisse un mouvement de recul.

– Tu devrais aller te coucher et demain on ira chez l'herboriste acheter une tisane pour t'aider à dormir…

Jeanne est un peu déboussolée par cette soudaine bienveillance et ce sourire dont il la gratifie si rarement.

– Oui… Je veux bien, merci. Bonne nuit.

– Bonne nuit, ma douce.

Laurent attend que la porte se referme pour enlever son masque et reprendre son visage haineux. Il a eu des envies de meurtre lorsqu'elle lui a dit aimer cette musique de vieux. Il a besoin de sortir pour se calmer.

Dehors, l'air frais lui fait du bien. Il fait le tour du jardin, plusieurs fois. Est-il possible que quelqu'un d'autre ait reconnu Jeanne dans ce portrait ? Il sait que ses parents ne regardent pas cette émission. Mais une amie, un élève de son école, un professeur pourrait l'avoir reconnue ? Et la contacter et réveiller sa mémoire. Et… À présent son cœur bat à une vitesse qui l'oblige à s'asseoir sur le petit muret à quelques pas de la fenêtre de la jeune femme. À travers les rideaux mal tirés, il la voit passer et repasser, comme si elle faisait les cent pas pour réfléchir. Elle ne doit pas se souvenir ! Sinon, elle partirait. Elle vient d'enlever son pull. Il distingue la grâce de son dos nu. Il est hypnotisé. Elle se tourne légèrement et libère ses seins du soutien-gorge. Laurent crispe ses doigts contre la pierre jusqu'à avoir mal. Il crève d'envie d'entrer dans cette chambre et de la posséder, malgré elle. La lumière s'éteint. Il se calme.

La première chose à faire est de trouver un moyen de subtiliser son téléphone. Même si elle n'a plus d'amis, il ne peut pas prendre le risque que quelqu'un l'appelle. Et puis, pour l'empêcher de se souvenir, il va bien trouver quelque chose. Sa grand-mère avait l'habitude de prendre un somnifère qui altérait sa mémoire…

Dans la nuit noire, Laurent échafaude son plan. Il est prêt à tout pour la garder. Si elle a oublié cet homme, c'est bien qu'il ne devait pas compter tant que ça.

– 86 –

En entendant les notes d'accordéon alors qu'elle était au téléphone, Jeanne avait dû s'asseoir, comme si elle avait reçu un coup de poing dans le ventre. Elle avait dit dans un souffle à sa mère qu'elle était fatiguée et elle avait raccroché.

Elle avait fermé les yeux comme pour mieux absorber chaque note qui venait à elle. Cette musique… Elle lui semblait familière, créant en elle un sentiment de douceur comme elle n'en avait pas ressenti depuis des mois. Elle aurait voulu que la mélodie ne s'arrête jamais, qu'elle continue de la réveiller. La conviction que cette musique était la clé de l'énigme ne cessait de croître en elle. Puis l'instrument s'était tu. Et une détresse immense avait submergé Jeanne. Elle avait pris un coussin et l'avait mis sur sa bouche. Elle avait hurlé avec rage.

Elle devinait que ce n'était pas l'air qu'elle avait entendu qui éveillait son cœur, mais l'instrument.

Pourquoi ? Elle n'avait jamais été particulièrement sensible à l'accordéon.

Quel lien l'unissait à cet instrument ? À qui ? Où ?

Elle s'était levée, avait essuyé ses larmes et, déterminée, elle avait pris la direction du salon.

La pâleur de Laurent, malgré le sourire qu'il affichait, lui avait sauté aux yeux. Il faisait barrage entre elle et la télévision qu'il avait éteinte à son entrée. Elle n'avait pas osé lui demander de la rallumer. Mais rester près de lui était au-dessus de ses forces. Demain, elle irait en ville et peut-être qu'au centre commercial elle trouverait un CD d'accordéon. Il le fallait, elle devait à nouveau entendre cette musique si particulière. Elle était sûre qu'elle pouvait l'aider à ramener la lumière sur ce pan de sa mémoire qui s'obstinait à rester dans l'ombre.

Jeanne s'était couchée et avait pris l'un des dessins cachés sous le matelas, le gardant près d'elle, sur l'autre oreiller. Et ainsi, pour la première fois depuis qu'elle était à nouveau dans cette maison, elle avait dormi paisiblement, sans cauchemars.

– 87 –

Yohan était heureux. À peine l'émission terminée, des milliers de commentaires enthousiastes étaient apparus sur les réseaux. Tous saluaient la prestation de Liviu. Yohan imaginait sa grand-mère où qu'elle puisse être, l'applaudissant d'avoir peut-être remis l'accordéon au goût du jour. Liviu avait été impressionnant. Son professionnalisme l'avait soufflé. Malgré son trac immense, il avait su rester maître de son jeu. Le plateau entier avait été transporté par sa musique. Liviu leur avait insufflé de la joie, de l'espoir.

Évoquer l'attentat avec Raphaël lui avait été très difficile. Plus d'une fois, il s'était senti sur le point de craquer et par un signe discret avait fait comprendre au cameraman de changer d'angle.

Quelques secondes lui suffisaient pour se reprendre. Il avait une maîtrise de lui-même qui déconcertait nombre de gens. Mais c'était sa force. Lui, le petit garçon sensible qu'un rien bouleversait, avait appris à ne dévoiler ses émotions qu'aux intimes.

Après l'émission, Yohan avait emmené Raphaël, Liviu et Julien dîner dans sa cantine favorite dans le quartier des Batignolles. L'ambiance avait été joyeuse, souvent interrompue par des messages de la production les prévenant que des témoignages ne cessaient d'affluer à propos de la jeune femme.

– Nous allons éplucher tout ça et on te prévient dès qu'il y a une piste sérieuse. Tu as eu assez de déconvenues comme ça !

– Merci, Yohan, merci pour tout ce que vous avez fait, ton équipe et toi. La bouteille à la mer est lancée. Le sort n'est plus entre mes mains. Si elle ne réapparaît pas, eh bien… c'est qu'elle ne le veut pas. Et je pourrai tourner la page…

Yohan avait souri avant de lever son verre, invitant ses hôtes à trinquer.

– Tu sais, il se peut aussi qu'elle ne regarde pas mon émission… Mais pour le moment, croisons les doigts !

Tard dans la soirée, chacun était rentré chez soi avec au cœur un peu plus de chaleur. Raphaël avait voulu rentrer à pied. L'air était doux. Il avait besoin de marcher, de se retrouver seul. Des vagues successives d'émotions ne cessaient de l'assaillir depuis la fin de l'émission. Il avait su les maintenir à distance le temps du dîner, mais à présent, il les prenait en plein cœur. Excitation, peur, espoir, découragement, tristesse, joie, tout se mélangeait.

En passant devant un square, il avait sauté par-dessus la petite grille et s'était retrouvé dans l'ombre des grands arbres qui bordaient un carré de pelouse. Il s'était allongé et avait fermé les yeux. Il avait pensé à elle et s'était imaginé qu'elle était là, près de lui, posant doucement une main légère sur son front, lui murmurant qu'elle aussi n'avait cessé de le chercher. Raphaël était si profondément plongé dans son rêve éveillé qu'il avait presque senti son souffle sur ses lèvres. Un merle s'était mis à chanter dans les branches. Il avait ouvert les yeux et quelques étoiles lui étaient apparues.

– 88 –

Nina coupe son poste de télévision. Elle tend l'oreille et perçoit le rire de Paul dans le couloir. Dans quelques instants, les deux enfants seront dans ses bras pour un dernier baiser avant d'aller au lit. Ce soir, c'est au tour de Christiane de lire l'histoire.

Elle ferme les yeux et cherche à se rappeler. Comment s'appelait-elle ? Elle a son prénom sur le bout de la langue. Deux boules de chaleur se jetant contre elle la font sursauter.

– Mes trésors ! Faites de beaux rêves et ne faites pas tourner votre maman en bourrique.

Après un dernier câlin, Estelle et Paul repartent en courant vers leurs chambres. Christiane passe la tête par la porte.

– Veux-tu que nous dînions ensemble ?

– Bien volontiers, ma chérie !

La porte se referme et les voix des enfants sont absorbées par les murs épais. Nina replonge dans ses pensées.

Comment s'appelait-elle ? Elle avait parfois repensé à la jeune femme depuis l'attentat, espérant qu'elle ne fasse pas partie des victimes. Peu à peu, elle l'avait laissée disparaître dans l'ombre, happée par la nouvelle vie qui s'ouvrait à elle. Mais ce soir, après avoir vu son visage à l'écran, tout lui était revenu comme si cela s'était passé la veille. Tout. La douceur de ses traits, la lumière de ses yeux, la fraîcheur de son sourire, la musique de sa voix, à la fois grave et caressante, la mèche de cheveux châtains qui s'échappait de son bonnet, et même la couleur de son écharpe. Tout. Sauf son prénom. Pourtant, elle le lui avait demandé. Et elle s'était surprise à ce moment-là de son indiscrétion.

Ce jeune homme qui la recherche, il lui a tout de suite plu. Nina aimerait l'aider. Où a-t-il dit qu'il travaillait, déjà ? Ah oui, dans une librairie du Quartier latin. Mais il y en a tellement ! Elle va demander à Christiane de lui sortir la liste sur ce fichu Internet dont elle n'arrive toujours pas à se servir. Mais avant d'aller voir ce jeune homme, elle doit impérativement retrouver le prénom de la jeune femme.

Elle se lève et fait quelques pas dans son salon puis soupire. Quelle idiote elle fait ! À quoi servirait un prénom sans nom de famille ? Cela n'aidera pas les recherches. Nina sait par expérience qu'il ne sert à rien de s'obstiner lorsque la mémoire refuse de s'éclairer. Pour se changer les idées et penser à autre chose, elle ouvre la fenêtre et respire avec délice l'odeur du printemps qui survole Paris. Elle aime ce moment où les jours rallongent et où la lumière semble ne pas vouloir partir. Elle regarde la rue et aperçoit César qui lui fait un grand signe de la main avant de prendre la commande à une table. Elle sent la présence de Christiane près d'elle. Les deux femmes se sourient, heureuses d'être ensemble.

– 89 –

En voyant les yeux de Nicole pétiller d'envie, j'ai su que j'avais touché juste. Elle m'a bombardé de questions auxquelles j'étais incapable de répondre, n'ayant jamais mis les pieds dans cette librairie. Elle a avalé son café en une gorgée et s'est levée tout excitée en me tirant par le bras.

– Viens, on y va !

Je l'ai regardée, attendri ; elle avait l'air d'une petite fille à qui on aurait promis une glace ou un tour de manège.

– Laisse-moi finir mon café, tu veux ! Elle va pas s'envoler, ta librairie !

On a fini par y aller. J'avais du mal à la suivre tant elle était pressée d'arriver.

– Après, on ira chez moi. J'ai hâte que tu voies l'appartement. Les déménageurs viennent demain et je n'ai pas encore terminé mes cartons…

Elle s'est arrêtée net et m'a fait face, la mine grave, le teint soudain très pâle.

– Tu crois que je fais une erreur ? Et si j'allais droit dans le mur ? Ton ami ne l'a même pas encore achetée, cette librairie, et les enfants, ils…

J'ai pris ses deux petites mains dans les miennes et lui ai souri.

– Mais non tu ne fais pas de connerie ! La connerie aurait été de rester dans cette vie où tu t'ennuyais à mourir auprès d'un con même pas capable de voir la femme formidable que tu es ! Et moi, je suis certain qu'il va l'acheter, cette librairie. Son associé et lui étaient tout excités en en parlant, un peu comme toi, tout à l'heure.

Une larme, une seule, a coulé sur sa joue. Je l'ai attrapée doucement sur le bout de mon doigt. Je n'avais jamais osé un tel geste auparavant. Puis ma tête s'est mise à tourner et à mon tour je me suis senti devenir aussi blanc que le voile d'une mariée.

– Christian, ça ne va pas ?

Afin de lui cacher mon trouble, j'ai recommencé à marcher et lui ai lancé avec dans la voix tout le soleil dont j'étais capable :

– Bon, on va la voir, cette librairie ?

Elle m'a rattrapé en quelques pas et m'a pris le bras. J'en ai frissonné de la tête aux pieds. Fallait que je me reprenne, et vite. J'ai pris une grande inspiration et le trouble a disparu. Peut-être avais-je rêvé ? Mieux valait pour moi…

Jusqu'au Marais, nous avons chantonné les chansons que nous aimions. Certains passants se retournaient sur nous ; ce n'était pas tous les jours qu'on voyait bras dessus bras dessous une jolie bourgeoise avec un vieux clodo pousser la chansonnette. Parce que même si je fais attention, faut pas se leurrer, avec ma veste tout élimée, mon jean rapiécé et, surtout, ma trogne qui en a trop vu, je ne peux pas franchement passer pour un gars qui a un chez-lui.

Devant *La Belle Étoile*, nous sommes restés silencieux. Intimidés par la petite librairie à la devanture bleu nuit. Nicole m'a pris la main et l'a serrée fort dans la sienne, réveillant ce satané trouble. Fallait pas qu'elle s'en aperçoive.

– Vas-y faire un tour. Je t'attends là…

– Tu ne veux pas venir avec moi ?

Elle avait eu l'air déçue.

– Non, tu dois faire ça seule ! Symboliquement, c'est important !

Je ne sais pas d'où cette phrase stupide m'était venue, mais j'en ai pas trouvé d'autres. Comme si la symbolique avait quoi que ce soit à voir là-dedans. Mais fallait que je sois seul pour me ressaisir et y voir un peu clair. Elle a poussé la porte de la librairie qui a libéré le même bruit de clochette que le magasin de bonbons de mon enfance. Depuis la vitrine, elle m'a fait un petit signe de la main, que je me suis efforcé de lui rendre en souriant.

J'avais qu'une envie, foutre le camp. Mais je pouvais pas lui faire ça, pas un jour comme celui-là.

J'ai fouillé dans ma poche en espérant y trouver un cigarillo que je gardais pour les coups durs. Parce que c'en était un de me découvrir amoureux de Nicole. Comment est-ce que j'avais fait pour pas voir la chose venir ? Je l'avais toujours regardée comme une sœur, même si souvent des copains se foutaient de moi et l'appelaient mon amoureuse. Moi, je les traitais de cons, alors que le con, c'était moi.

En allumant ma tige, le goût âcre du tabac ne m'a pas fait le bien escompté mais plutôt donné envie de rentrer dans un bar et d'avaler un verre de vodka. Ça faisait des lustres que j'avais pas eu cette envie, ce besoin. Preuve que ça allait vraiment mal.

Comment allais-je faire pour qu'elle ne devine rien ? Parce que je savais bien que ça ne serait jamais réciproque et qu'elle me considérait seulement comme son ami. Et même si, par miracle, ça l'était, j'avais presque quinze ans de plus qu'elle et la vie à deux ne m'avait jamais réussi. Allez, mon vieux ! Il allait falloir être costaud, tenir ta barque et pas fuir comme t'avais l'habitude de le faire face aux emmerdes.

Nicole est sortie de la librairie le visage éclatant de bonheur. Elle m'a tendu un sac en papier dans lequel il y avait le dernier roman de Laurent Gaudé, dont je raffole.

– Alors ? Elle est comment ?

– Elle est magnifique ! Il faut vraiment que ton ami l'achète !

– Demain, on ira le voir. Bon, je vais devoir y aller…

– Mais je voulais te montrer l'appartement…

– Une autre fois. J'ai croisé un copain qui a besoin d'un coup de main. On se dit à dix-sept heures demain, place Saint-Michel ?

Et sans attendre sa réponse, j'ai filé comme un lâche.

– 90 –

Jeanne a le sentiment que Laurent est toujours dans son dos et qu'elle ne peut plus faire un geste sans qu'il lui demande où elle va ou si elle a besoin de quelque chose. Elle n'ose pas lui dire que ça l'oppresse. Elle se sent bizarre, comme un peu loin de tout, accablée par une fatigue qui ne la quitte pas. Elle a sans cesse envie de dormir et un mal fou à se concentrer. Elle ne se sait pas trop quand ça a commencé. Pas plus d'une semaine… Est-ce la tisane qu'il lui a fait acheter chez l'herboriste ? Elle a un goût légèrement amer qui l'écœure. Elle voudrait retourner en ville pour récupérer le disque qu'elle a commandé, mais Laurent trouve toujours un prétexte pour ne pas l'emmener. Elle n'a même pas réagi lorsqu'il lui a tendu un nouveau téléphone, un modèle hors d'âge, tout juste bon à recevoir et passer des appels. Il avait fait tomber le sien par mégarde ; qu'elle ne s'inquiète pas, il avait donné son nouveau numéro à ses parents.

Elle passe de longues heures assise sur le banc du jardin, l'esprit ailleurs, perdant le fil de ses pensées et celui des heures. Zevaco, lassé de ne recevoir aucune caresse, s'éloigne d'elle. Jeanne ne cherche pas à le retenir. Quand elle finit par se lever, elle se sent vaseuse et il lui semble que ses jambes la soutiennent à peine. Elle va dans sa chambre et se roule en boule dans son lit, trouvant dans le sommeil un refuge qui, étrangement, ne lui redonne aucune force. À son réveil, elle est toujours un peu plus fatiguée.

Ce matin, Laurent a enfin appelé le médecin après qu'elle lui a plusieurs fois demandé de le faire venir. Elle l'attend dans le salon. Laurent ne la quitte pas des yeux et, pour fuir son regard, elle préfère fermer les siens.

La sonnerie de la porte d'entrée les fait sursauter. Laurent va ouvrir et revient avec le docteur qui suit Jeanne depuis qu'elle a commencé sa convalescence ici. Elle aime bien cet homme proche de la retraite, elle se sent en confiance. Il lui sourit tout en lui disant qu'il lui trouve une petite mine et les yeux cernés. Sa tension est un peu basse, mais rien d'alarmant. Elle explique qu'elle ressent une fatigue constante, qu'elle a comme un poids sur la poitrine et la sensation d'étouffer par moments. Elle qui aime tant lire a un mal fou à aller au bout d'une page. Elle a continuellement ce goût âcre dans la bouche. Pendant l'examen, elle sent encore la présence de Laurent dans son dos. Elle n'ose pas lui demander de sortir de la pièce, espérant que le docteur le fasse à sa place. Mais il ne dit rien, au contraire il interroge Laurent pour tenter de mieux comprendre la situation. Il hoche la tête et répète souvent : « Je vois, je vois. »

Il lui prescrit une prise de sang pour vérifier qu'elle n'a pas de carences, mais, pour lui, le diagnostic est clair : Jeanne souffre d'une dépression post-traumatique, tout à fait compréhensible après ce qu'elle a vécu. Si dans une dizaine de jours son état ne s'arrange pas, on passera aux antidépresseurs. Jeanne tente de lui dire qu'il y a autre chose, qu'elle le sent, mais Laurent pose une main sur son épaule et l'interrompt. Et ce simple geste lui ôte le peu d'énergie qu'il lui restait pour parler.

Le docteur est parti et Jeanne se sent incroyablement vulnérable, prise au piège. Elle se réfugie dans sa chambre et s'allonge. Laurent entre sans frapper et lui tend un grand verre de jus d'orange qu'il vient de presser. Jeanne le remercie et pose le verre sur la table de nuit.

– Tu ne le bois pas ?

Dans un éclair de lucidité, elle réalise que ce n'est pas la première fois qu'il insiste pour qu'elle boive ce qu'il lui apporte. Elle prend une gorgée et reconnaît cette pointe légèrement âcre dont elle a parlé au médecin.

– C'est très bon. Merci, Laurent, mais je le finirai après ma sieste, je tombe de sommeil.

– Repose-toi, ma douce. Je vais te préparer quelque chose de bon pour ce soir.

Jeanne attend que la porte se soit refermée pour reprendre le verre et l'approcher de son nez ; à part le parfum de l'orange, rien ne lui semble anormal. Elle va dans la salle de bains et remplit un verre d'eau qu'elle boit à petites gorgées ; elle ne lui trouve aucun goût. Elle trempe à nouveau ses lèvres dans le jus, le recrache et vide aussitôt le verre dans le lavabo.

– 91 –

Nina repose le livre qu'elle vient de terminer sur la table de chevet. Il est presque deux heures du matin, mais il lui était impossible de lâcher l'histoire dont elle voulait connaître le dénouement, bien heureusement joyeux.

Elle se lève pour accomplir le rituel qui s'est instauré naturellement depuis l'emménagement de Christiane et des enfants. Elle se rend dans les chambres des petits sur la pointe des pieds et s'installe un moment pour les regarder dormir, émue par la confiance et l'innocence qui se lisent sur leur visage. Elle sourit de les retrouver chaque fois soit une partie du corps hors du matelas, soit en travers. Jusqu'à quel âge fait-on ainsi le grand huit dans son sommeil ? Elle s'imagine se réveillant le matin les pieds sur l'oreiller, et elle étouffe un fou rire avec sa main. Doucement, elle tente tant bien que mal de les recoucher et de les border pour qu'ils n'aient pas froid.

Ce soir, elle s'attarde un peu plus dans la chambre de Paul, osant passer une main dans les boucles sombres de l'enfant. Dans le sommeil, il a encore l'air d'un bébé, son pouce dans sa petite bouche entrouverte. Elle aimerait bien dormir ainsi, ne serait-ce qu'une nuit. Mais d'aussi loin qu'elle se souvienne, ça ne lui est plus arrivé depuis l'enfance. Sans doute est-ce pendant la guerre qu'elle a perdu cette capacité à dormir profondément sans que rien ne vienne troubler son sommeil.

Avant de se mettre au lit à son tour, Nina entrouvre comme à son habitude la fenêtre de sa chambre. Elle se couche et éteint la lumière avant de la rallumer aussitôt. Elle s'en souvient ! Jeanne !

– 92 –

Comme Raphaël pouvait s'y attendre, depuis qu'il a fait l'émission, il y a plus de monde à la librairie. Les clients le regardent à la dérobée, et il y en a même eu un qui a tenté de le prendre en photo avec son téléphone. Julien l'a mis dehors sans ménagement. Depuis, il se terre dans la remise où ils ont installé un bureau. Il s'occupe des commandes et cherche la banque qui acceptera de les accompagner dans l'achat de *La Belle Étoile*.

Dix jours. Dix jours qu'il espère et que rien ne se passe. À présent, il le sait : il ne la retrouvera pas. Ce matin, Yohan était passé pour lui remettre un maigre dossier contenant des photos et des lettres de femmes qui correspondaient au portrait-robot. Mais dans aucune d'elles il ne l'avait reconnue. Le dossier avait fini à la poubelle.

Il se redresse et se frotte le dos. Passer toutes ses journées assis ne lui réussit pas. Il regarde sa montre : presque dix-huit heures. Cette journée s'étire jusqu'à l'infini et ressemble terriblement à celle de la veille.

Il entend Julien l'appeler. En soupirant, il se lève, ouvre la porte et se retrouve nez à nez avec une vieille dame qui lui sourit en lui tendant une main gantée de cuir gris.

– Bonjour, monsieur, pardonnez-moi de vous déranger en plein travail... Mais j'ai vu l'émission dans laquelle vous êtes passé et... le jour de l'attentat, j'ai vu cette jeune femme dans le métro et je connais son prénom.

D'instinct, Raphaël sait que cette femme ne ment pas.

– J'ai bien conscience qu'un simple prénom ne vous aidera pas beaucoup dans vos recherches mais...

– Détrompez-vous, je rêve de le connaître depuis si longtemps, me maudissant chaque jour de ne pas lui avoir demandé.

– Elle s'appelle Jeanne.

À son tour, Raphaël prononce le prénom à mi-voix plusieurs fois et ressent une vague de sérénité l'envahir. Il peut enfin se poser ; même s'il ne la revoit jamais, la boucle est bouclée. Il reprend la main de la vieille dame dans la sienne et plonge son regard dans les magnifiques yeux bleus.

– Merci beaucoup, madame. Merci...

Elle s'approche et l'embrasse sur la joue.

– Je vous en prie. J'espère de tout cœur que vous la retrouverez, car il m'a semblé qu'elle était une très belle personne, tout comme vous.

Raphaël a du mal à laisser partir cette main qu'il retient dans la sienne. Elle est le fil qui le lie à Jeanne. Jeanne... Pouvoir la nommer, enfin, pour lui-même et pour les autres. Elle n'est plus cette inconnue, ce visage sans nom qui le hante depuis des mois.

– Et vous, madame, comment vous appelez-vous ?

– Nina. Nina Rendinsky. Et je vous promets de revenir très souvent. Je suis une grande lectrice et ma petite-fille aussi.

Au moment où elle s'apprête à ouvrir la porte, Liviu entre avec son accordéon sur les épaules. Il laisse passer Nina qui lui sourit avant d'ouvrir son grand parapluie. Il a l'impression de l'avoir déjà vue, sans doute une habituée. Julien l'aide à ôter l'instrument de son dos.

– Alors, cette audition ?

– Je crois que ça va marcher...

Liviu n'a pas le temps de raconter que déjà deux nouveaux clients entrent dans la librairie. Le visage de Raphaël s'illumine.

– Christian !

– Bonjour, Raphaël, bonjour, Julien. Et toi, tu dois être Liviu ?

– Oui. Bonjour, monsieur...

– Ah non, pas de monsieur avec moi ! Je voudrais vous présenter quelqu'un... Nicole, une grande amie. Et si nous sommes venus tous les deux... Bon, je vais pas tourner autour du pot : vous vous êtes décidés pour *La Belle Étoile* ?

Julien et Raphaël se regardent, interloqués. Ils ont complètement oublié qu'ils en avaient parlé devant Christian. Raphaël se ressaisit le premier.

– Nous sommes en train de monter le dossier et de chercher la personne qui tiendra la librairie pour nous.

– Alors, ne cherchez plus ! Voici celle qu'il vous faut...

Il se retourne et prend la main de Nicole, qui regarde ses pieds telle une adolescente à qui on dit qu'elle est jolie.

– C'est une amoureuse des livres comme rarement j'en ai vu. Elle travaille chez *Gibert* depuis des années. Elle lit tout, s'intéresse à tout et en parle si bien... Elle sait toucher du doigt les désirs des lecteurs et reconnaître un futur grand écrivain dans un premier roman. C'est une personne magnifique, généreuse, bienveillante. Je mettrais ma vie entre ses mains. Et puis, elle rêve d'avoir sa librairie depuis toujours. Vous ne trouverez personne d'aussi bien, je vous assure !

Nicole regarde son ami, touchée par sa fougue. Personne n'a jamais parlé d'elle en des termes aussi élogieux. Julien et Raphaël se sourient. Ils n'ont jamais eu besoin de se parler pour se comprendre. D'emblée, ils ont aimé le regard franc de cette femme et le son de sa voix. Julien regarde sa montre.

– Il est presque dix-neuf heures. On peut bien fermer un peu plus tôt ! Faut qu'on se parle de tout ça ! Allez m'attendre chez Clara, le temps que j'éteigne tout.

Christian lance un clin d'œil à Nicole qui a du mal à croire à ce grand bonheur qui se dessine. Mais une fois dehors, alors que tous sont entrés dans le restaurant, lui reste sur le trottoir. Raphaël se retourne et revient vers lui.

– Tu n'entres pas ?

– Non, j'ai des choses à faire ce soir…

– Mais Nicole ?

– Elle n'a pas besoin de moi pour que vous l'adoriez. Ça serait vraiment bien que vous bossiez avec elle…

– On va en parler, ne t'inquiète pas.

Raphaël voit bien que Christian cherche à échapper à une confusion qu'il n'arrive pas à définir. Le ton de sa voix sonne faux et son regard cherche à fuir le sien.

– Tu es sûr que tu ne veux pas…

– Non. Dis-lui que je l'embrasse.

Et en faisant un signe de la main, il se détourne et s'en va, le dos courbé, au milieu des passants joyeux de cette belle soirée de printemps qui s'annonce.

– 93 –

J'ai eu les guibolles coupées en les quittant. Mais je me voyais pas rester et continuer à faire semblant. Déjà lui tenir la main n'avait pas été simple. C'était si doux de la sentir frissonner dans la mienne. À cet instant j'aurais donné n'importe quoi pour qu'elle se pose sur mon front, mon visage. Je me faisais l'effet d'un chien qui espère une caresse. Et elle qui ne se doutait de rien ; et fallait que ça continue, sinon je devrais disparaître complètement.

Bon Dieu de bon Dieu, pourquoi j'étais allé me fourrer dans un merdier pareil ! Je le croyais mort depuis longtemps, le palpitos… Il n'était qu'endormi, le traître ! Être amoureux m'avait toujours apporté que des problèmes et, à mon âge et dans ma condition, je ne pouvais plus me le permettre. Je devais prendre un peu le large, mais j'avais tellement peur de la blesser alors que c'était justement à ce moment-là qu'elle avait le plus besoin d'un ami.

J'avais envie de boire comme jamais. Je sais pas où j'ai trouvé la force de ne pas flancher. Ça serait si bon de me laisser aller à l'ivresse, de toucher du doigt l'oubli, juste ce soir, une seule fois, une dernière fois.

Et comme la vie est une chienne, devant moi y avait un petit troquet où j'avais mes habitudes dans le temps. J'avais mal au crâne tellement j'avais soif. Je retrouvais cette envie, ce besoin incontrôlable qui me chavirait le corps à l'époque. Je m'étais tellement battu pour les faire disparaître.

J'ai sorti de mes poches le peu d'argent qu'il me restait pour finir la semaine. Tout juste de quoi me prendre trois verres d'une vodka de bas étage.

La porte en s'ouvrant a fait le même bruit que devait faire celle des enfers. La lumière était aussi glauque que la tronche du patron, le sol sale et gras. Tout ce décor était un appel à foutre le camp. J'ai hésité encore, j'espérais un coup de main du destin, quelque chose qui m'obligerait à partir, je sais pas, que le patron refuse de me servir, qu'un braqueur se pointe, que des flics perquisitionnent. J'allais la faire, la connerie, je le sentais, je le savais, même l'image de Nicole qui m'apparaissait fugacement n'y pouvait rien. Je me suis avancé vers le comptoir comme j'aurais marché vers l'échafaud ; même plus peur. Si seulement, après ce verre, la mort me tombait dessus…

J'ai commandé ma vodka. Sans même me jeter un regard, le bourreau a posé le shot devant moi.

Mes mains tremblaient, impatientes de le tenir entre leurs doigts. Enfin, elles le touchaient, le froid ne les impressionnait pas, au contraire, elles étaient heureuses de retrouver cette sensation. Je l'ai approché de mes narines ; d'abord prendre le temps de respirer ce parfum unique qui me faisait tourner la tête. La première gorgée était toujours un moment de grâce, les autres étaient dégueulasses. Je le savais, je m'y préparais. J'allais sombrer, tomber sans savoir si je me relèverais, si cet homme que j'avais reconstruit tant bien que mal serait encore là dans une heure.

J'ai approché le verre de mes lèvres qui s'ouvraient enfin à ce baiser tant espéré. Une main sur mon épaule a stoppé net la transe dans laquelle j'étais entré. Serge ! Mon vieux pote était là qui me regardait. Il m'a pris des mains le petit graal qui allait m'assommer et l'a avalé avant de m'attirer dehors. Dans son regard, aucun jugement, peut-être une pointe de tristesse.

– Fait beau ce soir. T'aurais pas envie de nous lire quelque chose ? Je suis sûr que ça ferait plaisir aux copains… et à toi aussi.

On a marché en silence jusqu'à notre coin. Lorsque Sergio a dit aux autres que j'allais lire, ça a été des cris de joie. Ça m'a fait sourire et redonné de la force. Y avait une justice puisqu'une main amie avait arrêté ma mise à mort. Parce que je vais pas me mentir, si j'avais bu, ne serait-ce qu'une seule gorgée, je me serais pas relevé et je me serais vautré dans l'alcool comme dans les bras d'une prostituée.

Quand je leur demande ce qu'ils veulent, les vieux de la vieille sans grande surprise me réclament Monte-Cristo. C'est devenu une habitude de commencer les nuits d'été avec lui. Et chose étrange, j'ai beau le connaître par cœur, il me surprend toujours.

Lorsque je lis ainsi des heures, je ne ressens aucune fatigue. Alors que le jour pointe son nez, Edmond commence sa vengeance. Tous se sont endormis. Je m'allonge moi aussi et ferme les yeux ; *attendre et espérer…*

– 94 –

Voilà déjà plus d'une semaine que Jeanne réussit à ne pas boire, ou presque, ce que lui donne Laurent matin et soir. Elle feint la fatigue et la perte de repères. Elle n'a plus aucun doute : il la drogue. Chaque jour qui passe lui donne un peu plus de force. Elle sent tout son être se révolter et se tracer en elle le chemin de sa liberté. Elle attend le moment où Laurent baissera la garde.

Et ce matin, il lui annonce qu'il ne peut plus bosser en télétravail et qu'il doit retourner au bureau. Jeanne accentue un peu plus sa léthargie pour éteindre définitivement tout soupçon.

Le bruit de la porte qui claque lui fait l'effet d'une piqûre d'adrénaline. Elle attend d'entendre celui de la voiture qui démarre pour se jeter hors du lit. Elle doit avant tout retrouver son portable qu'il lui a pris, soi-disant sur les conseils du médecin. Dans la chambre de Laurent, tout est dans un ordre qui frise la folie, rien ne dépasse, pas un grain de poussière.

Jeanne sent monter en elle une envie furieuse de tout casser, de tout jeter à terre. Elle retourne la penderie, les tiroirs, défait le lit et, en passant sa main sous le matelas, trouve enfin son téléphone. Elle récupère quelques billets rangés dans une boîte ; elle n'a rien pour payer le taxi. Elle retourne dans sa chambre et rassemble toutes ses affaires dans deux grands sacs-poubelle. Zevaco la regarde en ronronnant comme s'il comprenait qu'ils allaient enfin foutre le camp.

Elle ne peut pas appeler sa mère qui est au travail et ne pourra venir la chercher avant ce soir. Dans la grande armoire de l'entrée, elle trouve un annuaire qui doit avoir plus de dix ans. Avec un peu de chance le numéro de la station de taxi n'aura pas changé. Elle le compose et ne respire que lorsque quelqu'un décroche. Une voiture sera là dans trente minutes.

Assise dans la cuisine, les sacs à ses pieds et le chat sur les genoux, Jeanne, d'une main nerveuse, écrit quelques lignes sur une feuille. Ce sont presque les mêmes mots qu'elle a laissés à Laurent il y a un peu plus d'un an. Elle termine en lui disant qu'elle sait qu'il l'a droguée et que s'il respecte son départ et garde ses distances, elle ne portera pas plainte.

Elle entend une voiture se garer devant la maison et par la fenêtre voit qu'il s'agit du taxi. Une joie immense fait bondir son cœur. Zevaco entre dans sa caisse sans faire d'histoires et, pendant tout le trajet qui les mène chez les parents de Jeanne, ne moufte pas.

La première fois qu'elle a quitté Laurent, elle n'avait rien dit à ses parents de l'enfer qu'il lui avait fait vivre. En sera-t-il de même cette fois-ci ? Sans doute. Sa mère serait capable de minimiser, voire de ne pas la croire, elle qui a toujours adoré son gendre, et son père ressentirait une colère qu'il serait incapable d'extérioriser.

Cécile, l'infirmière qui s'occupe de son père, lui ouvre la porte et, devinant ce qui se joue au visage tendu de la jeune femme, ne pose aucune question. Du salon, Jeanne perçoit le bruit du fauteuil roulant qui s'actionne. Jean apparaît à l'embrasure de la porte. Son visage s'illumine en reconnaissant sa fille. Lui non plus n'a pas besoin d'explications pour comprendre la situation. Jeanne s'agenouille devant lui et pose sa tête sur ses genoux. Jean réussit avec beaucoup d'efforts à poser sa main sur les cheveux de son enfant. Cécile s'en va sur la pointe des pieds.

– 95 –

Laurent n'a pas essayé de la retrouver. Et ce silence l'apaise et l'effraie à la fois ; elle sursaute dès qu'elle entend une voiture passer devant la maison. Alors, pour évacuer son angoisse, elle chante, surprise de découvrir sa voix chaque fois plus belle, plus chaude. Depuis son arrivée chez ses parents, elle travaille comme une acharnée *Vissi d'arte,* le morceau qu'elle aurait dû présenter à son audition de janvier. Janvier… il y a une éternité. Une vie s'était écoulée depuis l'attentat. Une vie ? N'est-ce pas plutôt une mort lente qui a tenté de l'envelopper tous ces mois ? Lors de sa première nuit dans sa chambre d'enfant, Jeanne a soudain pris conscience du vide dans lequel elle était tombée. Sa vie avait basculé, ses rêves étaient à terre, plus rien ni personne ne l'attendait. Sa mère avait rendu les clés du studio et prévenu l'école qu'elle ne reviendrait sans doute pas, convaincue que sa fille ne voudrait plus remettre les pieds à Paris.

Quand elle pense à Paris, c'est comme à un être aimé avec qui elle avait été sur le point de commencer une grande histoire. Elle regrette tout ce que la ville lui a proposé d'aventures et de joies et qu'elle a refusé, par timidité ou par crainte de ne pas être à la hauteur.

Le jour où elle était allée se promener seule aux Tuileries lui revient en mémoire ; elle avait été terriblement attirée par les bruits de la fête foraine. En étant installée que depuis deux petites semaines à Paris, elle n'avait pas idée qu'il puisse y avoir de tels manèges en plein cœur de la capitale. Elle avait fait un tour de grande roue, puis avait décidé de faire un dernier tour sur ces chaises qui tournaient dans les airs. Elle sourit encore au souvenir du bonheur enfantin qu'elle avait éprouvé. Elle se revoit les bras en croix, les jambes dans le vide…

Elle n'a vu aucune image de l'attentat et se demande inlassablement comment Paris s'est encore une fois relevé, lui qui se relevait toujours.

Maintenant qu'elle a arrêté d'ingurgiter la drogue de Laurent, des souvenirs remontent tout doucement à la surface. Jeanne ne cherche pas à les attraper de peur de les brusquer. Au tout début, ils apparaissaient pour disparaître aussitôt, mais depuis qu'elle est de retour chez ses parents, ils s'attardent.

La nuit précédente, elle s'était réveillée en sursaut ; elle avait rêvé de l'attentat pour la première fois depuis longtemps. Des détails lui étaient revenus : le bruit sourd de l'explosion, le goût de la fumée dans la bouche, le visage de l'enfant contre sa poitrine. Elle n'avait pas réussi à retrouver le sommeil et, sur la pointe des pieds, elle était sortie dans le jardin pour attendre le jour.

Qu'allait-elle faire de sa vie ? Quel sens allait-elle lui donner ? Aurait-elle le courage de retourner dans la capitale et de tout recommencer ? Hier, sa mère lui avait glissé qu'elle pouvait la prendre au salon, qu'elle la formerait ; d'ailleurs, n'adorait-elle pas y passer des heures lorsqu'elle était enfant ?

C'est vrai qu'elle avait toujours aimé cette ambiance de femmes qui cherchent à se faire belles. Elle écoutait leurs histoires, leurs secrets, leurs peines. Lorsqu'il n'y avait pas trop de monde, sa mère l'autorisait à chanter, pour le plus grand bonheur des clientes. C'est là qu'elle avait su qu'elle avait un don. À l'adolescence, pour gagner un peu d'argent de poche, elle faisait des shampoings et la manucure pour laquelle elle était douée.

Le soleil éclaire les roses du jardin. Jeanne entend sa mère préparer son café par la fenêtre de la cuisine restée ouverte. Oui, elle pourrait prendre ce chemin tracé et facile. Elle soulagerait sa mère qui travaille trop… Et puis, elle pourrait toujours chanter, même si sa voix devrait désormais se contenter de l'enceinte du salon de coiffure.

Elle se lève et s'étire. À la fin de la semaine, elle prendra sa décision.

– 96 –

Nina a trouvé au fond de sa penderie la robe qu'elle portait les soirs de bal lorsqu'elle était jeune. Elle la tient longuement devant elle par son cintre en la regardant d'un œil suspicieux et un peu ému, comme on le ferait au retour d'une amie partie trop longtemps sans laisser d'adresse et qui nous aurait manqué.

Oserait-elle la porter ? N'était-elle pas trop vieille pour ce genre de tenue ? Bien qu'elle ait gardé la ligne au fil des ans, sans doute ne pourrait-elle pas fermer les délicats boutons de soie. Elle étend la robe sur le lit, hésite encore un moment, puis se déshabille en fredonnant un air de Bashung pour se donner du courage. Enfin, elle fait glisser sur son corps le tissu qui lui provoque les mêmes frissons que la caresse d'un homme.

Elle se regarde dans le grand miroir et n'en revient pas de se trouver si belle. Dans ce reflet, elle aperçoit la jeune femme qu'elle était, l'amoureuse de Charles qui lui avait offert cette robe ; tant de souvenirs, tant d'émotions qui refont surface… Tandis qu'elle s'apprête, à regret, à enlever la robe, on frappe à sa porte. Christiane, dont le visage s'illumine en la découvrant, tourne autour d'elle pour mieux l'admirer, à la manière de Paul et Estelle.

– Tu es magnifique ! Et cette robe est folle !

– Je ne suis pas un peu vieille pour porter ça ?

– Tu plaisantes ! On dirait qu'elle a été taillée sur toi ! D'où vient-elle ?

– C'est Charles qui me l'avait offerte… Il s'était ruiné, d'ailleurs…

– Et elle te va toujours ! Incroyable…

– Encore faut-il que je puisse la fermer…

– Laisse-moi faire.

Nina fixe un point imaginaire pour ne pas apercevoir son image pendant que Christiane passe derrière elle et ferme un à un les petits boutons de soie bleue. C'était toujours Charles qui s'en chargeait…

– Regarde-toi…

Oui, la robe lui va toujours merveilleusement bien et lui donne l'impression de sortir tout droit d'un film de Capra.

Les deux femmes se sourient dans le miroir.

– Et toi, ma douce, laisse-moi te regarder.

Christiane fait virevolter la robe à fleurs qu'elle a achetée la veille.

– Tu es belle, tu vas faire perdre la tête à plus d'un homme ce soir ! Les enfants sont prêts ?

– Ils n'attentent que nous !

Tous les quatre s'élancent d'un même pas joyeux dans la rue. Nina a refusé de prendre un taxi ; l'air est si doux. Elle veut traverser les ponts et voir couler la Seine sous la lumière de ce soir d'été. Elle serre contre elle son petit sac de cuir blanc dans lequel se trouve l'invitation qu'elle a été si heureuse de recevoir la semaine précédente.

En arrivant devant *La Belle Étoile*, Nina s'amuse de découvrir que sa robe a la même couleur que la devanture.

– 97 –

Sur le trottoir se presse une foule compacte et joyeuse. La librairie est trop petite pour accueillir tout le monde, alors les invités font la queue pour une coupe de champagne et apercevoir le visage de la nouvelle libraire.

Nicole a du mal à contenir son émotion ; son rêve se réalise enfin ! Des auteurs qu'elle admire sont même venus ; certains d'entre eux, amis de Raphaël et Julien, lui ont promis de dédicacer leur prochain roman chez elle. Ses enfants aussi sont là, et posent sur elle, pour ce qui lui semble la première fois, un regard plein de fierté.

Pourtant, une vague tristesse la caresse du doigt ; elle ne s'explique pas l'absence de Christian. Peut-être n'ose-t-il pas entrer ? Il faut absolument qu'il soit là pour écouter Liviu jouer. Elle se faufile entre les convives, fait tomber une pile de livres que Raphaël l'aide à remettre en place. Il veut lui présenter Yohan Martes, qui la félicite et lui parle d'un futur projet d'émission qui mettrait les librairies à l'honneur. Nicole l'écoute avec attention tout en jetant des coups d'œil à l'entrée. Elle profite que Yohan soit interpellé par un ami pour s'éclipser discrètement. Enfin, elle est dehors, savoure l'air frais. Elle fait quelques pas dans la rue dont les bars et leurs terrasses regorgent de rires et de volutes de cigarette. Ce quartier est tellement plus vivant que celui où elle a vécu durant toutes ces années !

Sur le trottoir d'en face, un homme, le dos voûté, se redresse dès qu'il l'aperçoit. L'un et l'autre traversent la rue pour s'étreindre. Le Klaxon d'une voiture les sépare.

– Tu arrives tard…

Christian perçoit la peine et le reproche dans la voix de Nicole. Il n'ose pas croire qu'elle ait pu l'attendre toute la soirée et soit venue à sa rencontre.

– Pardonne-moi, je n'ai pas vu passer l'heure… Alors ? C'est un succès ?

– Plus que je pouvais l'espérer ! Tu vas voir, il y a plein d'auteurs !

Christian lâche la main de Nicole, s'éloigne d'un pas et esquisse une révérence.

– Tu as vu comme je me suis fait chic !

– Tu es magnifique ! Mais tu sais, même avec tes vieux vêtements tu es toujours chic. Que veux-tu, c'est ça la classe naturelle !

– Arrête de dire des bêtises ! Allez, on y va ! Assez perdu de temps.

Ils atteignent la librairie alors que Liviu est en train de sortir pour donner son petit concert. Aux premières notes, des couples se forment et la rue se transforme en piste de bal. À la fin du premier morceau, les applaudissements fusent. Certains sont parcourus par ce sentiment étrange et douloureusement merveilleux de revivre enfin, après des mois sans oser sortir par peur de connaître un nouvel enfer.

Raphaël est de ceux-là. Il observe Liviu, son bonheur flagrant de jouer, l'insouciance de ses amis qui rient et dansent. L'envie de vivre à nouveau est soudain si forte qu'il jette son verre, attrape la main de la première femme qui passe et la fait valser. Elle est jolie, elle rit de sa fougue. Déjà charmée. Raphaël ferme un instant les yeux, il revoit Jeanne et lui murmure un au revoir que lui seul entend. Pour acter ce nouveau départ, il attrape les lèvres de la jeune femme, qui lui rend son baiser avec délice.

Nicole passe son bras sous celui de Christian.

– Et moi ? Tu ne m'invites pas à danser ?

Il n'a pas le temps de lui répondre ; un grand jeune homme au regard bleu comme une piscine pour enfant enlève Nicole et l'emmène danser au milieu des autres. Christian sent sa mâchoire se crisper. Pour masquer sa rage, il enfonce ses poings dans les poches de sa veste et entre dans la librairie où ne restent que quelques vieux comme lui, qui sirotent leur coupe de champagne. Il demande au serveur un verre d'eau qui l'apaise et calme sa jalousie qu'il juge idiote et égoïste. À travers la vitrine, il regarde Nicole rire dans les bras du voleur qui n'est autre qu'un auteur que tous deux adorent. Tout est bien. Son amie est heureuse, n'est-ce pas là le plus important ?

Estelle regarde sa mère danser. Elle semble si joyeuse, épanouie. Elle la trouve belle, d'une beauté nouvelle qu'avec ses mots de petite fille elle ne saurait expliquer. Nombreux sont les hommes qui l'admirent avant de l'inviter à danser. L'enfant est prise d'une jalousie subite, on lui vole sa mère. Elle court se mêler aux danseurs et tourne autour de Christiane qui, remarquant son manège, lâche les bras de son cavalier pour ceux de sa fille. Aussitôt, Paul quitte les genoux de Nina et vient les rejoindre.

Une voiture de police se gare à quelques mètres de la librairie. Deux policiers en descendent ; ils ont été appelés par un voisin qui s'est plaint du bruit. Celui qui semble être le chef s'approche des danseurs. Face à toute cette vie, il n'a nulle envie d'intervenir. Et puis il est encore tôt, et puis c'est l'été, et puis… il reconnaît cette femme qui danse avec deux enfants.

– 98 –

Mounir n'a pas la télévision chez lui et lorsqu'elle est allumée dans la salle de repos, il n'y jette qu'un œil distrait. Il préfère mettre son casque et regarder sur son téléphone une série qui lui fait oublier les maux de l'hôpital et le manque d'effectifs qui l'oblige à prolonger ses gardes. Depuis l'attentat, il lui semble que ni son corps ni son esprit ne se sont reposés une seule seconde. Encore quelques heures à tenir, et il partira enfin en vacances. À son retour, la nouvelle chef de service dont Baptiste lui rebat les oreilles depuis des semaines sera là, de retour de congé maternité. Il paraît qu'avec elle les choses se passent en douceur et qu'elle n'est pas du genre à faire des coups bas, contrairement à Brossions qui prend enfin sa retraite.

L'épisode vient de se terminer. Mounir lève machinalement la tête pour vérifier l'heure à la pendule suspendue au-dessus de la télé. Son regard s'arrête sur l'écran, happé par le portrait-robot que montre le présentateur. D'un geste vif, il arrache plus qu'il n'enlève ses écouteurs, attrape la télécommande et monte le son.

– Putain, je suis sûr que c'est elle !

L'interne qui somnole sur la chaise à côté de la sienne se tourne vers lui.

– Qu'est-ce que tu dis ?

– C'est en direct ?

– Non, c'est une rediff, tu…

Mounir a déjà quitté la pièce. Il se précipite dans son bureau et ouvre la grande armoire en métal où sont rangés tous les dossiers. Il trouve celui qu'il cherche, s'assoit et s'installe sur la table jonchée de papiers et de tasses à café. Il saisit son portable et s'apprête à composer le numéro noté sur la fiche de Jeanne qu'il est certain d'avoir reconnue sur le portrait-robot. Pourtant, il hésite ; a-t-il le droit de s'immiscer ainsi dans la vie d'une patiente ? Sans doute est-elle déjà au courant que ce garçon la cherche.

Il a souvent pensé à elle, se demandant comment elle allait et si le connard qui se prétendait son mec lui foutait la paix. Il avait pensé l'appeler, mais une urgence, un problème venait toujours s'interposer, remettant éternellement son coup de fil à plus tard.

Il compose le numéro. Dès la première sonnerie, une voix de synthèse l'informe que le numéro n'est plus attribué. Il a dû faire une erreur. Il recommence, mais obtient le même résultat. Il cherche un autre numéro dans le dossier, peut-être celui de sa mère ou du sale type. Il ne trouve rien. Furieux, il appelle le service administratif et demande qu'on recherche dans les données de tout l'hôpital.

Sa pause est terminée. Il doit se calmer et se redonner une contenance avant d'aller voir ses patients pour certains desquels il a une forme d'affection. Encore six heures à tenir et il pourra enfin se glisser sous la couette et rêver à cette plage de Sicile où ses potes l'attendent déjà.

À la fin de sa garde, il est si épuisé qu'il en a presque oublié sa demande qu'un texto lui rappelle : on n'a rien de plus qu'une adresse.

Il enfourche sa moto, inspire à pleins poumons l'air de la ville qu'il s'apprête à quitter et met les gaz. Une fois chez lui, il ne veut plus penser à rien d'autre qu'à ses vacances qu'il touche enfin du doigt. Avant de préparer son sac, il relit une dernière fois le message de l'hôpital. Il grogne, attrape sa tablette et tape l'adresse : huit heures de route…

Puis il se souvient qu'il a pris une assurance pour son billet d'avion. Deux jours de vacances en moins ne vont pas changer sa vie.

– 99 –

Mounir gare sa moto devant une maison aux volets d'un vert un peu défraîchi. Des fenêtres ouvertes s'échappe une voix magnifique. Il se laisse bercer par le charme qu'il s'apprête à rompre. Tout est si calme, dans ce coin. Est-ce la chaleur qui a vidé les rues de la petite ville ? Il n'a pas croisé un chat. Il sent d'instinct qu'il a eu raison de venir. Au pire, même si on lui claque la porte au nez, cette virée à bécane lui aura fait un bien fou.

À la grille du jardinet, une clochette fait office de sonnette, comme dans un vieux dessin animé. Le chant s'arrête.

Une voix crie « J'arrive. »

La grille s'ouvre sur une jeune femme dont il ne pouvait imaginer la beauté à l'hosto tant son visage était alors déformé par la souffrance.

– Bonjour, Jeanne.

Jeanne ne remet pas l'homme qui se tient devant elle. Pourtant, elle en est sûre, elle connaît cette voix, ce timbre grave et doux. Mais son esprit est nimbé d'un épais brouillard. Elle devine qu'elle peut avoir confiance.

Mounir reste silencieux, il sait qu'il ne faut rien brusquer. Petit à petit, le visage de Jeanne s'éclaire, le brouillard se dissipe et le souvenir refait surface.

– Vous étiez mon médecin, le docteur Mazari !

– Oui, c'est moi qui me suis occupé de vous après l'attentat.

Dans un élan, elle l'embrasse sur les deux joues comme un vieil ami. Le jeune homme, décontenancé par sa spontanéité, se laisse faire.

– Est-ce que je peux vous parler ? Vous êtes seule ?

– Il n'y a que mon père qui se repose dans sa chambre. Venez.

Mounir la suit dans le jardin. Elle lui désigne deux chaises blanches en fer forgé autour d'une table, à l'ombre d'un grand tilleul.

– Installez-vous. Je vais préparer du café.

Lorsqu'elle revient avec deux tasses, Mounir admire une fois encore la grâce de sa démarche et de sa silhouette. Il se sermonne intérieurement ; il n'est pas venu jusqu'ici pour tomber amoureux.

Ils boivent un temps en silence, échangeant des regards complices sous les volutes du café.

– Ne vous avais-je pas dit que vous rechanteriez ?

– Oui… Et je n'y croyais pas. Comme quoi, tout peut arriver… Mais, pourquoi êtes-vous ici ?

– Vous ne vous souvenez toujours pas de l'attentat ? De ce qui a précédé ?

– Non, toujours pas. Enfin, pas complètement en tout cas... Par moments, j'ai comme des flashs, je vois des ombres, j'entends les cris, je sens l'odeur du feu et, chose étrange, il me semble entendre de la musique... de l'accordéon. Mais j'ai toujours le sentiment que quelque chose m'échappe, comme si j'étais face à une porte qui refuse de s'ouvrir...

Mounir sourit. Il pose sa tasse et approche sa chaise de la sienne.

– Alors, je vais vous raconter.

– 100 –

La force du vent sur son visage lui donne envie de rire. C'est la première fois qu'elle monte sur une moto, et Jeanne découvre, surprise, qu'elle adore ça. Ses bras se cramponnent au torse de Mounir, qui se retourne de temps en temps pour s'assurer que tout va bien. Elle lui répond d'un hochement de tête.

Jamais elle n'a pris une décision plus rapidement. Ni les hauts cris de sa mère qui l'a traitée de folle ni la muette tristesse de son père n'ont pu la convaincre de rester. Peut-être reviendra-t-elle dans quelques jours, déçue et brisée. Mais elle doit savoir si ce qu'elle éprouve, depuis que Mounir lui a montré les images de Raphaël et qu'elle a reconnu sa voix, est bien réel.

La force du souvenir l'avait littéralement soufflée, la projetant contre le dossier de sa chaise. Elle l'avait reconnu dans l'ombre de ses dessins, s'était soudain tout rappelé ; leur première rencontre, leurs échanges de regards, leur rendez-vous tacite chaque samedi, sur l'air que jouait le jeune accordéoniste, les premiers mots qu'ils avaient enfin échangés. Elle se rappelait ce rendez-vous donné… « À vingt heures, sur le quai. » Ce rendez-vous manqué. Tout ce qu'elle avait éprouvé pour cet homme lui revenait comme une évidence contre laquelle elle ne pouvait pas lutter. En dépit des semaines, des mois, qui s'étaient écoulés, il avait continué à la chercher, à vouloir la trouver, la connaître, l'aimer peut-être…

Voilà pourquoi Laurent avait cherché à la couper encore un peu plus du monde, allant jusqu'à la droguer : il avait vu l'émission. Pour la première fois, l'envie de rendre coup pour coup l'avait saisie et mise en rage. Les mots de Mounir, « Il faut laisser ce passé derrière toi », l'avaient apaisée et convaincue de tourner définitivement cette page de sa vie. Laurent retournait dans l'ombre. Oui, tout cela était bien derrière elle, et son destin, quel qu'il soit, l'attendait à Paris. Un destin qu'elle avait choisi.

Sur l'autoroute quasi déserte à cette heure avancée, la moto file à vive allure. Jeanne a refusé qu'ils s'arrêtent à l'hôtel. Elle n'a que trop dormi, trop perdu de temps. Mounir s'est reposé une heure dans l'herbe au bord d'une route de campagne avant que la nuit ne tombe tout à fait. Jeanne a regardé naître les premières étoiles en imaginant les mots qu'elle dira à Raphaël lorsqu'elle sera face à lui.

Le jour se lève quand arrivent à Paris. La lumière de ce petit matin est sublime, presque irréelle, si fragile. Revoir Paris…

– 101 –

Christian ne cesse de repenser à cette danse qu'il a réussi à voler à Nicole avant que la musique ne s'arrête. « Une dernière danse pour la route », lui avait-il glissé à l'oreille. La sentir contre lui, la voir lui sourire, respirer son parfum, tenir cet instant de grâce dans ses bras…

Il ne l'a revue qu'une fois depuis. C'est pas faute d'avoir rôdé autour de *La Belle Étoile*, mais il faisait toujours demi-tour ; son cœur cognait trop fort.

La veille, alors qu'elle l'avait déjà appelé trois fois, il a caché son amour tout au fond de sa poitrine et s'est décidé à aller la voir. Il lui a raconté une tonne de bobards pour justifier son silence : la nouvelle chienne de Serge qu'il fallait dresser, un petit nouveau qui avait eu besoin de lui pour ses papiers, un autre pour l'accompagner chez le toubib… Elle ne lui a fait aucun reproche, elle lui a offert un livre et ils ont papoté un moment entre deux clients. Elle lui a raconté sa joie de se lever chaque matin pour aller ouvrir sa librairie. Elle s'est fait plein de connaissances dans le quartier où beaucoup l'appellent déjà par son prénom. Son bonheur explose dans le rose de ses joues, dans la lumière de ses yeux, dans son sourire plus éclatant, dans sa manière de s'habiller. Elle est plus belle que jamais, et Christian devine qu'elle en prend peu à peu conscience.

Il a profité de l'arrivée d'une cliente qui hésitait entre deux romans pour filer. Et depuis hier, il a marché. Il a marché presque sans s'arrêter. Il n'a pas dormi cette nuit et il commence à fatiguer et à ne plus sentir ses guibolles. Il n'a rien avalé non plus ; ça passait pas. Il se demande ce qu'il va faire. Quitter Paris, aller voir ailleurs ? Il a un vieux pote à Marseille. Peut-être que la lumière du Sud lui fera oublier celle de Nicole ? Il n'y croit pas vraiment, mais ça vaut le coup d'essayer.

Il se paie un café dans le premier bistro ouvert et monte la rue des Saules vers la butte. Il veut voir le soleil se lever le cul posé sur les marches de Montmartre. Y a pas un chat, il fait encore frais, ce frais qui annonce une journée chaude et moite. Il remonte le col de sa veste et savoure son café devenu tiède. Paris scintille à ses pieds. C'est beau…

Des bruits sourds et des cris lui parviennent depuis le petit sentier qui mène à la place Saint-Pierre. Il ne les voit pas, mais il devine que des gens se battent. Peut-être des gars qu'il connaît et qui, en le voyant, arrêteraient leurs conneries. Il jette son gobelet dans une poubelle et enjambe la petite grille. Il rend son pas lourd et traînant pour que les autres l'entendent arriver. Mais plus il approche, plus les voix se font fortes, violentes, alcoolisées. Trois contre un. Dans l'ombre des arbres, Christian a du mal à distinguer les visages. Ils n'ont pas remarqué sa présence. L'attaqué se défend bien, il esquive les coups autant qu'il peut et en assène quelques-uns, mais il faiblit, bientôt il sera à terre. Christian voit dans la main d'un des attaquants un objet briller. Sans réfléchir, comme si toute pensée avait quitté son crâne, son âme, il se jette dans la mêlée pour retenir le coup.

– 102 –

Tout va très vite. Il n'a ressenti qu'une petite piqûre juste en dessous du cœur. Il repense à ce conte d'Oscar Wilde, *Le Rossignol et la rose*, qui le faisait pleurer lorsqu'il était enfant. Mais contrairement au rossignol, Christian ne chante pas, il se laisse glisser dans la poussière du chemin. Les autres, tout à coup dégrisés par la vue du sang sur la poitrine de ce gars qu'ils ne connaissent pas, se tirent en courant. Ils n'ont pas un geste, pas un mot pour le vieux.

Christian regarde sa blessure : pas belle, mais il va s'en tirer, faut juste que les secours arrivent. Les types vont certainement les appeler… Non, pas le genre, il va devoir se démerder tout seul. Déjà sa chemise est couverte de sang. Il n'a pas mal, un peu froid peut-être. Il cherche son portable. Il est éteint, il ne l'a pas rechargé depuis la veille. Le con… S'il en avait la force, il se foutrait une beigne. Il prend une grande inspiration et, aussi fort qu'il le peut, appelle à l'aide. Sa voix s'affaiblit… son souffle devient court, ses lèvres sont sèches, comme assoiffées.

Il entend des pas. Un jeune type, en tenue de sport, son casque sur les oreilles, apparaît en courant. Il ne jette pas un regard à ce clodo qui doit cuver sa vinasse par terre et n'entend pas son appel, sa musique est trop forte, il ne voit pas le bras qui se tend et retombe. Christian regarde le ciel à travers le feuillage, il va faire beau aujourd'hui… Il ferme les yeux. C'est con quand même… cette manie de toujours vouloir se mêler de tout, de pas savoir rester tranquille, à sa place. Serge lui a pourtant répété plusieurs fois que ça finirait par se retourner contre lui, cette fichue habitude de jouer les Samaritains.

Il sent une main qui le secoue, une voix qui lui parle. Un grand gars tout habillé de vert est penché sur lui, un autre est au téléphone. Christian comprend qu'il appelle les secours. Il est sauvé. Il sourit au jardinier. Il aimerait le remercier, mais il est si faible. Déjà il entend la sirène de l'ambulance. Il a eu chaud, pour un peu il clamsait seul, sans avoir dit à Nicole qu'il l'aimait. La vie est trop courte, bordel ! Il vient d'en avoir la preuve. Il est heureux de s'en sortir.

On le soulève, on le couche sur un brancard, on s'affaire. On le monte dans l'ambulance, il reconnaît l'odeur d'antiseptique qui lui a toujours donné mal au cœur. Le moteur démarre et la sirène emplit ses tympans. Il ouvre un œil. Mais c'est qu'elle est jolie, la toubib !

– 103 –

Julie jette ses gants poissés de sang dans la poubelle jaune. Elle se passe de l'eau sur le visage et boit à même le robinet, une habitude de petite fille qu'elle n'a jamais perdue. Elle se regarde dans la glace au-dessus du lavabo. Elle a l'air épuisée. Elle l'est. Pourtant, malgré les cernes et le teint un peu gris de ceux qui voient peu la lumière du jour, elle a le regard lumineux et rieur des gens heureux. Sa garde se termine bien ; elle a sauvé une vie.

Dans une demi-heure, elle quittera l'hôpital et retrouvera son petit gars qui doit déjà l'attendre dans son lit. Elle adore glisser son nez dans le cou du bébé lorsqu'il est à peine réveillé pour en respirer le parfum. Elle n'a que trop peu de moments comme celui-là et le temps passe si vite, elle travaille trop. Si elle ne traîne pas, elle pourra l'emmener à la crèche. Elle enlève sa blouse, repense à l'homme qu'elle vient de sauver. Son interne pousse la porte et la fait sursauter.

À 20 heures sur le quai

– Y en a un autre qui arrive, faut faire vite…

Julie attrape une blouse propre et se précipite pour accueillir le nouveau blessé.

– 104 –

Nicole regarde autour d'elle. Elle a l'impression de ne plus rien reconnaître. Comme si les murs, les livres de la librairie étaient passés de la couleur au noir et blanc.

Elle tient toujours le téléphone contre sa joue. La clochette de la porte ne la tire pas de sa léthargie. Elle entend à peine le client lui parler, elle lui répond d'une voix métallique que la librairie est fermée. D'un pas lourd, vide, elle l'accompagne vers la sortie, abaisse le rideau de fer.

Sans savoir comment ses jambes la portent encore, elle retourne s'asseoir sur le petit tabouret bleu derrière le comptoir.

Son regard s'embrume, un goût amer monte à sa bouche, les larmes affluent sans couler, ses yeux se noient. Une douleur lancinante qui n'est pas près de la quitter déchire sa poitrine. Pourquoi la vie donne-t-elle d'un côté pour reprendre de l'autre ?

Lorsqu'elle a reçu l'appel de la police, elle n'a pas compris tout de suite ; elle ne connaissait pas de « monsieur Carbonelle ». Il a fallu qu'on lui donne le prénom pour qu'elle se souvienne qu'un jour elle avait ri de ces deux C. Christian Carbonelle. Elle a cessé de respirer et écouté le flic lui dire qu'il était désolé, qu'on l'avait retrouvé gravement blessé ce matin à Montmartre, sûrement une bagarre des gens de la rue qui a mal tourné… Que le médecin n'a rien pu faire, il avait déjà perdu trop de sang en arrivant à l'hôpital. Que son nom à elle a été retrouvé dans sa veste comme personne à prévenir en cas de pépin. Qu'elle devait venir à la morgue identifier le corps. Si par hasard elle lui connaissait de la famille… Elle ne lui a même pas dit au revoir hier, il a filé à l'anglaise, comme à son habitude.

Elle réalise. Alors, une à une les larmes coulent le long de ses joues et viennent mourir sur les pages d'un roman resté ouvert devant elle.

– 105 –

Raphaël, qui a encore négligé de prendre un parapluie, est trempé par l'orage qui gronde au-dessus de la capitale. Il ne cherche pas à s'abriter de la pluie. Le temps a eu le respect de se mettre au diapason de leur peine.

Ils n'étaient pas bien nombreux dans la petite allée du Père-Lachaise. Un grand type à la voix éraillée a lu la dernière page de *Monte-Cristo*, ce qui a fait pleurer un jeune gars dans un coin. Nicole, telle sa veuve, était entourée par tout ce petit monde de la rue. Elle a lu *Sois sage, ô ma douleur*, entre deux sanglots. Dommage que Liviu soit déjà parti en tournée avec Zaz. Ça aurait fait du bien, un peu de musique… Ce soir, c'est les Francos ; il doit être mort de trac. Malgré tout, il a pensé à lui envoyer des textos pour le soutenir tout au long de cette dure journée.

Raphaël a laissé Nicole rentrer avec Julien en taxi et lui a promis de venir chez elle, ce soir. Elle a invité tous les autres aussi. Elle a besoin d'être entourée, d'avoir chaud. Christian était fou d'elle. Et elle ? Peut-être bien, après tout.

Des éclairs zèbrent le ciel devenu presque noir. Il pense à ce gars qui a passé sa vie à se dévouer pour les autres et qui en est mort. Couché sous cette pluie diluvienne, Raphaël regrette infiniment de ne pas connaître la vie de cet homme qui l'a porté sur son dos pour le sortir de l'enfer.

À force d'arpenter les allées du vieux cimetière, il se retrouve de nouveau devant l'emplacement où repose Christian, auprès de cette mère dont il ne parlait jamais. Il pense à ces mots de Hugo qui, chaque fois qu'il les lit, lui donnent des frissons. Il la connaît par cœur, cette dernière page des *Misérables*. Il se retourne pour être bien certain que personne ne l'écoute…

Il y a, au cimetière du Père-Lachaise, aux environs de la fosse commune, loin du quartier élégant de cette ville des sépulcres, loin de tous ces tombeaux de fantaisie qui étalent en présence de l'éternité les hideuses modes de la mort, dans un angle désert, le long d'un vieux mur, sous un grand if auquel grimpent les liserons, parmi les chiendents et les mousses, une pierre. Cette pierre n'est pas plus exempte que les autres des lèpres du temps, de la moisissure, du lichen, et des fientes d'oiseaux. L'eau la verdit, l'air la noircit. Elle n'est voisine d'aucun sentier, et l'on n'aime pas aller de ce côté-là, parce que l'herbe est haute et qu'on a tout de suite les pieds mouillés.

Quand il y a un peu de soleil, les lézards y viennent. Il y a, tout autour, un frémissement de folles avoines. Au printemps, les fauvettes chantent dans l'arbre.

Cette pierre est toute nue. On n'a songé en la taillant qu'au nécessaire de la tombe, et l'on n'a pris d'autre soin que de faire cette pierre assez longue et assez étroite pour couvrir un homme.

On n'y lit aucun nom.

Seulement, voilà de cela bien des années déjà, une main y a écrit au crayon ces quatre vers qui sont devenus peu à peu illisibles sous la pluie et la poussière, et qui probablement sont aujourd'hui effacés :

Il dort. Quoique le sort fût pour lui bien étrange,
Il vivait. Il mourut quand il n'eut plus son ange ;
La chose simplement d'elle-même arriva,
Comme la nuit se fait lorsque le jour s'en va.

La voix du jeune homme s'éteint. Il ne pleut plus.

– 106 –

Lorsqu'il traverse le pont Marie, une lumière irréelle se dépose sur la Seine. Des arbres qui entourent l'île Saint-Louis monte ce parfum grisant si particulier, qui ne naît qu'après l'orage.

Déjà les quais sont envahis par des bandes d'amis ou des couples d'amoureux qui s'installent pour prendre l'apéro face au coucher de soleil qui promet d'être magnifique.

Avant, il était le premier à y organiser de grandes soirées qui ne se terminaient qu'à l'aube.

Avant… Il a cette impression conne d'avoir vécu mille ans depuis décembre, et la mort de Christian n'a fait que renforcer ce sentiment.

Un groupe d'adolescentes le frôle en riant. Elles se retournent sur lui et l'interpellent, oubliant qu'elles ne sont encore que des gamines. Peut-être se moquent-elles de sa dégaine, avec ses vêtements qui dégoulinent et sa crinière en bataille ?

Il va rentrer se changer et appellera ses potes pour aller boire des coups avant de passer chez Nicole. Rive gauche, il cherche un Velib' pour rejoindre son appartement en haut de la Butte-aux-Cailles. Il est épuisé d'avoir tant marché. En cherchant son pass, il s'aperçoit qu'il a oublié son portefeuille et les clés de chez lui à la librairie.

Il continue de longer les quais jusqu'à Saint-Michel et s'engouffre dans le Quartier latin. Il passe devant chez Clara dont la petite terrasse déborde. Raphaël s'arrête brusquement.

Sur le trottoir, là, devant la vitrine. Une femme. Elle est de dos. Elle porte une robe noire dont les fines bretelles épousent les épaules. Le cœur de Raphaël cogne plus fort dans sa poitrine. Il est incapable de faire un pas. Doucement, lentement, elle se tourne vers lui. Comme si elle avait deviné sa présence. En le voyant, le visage de la jeune femme s'éclaire. Ils franchissent les derniers mètres qui les séparent. Ils n'osent pas encore parler. Trop de choses à dire. Raphaël s'approche un peu plus et accomplit ce geste dont il a rêvé tant de fois : il passe sa main dans les cheveux de Jeanne pour la poser sur sa nuque. Et tout doucement il l'attire à lui.

Remerciements

Pour leur amour, leur soutien et leur aide si précieuse…

Merci à Baptiste Pecriaux, Maïté Ferracci, Pierre Wiazemsky, Elsa Lafon, Sandrine Dantard, Michel Lafon, Ève de Lamaze, Julien Fournier, Morgane Pomponi, Isabelle Al Baron, Camille Deforges, Franck Spengler, Anne Procureur, Valérie Solvit. Et à toute l'équipe merveilleuse que forme cette maison d'édition.

Merci à Béatrice Argentier pour sa relecture.

Merci aux libraires et aux blogueurs.

Composition
PRESS·PROD

Imprimé en Espagne
Dépôt légal : mai 2021
N° d'impression : 01
ISBN : 978-2-7499-4533-0
LAF : 3001